自然・人間・ミニマム

~テクノロジーを超えて

上

松本 新

自然・人間・ミニマム
――テクノロジーを超えて

人は全て、大きな樹の一つの枝先の
一枚の葉っぱである

「人は我々の一人のように、善悪を知る者となった。今は、手を伸ばして命の木からも取って食べ、永遠に生きる者となるおそれがある。」

『創世記』

はじめに

人間——この漢字たった二文字で表記されている言葉ほど、今日、不可解となってしまっている言葉もないだろう。それでいて、これほど今日気安く使われ、ほとんど何らの疑いもかけられていない言葉も少ないにちがいない。人類何万年の知的営みは今や生命や宇宙といったものに向かっている。人間にそれが向けられるときでも、関心は人体といった人間の物質的一面に集中している。たしかに、人のこころという人間のもうひとつの面に取り組む脳科学者や心理学者もいて、そこでは「私」という存在が俎上に載せられてはいるが、先端的研究であるにしても一般の関心事となっているようには思われない。「私」を疑っていてはこの時代には生きてゆけないことになっているからかも知れない。その「疑い」という刃物は昨今異常に切れ味が鋭くなっていて、一歩使用を誤れば「私」は解体され、少なくとも人前には出られないことになってしまうのである。

かつて、われわれがもう少し素朴だったころ、自分自身に関する典型的な問いは「われわれは何者か、どこから来て、どこへ行くのか」というものだった。それがいつの頃からか、「今はいつ、ここはどこ、私は誰?」というものになった。この問いには、「われわれ（人間）とは、この私（「私」たち）のことだ」とでもいった理解の浸透があるだろう。すると、後の方の問いは言い直せば「私は何者か、どこから来て、どこに行くのか」ということになる。人間の運命が私の運命になったのだとも言えるかも知れない。これは、問題の深化なのか、矮小化なのか（「私」が「人間」より小さいとしてのことになるが）。

それはともかくとして、われわれは今日、かつてなかった重い問題に直面している。ふつう「地球問題」と総称されている難題である。それは、われわれ（人間、また私）の存在と行為によって、われわれ自身を含む全ての生きもの、生きてはいないものまでもが、どうにかなってしまうという問題である。これがなぜ、どのようにして生じたのか必ずしも定かではないのだが、ひとつ、きっかけとなったのが「地球は青かった」という例の宇宙飛行士の報告だったことは確かだろう。人類はこのとき初めて、自分たちのいる星の姿を見たのだった。見たのは星の姿だったが、そこにいるはずの自分たちの姿でもあった。

「地球問題」は、今日的な形の倫理問題でもある。倫理が、そのような形をとって改めて現れたのだ。罪とは、悪とは、と。改めてとは、人間の内部問題としてではなく、それを超える問題としてということである。人は、虫にも責任があるのではないか、というようなことだ。花にも、鳥にも、青空にさえも。

この問題に対処するためには、われわれはふたたび始めの問いを問わなければならないだろう。その「われわれ」を地球規模に拡張して。すると第二の問いの答えは至って簡単なものなってしまおう――「今は、宇宙誕生から一三七億年後、ここは地球という星の片隅、あなたは人間という大きな樹の枝先の一枚の葉っぱ」とでもいうように。真に問われるべきはやはり「人間」の二文字であろう。

そこでこの際、いうところの人間を、学名ホモ・サピエンス（知性人）に着目して、それを自然の一部としての『ヒト』と、文化の担い手である『人間』とに分解し、その関係から考えてみることにした。ということは当然その関係の中心は「知」（知性・知力）ということになる。「人間」を問うことと、「知」を問うことはほとんど同義ということにもなろう。すると、人間以外のところに「知」はないのか、とも問わなければならないことになるだろう。それによっては、彼我の「知」の関係ということをも。

どうやってそのような問題に取り組むつもりか——人類が、何千年にもわたって頭を悩ませてきた、にもかかわらず未だ途上にあると言わざるを得ない問題に。しかも科学者でも哲学者でもない者が。ふつうに考えると、どう言ってみても失笑を買うだけのことになるだろう。中には馬鹿にするなと怒り出す人（その道の専門家）もいるにちがいない。たしかに、素手で歯が立つわけもない。そこで、その両の手に、強力な武器、いやナイフとフォークを持たせてもらうことにした。勝手にではあるが。それが、ゴータマ・ブッダとイエス・キリスト（の教え）と言えば、またまた、こんどはそちらの方面の方々から厳しいお叱りを頂くことになってしまうだろう。しかしそれはやむを得ない。ゴータマもイエスも自らをそれぞれに万人を導く灯火《あかり》になぞらえられたわけなので。教えばかりではなく、自らが灯台となって今も立ちつづけている。

その教えの灯りの下に、われわれはひとつの言葉、いやアイデアに辿りつく。「ミニマム」がそれである。この一語が、果して倫理と化するなら、われわれはもう、たとえあの3・11大震災クラスの災難に遭っても、それが人災を引き起こすことはないだろう。そして当然に「地球問題」をこれ以上悪化させることも。そのときわれわれは依然「知性人（ホモ・サピエンス）」と呼ばれる存在なのか、それとも……?

目次

上巻　目次

第二章　人間について

下巻　目次

第三章

序章　言葉について

——世の中に絶えてことばのなかりせば人のこころはのどけからまし

㈠　言葉の諸相——「ことば、ことば、ことば……」

ものごとは何であれ、時々刻々、さまざまな様相を呈しつつそこにあるのがふつうである。その様相はそのものごと自身に起因することもあれば、それがそこにある状況を反映しているだけのこともある。いずれにしても、ただ静止しているということはまずない。そのうえ、ものごとの様相というのは、それと対峙する人の身心の状態によってもさまざまなものになりうるのである。また、どのようなものごとにも、それに対立していたり、対《つい》となっていたりする別のものごとがひとつならずあって、人はそれらをその都度、総合的にあるいは別々に見たり扱ったりすることを強いられている。そうと知る人々は昔から「ものごとは一筋縄ではゆかない」などと言ってきた。いかないから、どんなに単純そうに見えても、と見こう見、矯めつ眇めつして、間違いのないようにせよ。そうでないやり方は、たとえば「拙速である」とか「バカのひとつ覚え」であるとさえ言われ、実際挫折することが多いので愚とされたのだった。

ことばもこれと同じで、ことば自身のもつ性質によって、またそれにかかわる人の考え方やありようによって、どんなひとつのことばにも多様な意味・ニュアンスがあり、そのうえ、それに対立したり対となったりしている別のことばがあるのである。それらを個々に、あるいは総合的に、慎重に吟味してゆかなければ、たちまち誤解という事態が起こる。しかもことばの場合にはその誤解（または単なる誤り）を故意にするということ（曲解といわれている）があり、そのうえさらにその誤解なり曲解なりがいわば無邪気に行われるなどということもある。

　相対立していたり、対となっていたりする言葉を並べて、一方から他方を理解しようとすると、思いがけないことが「分かる」などということがある。その相対立しているかのようなふたつの言葉が、実は同じことを別の言い方で言っているだけだったとか、同じことの表裏を表すものだったとか。たとえば生と死というふたつの言葉は、生命というもうひとつの言葉が担っているものの相反するふたつの事象をあらわすものといえるが、これを生死というようにくっつけてしまうと、それは古来「生死（しょうじ）」といわれてきた命あるもののかけがえのないひとつの事象を表すものとなり、その結果、人はこの一語の前で、生と死とを別々に考えていたときとはずい分趣の異なることを思わないではいられなくなるのである。生には価値があり、死はそれを損なうものだなどとは考えなくなることもある。そうなると、その人は「生死は一如である」といったことを言うことになるかも知れない（註1）。またたとえば、「剣禅一如」という言葉があるが、この言葉の裏には、「道」というもうひとつの言葉があって、その道なる言葉の前では、剣術と座禅は同じひとつのこととなってしまうのである。

生命という一語で表されている自然の現象（または自然の一部）に対するわれわれの理解は、古来の哲学的理解だけでも、現代の先端科学的理解だけでも、どうもうまくいっていないように思われる。するところに、科哲一如とでもいうべきトータルな理解（またそれへのアプローチ）が求められることになるだろう。実際にも、科学者の中には先端的物理学からスタートして、生命科学に転じ、さらには哲学・宗教にまでその探究の範囲を拡張した人もいるのである（註２）。学問は、宇宙と生命の真実を探求するものであるからそれももっともなわけだが。もしその人が日本人であったならば、あるいはこのように語ったかも知れない――「私は生命の研究をはじめて、いのちの探究に至ったのだ」と。

（註１）　われわれも第四章㈢－１－⑶に至ってついにそのように言うことになる。
（註２）　たとえば量子力学の創始者の一人であるシュレーディンガー（一八八七～一九六一オーストリア）

㈡ 私語化する言葉——理解を要求しつつ拒絶する人々

たいていのものごとには、それに対応することばがすでにあって、人はそのことばを使用することによって、日々の生活を営み、また心の安定を得てもいる。しかしその使用することばは事物一般と同じく、それ自体が対立と多重性のうちにあり、双方が組み合わさると甚だやっかいなことになってしまうのである。それゆえ（か、あらぬか）人は自分が理解している（ことにしていると言うべきだろう、多くの場合）かぎりでそれをよしとして用いている。そうせざるを得ない。今日ではさまざまなことばが社会に氾濫し、人をも社会をも攪乱しているのだからなおのこと。しかし古代にあっては、ことばは言霊（ことだま）といわれるくらい神秘的にして神聖なものだった。人々はその言霊に導かれて暗闇の世を歩んでいたのである。ことばは神のものという考えもあった。いやことばがすなわち神ともされていた——「太初《はじめ》に言《ことば》あり、言は神と偕にあり、言は神なりき……」（『ヨハネ伝福音書』冒頭）。しかし今日のわれわれの間では、ことばは事実上人の数ほどもあるのである。そして人をも社会をも混乱に陥れている。それは最初の人間が、神のことばを盗んだからだと（旧約）聖書は指摘している。近代では、全ての人が神のごとき存在となったからだという人もいる。いずれにしても、「太初」にあった「言」と、われわれのことばとが同じものとは到底思えない。一方は人をも万物をも導き、他方はそれを混乱に陥れているのだから。何が違うのか？

ともかく、ことばは人の数ほどある。誰もがそれを使って暮らしており、それゆえ日々誤解、曲解、行き違いといったトラブルを免れてはいない。一物一語とか、一語一意とかと整理されたらどんなに生活はラクになることだろう。それゆえ、この整理作業はずい分昔から飽くことなく行われつづけてきた。その結果辞書といった便利なものもできた。標準語だとか、公用語とかいうものも考案されたり、制定されたりもした。

しかし、今日、どうやら相当多くの人々はそうしたものを望みも歓迎もしていないようだ。日本語ひとつとってみても、外形も意味内容もどんどん変わりつつある。新語というのもどんどん生み出されている。そのために、こうした成り行きは文化の崩壊とさえ言われ警戒されはじめている。どうしてそういうことになっているのか――それはおそらく、ことばは今日では人々が自分というものを表現し主張するための重要なツールとされているからだろう。コミュニケーション手段としては、仲間にだけ通じればそれでよいと考えられているかも知れない。自分自身にだけ通じればよいとさえ思って造語されることばもあるにちがいない。何にしろ「自分のことばで」自分を語りたいと希う人が増えているのである。陳腐なことばは恥だとでもいうようなものだ。そのうえ、「自分のことばで語れ」などと時に要求されることさえある。社会全体が、まるで共通語を拒否しているかのようだ。これは、ことばの私語《わたくしご》化とでもいうべき現象である。背景にあるのは、今や絶対化した自我（自意識）であろう。この私が、かけがえのない唯一の存在であるように、この私が自らを語るのに使用し、また他人がこの私について何かを語るならばそのことばは陳腐なものであってはならないというわけだ。全ての人のものであったことばというものがわがものとなったのだとも言えよう。こうなるともはや、辞書など通り一遍の役にしか立たないことになる。誰々語辞典というものが必要になってくる。すると、英語と日本語との間に、通訳や翻訳が必要なように、AさんBさんの間にもそれが必要になり、当然双方に通じた通訳者または翻訳家のCさんという存在も不可欠となる。こうしたことが高じてくると、社会は私語グループに分断されてしまうかも知れない。言語というもののこれまでの歩みにいわば逆行するのである。この逆行が危険であることは容易に想像できよう。

　ことばがこうして人の数ほどあるに至ったのは、ひとつにはそれが自分というものを自ら理解するためにも用いられるようになってきているからだろう。今や人は他人を理解するよりまず自分を理解する（知る）必要に迫られているのである。それだけ、自分というものが不可解なものになったのだとも言える。主張し、表現しようとすればするほど（社会がそれを求め、強要しさえしているのである）その対象である自分という存在が見えなくなってゆく。無理にすればたちまち嘘というレッテルを貼らなければならなくなる。そういうのっぴきならない事態になってはいないのか。自己実現ということばは、今日誰でも当然果たさなければならないようにふつうに語られているが、ではその実現されるべき自己とはどのようなものなのか、分かっている人がそう多いとも思われない。そもそもその実現とはとなれば理解はそれこそが人さまざまということになろう。そう自覚したともなれば、人によっては自己実現ということが強迫概念と化するかも知れない。そのことばは恐怖のことばということにも。「自己とはこの私のことだ」と堂々胸を張って（ある意味無邪気に）言える人はむしろ少なくなってきているにちがいない。しかし、「この私」と他人の違いを探せば探すほど、見つからなくなってゆくのは当然のこととも言えるのである――人がもし、何か「私」より大きなもの（日本人とか、人類とか）の一部分である（にすぎない）ものならば。

ひところ、ルーツ探しということがさかんに行われたが、あれは何だったのか。そして同時にアイデンティティというカタカナ語もはやった。レゾンデートルなどというのもそのうちであっただろう。いずれもが、自己を固め、証拠で裏付け、とりわけ自分自身に納得させる試みであったにちがいない。裏を返せばそれだけ「この私」、今ここにいるこれだけの私に自信がなく価値も見い出せていなかったということにもなろう。人間のルーツは、旧約聖書によればアダムとイヴである。この人類最初のペアは、神の掟に背いて楽園追放の憂き目に遭い、その後彼らの産んだ子どもであるカインは弟アベルの殺人者となった。つまりわれわれのルーツは、罪人《つみびと》にして殺人者なのである。ここから、人類にはつねに不安がつきまとうことになった。われわれはいつでも、どこでも、こうした祖々のしでかしたことを繰り返す可能性があるにちがいない。果たしてそうかどうか。始めにはピクニック気分だったルーツ探しもここまでくれば心の形相は悲惨なものになっているだろう。いつまでもつづけられるわけがない。

人が人を理解する（ふつうには「知る」と言っている）ことは、ほとんどその人の言うことを理解することと同じといえる。少なくともその人の口にすることばによって理解は大きく影響されるだろう。何も言わなければ、何も理解されないということにもなる。それでは今日生きてゆけないから、多くの人が話術に磨きをかけるのに余念がない。口べたは馬鹿のらく印を押されかねないし、そうでなくても自分を上手にアピールする言葉をもたなければ振り向いてもらえない。就職活動や出世に支障があるばかりでなく、生涯の伴侶を得るにも不都合があるだろう。この最後の点についていえば、かつては本人の言葉などはとるに足らないものだったのである。そこのところを、生きもの一般はといえば、彼らは実力を競ったり、派手な装いをこらしたり、ダンスをしたり、その他さまざまな工夫を凝らしている。言語をもたない分だけ、手段は豊富なわけだ。われわれ人間は、動物性から遠ざかるにつれて、その分ことばに頼るようになっているのではないか。テレビコマーシャルなどで、「男は黙って……する」というせりふがあるが、そういう男は最近ではあまり見かけない。「する」前に、宣言したり事前解説したりする方がずっと多いようだ。何事も講釈なしには行わない(行えないのにちがいない)人が増えた。自分のすることに自信がない、それというのも自分のすることが自分でもよく理解できていないからではないか。とすると、そうした宣言なり講釈なりはむしろ独り言に近いものということになろう。わたくし語は私語（またはつぶやき）ということになる。今日では合衆国大統領までもが記者会見をすっぽかして、もっぱらつぶやいているほどである。

ともかく、細分化して、ほとんど私語と化したことばは、それによって事実上（つまり意図に反して）

理解を拒否している。誰々語辞典も、翻訳家もいないのならそうならざるを得ない。しかも、自分語（自分では、大抵の場合そうとは思っていないのである）を使う人ほど、他人に理解されたい、知ってもらいたいという願望は強いはずなのである。「私の言うことをわかってくれない」という嘆きは、思春期を迎えた子どもから人生経験豊かなはずの年寄りの間にまで蔓延している。ことばに過大な期待をかけ、その力を盲信するようになっているのだろう。しかし老人について言えば、ことばであやされうるほどその人生経験は単純でも浅くもないはずなのである。そこが幼児とは違うところだ。

人が人を知る、真に理解するということは、むしろことば以前のことである。いわゆる全人格的ふれあいがなくてはならないことだ。そのためにはことばはしばしば障害にしかならない。知ることは、信頼が生じるということであり、ことばは往々にしてその信頼を裏切るように作用するのである。この逆は、会ったこともなければ、聞いたこともないほどである。どんなに上手にことばを操っても、生まれえない信頼は生まれることがない。ことばのプロをもって自認する政治家が、しばしばその言葉につまずくのはもっともである。自分のことばにつまずくのである。しかしかつては「言語明瞭、意味不明」と揶揄された政治家もいた。逆に「アー」とか「ウー」とかを連発するだけで言語不明瞭意味明瞭という政治家もいたのである。こうした例（稀有であった、当時も）を記憶している人は、政治家のことばが軽くなったと言っている。

われわれ（一般人）のあいだでは、昔から肝心なことには「以心伝心」とか「あ・うんの呼吸」とかと言われる伝達法が行われてきた。しかし、そうしたことが通用してきたのはごく内輪の間柄でだけのことである。すこし世間が広がればそうばかりもいかない。ことばが全ての観さえ呈してくる。国と国、民族と民族ということになれば一層そういうことになる。「言った、言わない」はもとより、その言ったという言葉の解釈が問題になる。その解釈いかんでは戦争にさえなったのである。それで言語による相互不理解、単なる行き違いなどをなくそうと、国際公用語やエスペラント語などというものも提案されてきたが、それらはおそらくことばというものの本質を外していて、結局今に至るも目立った成果を上げるには至っていない。各人が、母語を話して、それを通訳（また翻訳）した方がなぜかまだマシらしい。その翻訳の便宜のために辞書というものもあるわけだが、それはコトを分かったことにするために役立っているにすぎないだろう。そしてまさにそうしないことには個人生活も社会の営みも座礁してしまうこと必定。とはいえ、分かったことにして船出しても、そのツケはいずれ払わなければならないこともまた確かなのである。結果にさしたる違いはないのがふつうである。

(三) 知としての言葉――沈黙も言葉のうちである（註1）

あるアメリカ人は、日本と日本人を愛し、そのこころを知りつくしたいという思いでアメリカ人たることをやめ、日本に帰化してしまった。その日本文学の研究と翻訳とは、当の日本人すら脱帽ものなのである。ことばをめぐる問題は結局、そういうところにまで至るはずなのだ。人は、自分を捨てて、相手になりきるということができるだろうか、と。すると、理解とは己を捨てることにほかならないことになる。それは同化とか、愛とかということばで語られることと同じである。さらには、いわゆる無私のこころへと通じてもいよう。ことばは、自我のありようと深く結び付いているのである。全世界の人々が、ほんとうに唯ひとつの言語で結びつくことができたなら、そのとき、全ての人々の自我は「大我」と呼ばれるものになっているかも知れない。するとそのとき人は誰でも、個人であると同時に、全ての人でもある存在となっているはずである――部分と全体の区別が消滅して（註2）。しかしことばというものはまさに、そうした区別をつけるためにこそ生じもし、維持されもしているのである。ことばを操ってする人間の思考は同化ではなく異化のためにこそなされる。アレとコレとは違うのだということ（いわゆる分類）が「知る」ということのひとつの意味をなし内容ともなっているのである。

ことばは知である。知そのもの。少なくとも知（知る、あるいはまた知っているということ）に深くかかわり、そのかたちを成している。しかしこの逆は必ずしも言うことはできない。人には知ってはいるが語り得ないことというのもたしかにあるからである。暗黙知と言われているのもそれに相当するだろう。それはことばによる表現を（なぜか）もたない知、またはことばにする必要のない知とでもいうような知のことである。しかしこの用語はかなり幅広に使用されていて、そのうちには単に暗黙というだけではなく、知の持ち主本人でさえそれが知であることを知らないでいる知といったケースまで含んでいる。ことばにならないのも当然なわけだ。たしかに、人は誰しも何かを知っているらしい。何かほんとうのことを。しかしその何かが何であるかをたいていは知らないのである——したがって何であると言うこともできない。その何かのことはしばしば真理といわれる。しかしこのことばには、他のことばをもって説明できる中味が無い。いや中味はあるのだが、それに置換できる他のことばが無いと言うべきか。それゆえ、古来、真理というものはけっして語られなかったのである。あのイエス・キリストでさえ「真理とは何か」というピラトの問いに無言をもって答えるしかなかったほどである[註3]。イエスのこの無言について、福音書記者ヨハネは何も記していないが（無言であったことも記してはいないのだが）あえてイエスの気持ちを忖度して言えば、「真理とは、この私のことだ」とでもいうことになろうか。そのイエスは、自らと同様に全ての人が天の父なる神の子であることを人々に告げ知らせようとしてこの世に（ユダヤ人の王として）現れたのだった。「即ち真理につきて證せん為なり。凡て真理に属する者は我が声をきく」（ヨハネ伝福音書第一八章三七後段）。仏教ではこの真理ということばに相当するものに法（ダルマ）という語があるが、この語はきわめて多義的である[註4・5]。それを、ゴータマ・

ブッダの教えとして理解するなら、真理とは四諦（いわゆる苦集滅道）のことだとでもいうことになるのであろうが、しかしその四諦なるものをゴータマ・ブッダが教えとして自ら説いて回ったというしるしはないのである。後世の仏教修行者がつくり出したことばにちがいない。ゴータマが、生前直接説いたのは。内容的にいわゆる八正道（の一部）、四諦でいえば「道」（修行の道）だった。今日的な意味で、真理をいうなら、それはゴータマが六年の荒野での修行によって得たとされる三つの悟り（知識）、「諸行無常」、「諸法非我」、「一切皆苦」のことになるだろう。しかしではこのきれいな四字熟語で表されているこれらの知識が一体真理というべきものなのかとなるとかなりあやしい――ゴータマが、修行のうちに見据えていたもの、その成果として期待した涅槃（ニルヴァーナ）こそがそれにふさわしいのではないか。涅槃とはしかし、真理一般同様、これまた説明困難、ことばを拒否しているようなものらしいのである。あえて言えば、三つの悟りの全肯定（すなわち「それでいいのだ」ということ）とでもいうことになるだろうか。しかしこれらのことについては、これから十分検討する機会がある（註6）ので本題に戻る。

ことばは知である。しかし人には知っているが語りえないことというのもある。そのうえ、語ってはならないと信じられることもある。それは「秘密」と言われている。人は自らに対してさえ秘密にしている（別の言い方では「口を閉ざしている」）ことをいくつも抱えて生きているはずである。そのためになら都合よく忘れてしまうなどということもあるだろう。忘れていることすら忘れているようになればしめたものだ。にもかかわらず、知はその秘密というものが大嫌いなのである。隠しているのなら、何としても明るみに出してやるとばかり（註７）。世には知りたがり屋という人が少なくないが、知りたがりは同時に話したがりであるのがふつうである。人の秘密を大切にする知性は、最高の人格とともにあるだろう。

知とことばの関係をいうなら、もう一つ別の重要なことばもある——「沈黙」、という。それは、ふつうに言えば、言わずに黙っているということだが、言うべきことが何かを知っていて、別の配慮のためにあえて控えているという場合もあれば、何か言うべきなのだが、その何かもどう言っていいかも分からないので、いわば立往生しているという場合もあるだろう。しかし、後者の場合であっても、暗黙知によってそれがすでに知られているということはあるかも知れない。今次大震災にはそのことがつよく思われたのだった。多くの人が、この大震災にあたって、誕生することばというものに直面したはずである。ことばの誕生には必ずやそれに先立つ沈黙というものがある、と。大災害は、全ての人々を沈黙させた。渦中にあった人々も、そのありさまをテレビに釘づけとなって見守った人々も、皆ことばを失い、息を呑んでいた。何やら叫んでいる人も、いるにはいたが、それが叫びであってことばではないことは誰もが知っていただろう。その叫びは、大津波と呼応するかのように、人々の生涯とことばを押し流し、海へと運び去っていたのだった。あとには膨大なガレキの山を残した。それはあたかも、お前たちが、再び何かを語るなら、まずはこのガレキの山について語れとでも言っているように思われた。

そしてそれはこうも言っているようだった——「おまえたちは果たしてこの俺のことを知らなかったとでもいうのか」、と。そう、ガレキの山とは、私たちのこれまでにしてきたことのすがたであり、意味であり、そして何より未来のことだったのだ。「一寸先は闇」というが、それならその闇を照らして見せてやろう、というようなものだ。そこで見たものは知である。知とは元来、未来に関わることである。見たところのものは知識として瞬時に過去となるが、(したがってそれはことばともなるのである)現に見つつあるもの、未だ見てはいないものは知ではなく、ことばにもなしようがないのである。すると、知力や知慧とよばれるものは、未来や未知なるものと直面する力ということになるだろう。その直面は、たいていは格闘に近いものである。なぜなら、未来(未知)はいつもわれわれの知を拒否するもののようにふるまっているからである。これに対抗するわれわれの力、それが沈黙だとは言えないか。その力の有効性は、ひとえにわれわれ自身がその沈黙にどれだけ耐えるか、耐えられるかに懸かっていよう。この沈黙に耐え切ったとき、そこにことばが生まれる。あるいは堰を切ったように、あるいはポツリポツリと滴り落ちるように。

原初、人類が初めてことばを得たときはどうだったか。それについてはよく分からない。幼児が最初にことばを発するとき(「パパ、ママ」というとされているが、はて)沈黙があったかどうか、それも分からない。記憶はなぜか、そうした原初を保存しないのである。それは、いわば過去についての知識であり、記憶である。そういうものに、どうやらわれわれの知力(仮に便宜上以後人知ということにしよう）は無力らしい。「一寸先は闇だ」と言って、未来に対して無力を嘆くときのその無力感とはやや異なる、本源的無力とでもいうようなものだ。こうしたことから何がわかるか——ことばの形成（生成といっても同じであろう）には記憶が深く関わっているにちがいないということがわかる、というより単に予想されるだけなのではあるが。

もし、いうところの暗黙知というものがあり、人がそれを保持しているのなら、いつ、どのようにしてその人のものとなったのか？　もしそれが、経験や記憶とかかわりのないものであるなら、その知はどこに保持されているのか（ふつうに、知、あるいは知的能力は脳に担われているものとされるが）。しかしそれ以前に、なぜ暗黙知は暗黙であるのかと問わなければならないだろう。その暗黙ということが、ことばをもたないという意味であるなら、それはことばを持たない生きもの一般にもありうるだろう。すると、暗黙である知と、人知である知とは、同じものなのかどうかということになる。この点はのちに改めて検討しなければならない。今は、われわれのことばの裏（または奥）には、沈黙ということばでないことばが貼りついていることに留意しておけば足りる。ということは、とにかく、何らかのことばについて、またはことば一般について考えるというからには、そのウラに貼りついているであろう沈黙というものについても考えるようにそれは考えられなければならないはずなのだ。語られたことばも大切だが、それによって語られなかったこと、語ろうとして語りえなかったことばというものも（それはたしかにあり、それゆえに）大切なのだ。それが文章なら「行間を読め」などとも言われる。その行間である。

ことばというものは、右の伝でいけば、ちぎっては棄て、ちぎっては棄てられる制作中の塑像の粘土のようなものとも言える。ことばの理解（または解釈）というのは、それらを拾ってどうこう言うということではなく、今まさに生み出されようとしているものについてのことにもなる。もし制作者が、ひと塊りの粘土や、切り出された石の中に、己れが生み出すもののすがたをすでに見ているのなら、それはその人の暗黙知のなせる技ということになろう。もし明知であるなら、制作者は制作を中止してしまうかも知れない――「つまらん」と言って。しかし彫像は、それが名作であるなら、生み出される未来として、したがって未知なるものとして、制作者の前にあったはずのものである。世に芸術家といわれるひとの中には、そうしたものについに出会うことができなかった不幸な人もいる。しかしそれについてはいずれ触れることにしよう（註8）。

（付言）「秘密」というものについてひとこと。人は、自分の「秘密」（どのようなものであれ）を曝かれるくらいなら自ら命を絶つことを辞さないだろう。しかしその前に、それをする者（最近ではＡＩ、人工知能が担うと期待されていよう）を殺したり、破壊したりすることをためらわないだろう。最近の個人情報保護法はどこまで考えてのものか？

（註1）指揮者トスカニーニは「歌え、歌え、休止符までをも歌え」と楽員に求めたという。

（註2）この点については、のちに「部分と全体」の項であらためてとりあげる（第一章㈣）。

（註3）『ヨハネ伝福音書』第十八章三八　この問いにイエスがどう答えたかをヨハネは記していない。

（註4）「ここで私はゴータマ（ブッダ）さまに帰依してたてまつる。また真理と修行僧のつどいとに帰依してたてまつる。」（いわゆる三宝帰依の定型文言）ここにいう「真理」は一般に「法」といわれ、三宝とは「仏・法・僧」とされる。「仏」はゴータマ・ブッダ。

（註5）真理（sacca）と法（darma）という語の使われ方が多様で変遷があるのである。合わせて理法（dhamma）というのもある。

（註6）第四章㈢－2－⑵、⑶
（註7）今日、人工知能（AI）を使って、人の心を読み切ろうとする試みがあるが迷惑なことという外はないだろう。

（註8）われわれはいずれ不幸な画家ゴッホを引き合いに出すことになろう（第三章㈡－2）。そのゴッホは膨大な手紙を遺したことでも知られている。画家でありながら、なぜそのような言葉の氾濫とも言えるものを必要としたのか不可解である。そのほとんどは、画家の唯一の理解者であり、支援者であった弟テオに宛てられたものであった。

㈣「知る」ということ――愛犬は名を呼ばずともとんでくる、が。

今日の科学は知を、そのほかの能力一般と同様、われわれ（ヒト）の脳のはたらき、なかんずく記憶と結びつけて考えている。それゆえ記憶というものの探究に余念がないが、その結果、記憶にかかわる脳の構造に、他の動物とは異なる重要な発見をすることになった。いわゆる長期的記憶の保存部位が見つかったのである。この発見によって、ヒトには記憶と一概にいっても、短期的記憶と長期的記憶の二種類があると分かったのだ（註1）。

短期的記憶は、脳を持つ動物ならばどんな動物にもふつうにある能力で、それは瞬時に判断力を所管する部位に伝わり、必要な行動指示となるのであるが、ヒトにはそのほかに、それらをまとめて長期的に保管する部位があるというのである。その結果（のみかどうかは定かでないが）ヒトの脳は肥大化し、重量も相対的に重くなった。何のためにヒトはそのような部位を具有することになったのか。しかし話は逆で、『ヒト』の脳がそのような機能を獲得したがゆえに、『ヒト』はヒトとなったのかも知れないのではある。

長期的記憶の機能はどのようなものか。それはヒトの知能の特徴から推測するしか今の所はないのだが、保存されたものが死蔵されるわけがないとすれば、それは何らかの加工と引き出しにかかわっているであろう。役目を終えた短期的記憶とその果たした役目は、何らかの基準によって、保管部署へ移送され、そこで何らかの方法によって分類され、必要な加工を施されて出番が来るのを待つことになるのだろう。その出番を告げる呼び出しも必要になってくる。

この一連の長期的記憶の流れの中に言語の形成を想定することは（憶測にすぎないとしても）有意義であるといえよう。ただし、ここで言う言語は通信手段（コミュニケーション・ツール）としてのものではなく、ヒトの知性を知性たらしめている認識の手段（結果でもある）としてのものことである（註2）。それは当初には、記憶一般の重畳的、長期的な蓄積を整理するラベル（見出標）のようなものであったかも知れない。それが観念の形成、その観念を具体的に表す言語（ことば）の発明につながったと考えられる。その際に、音声と文字がどう関わったのか、後先を含めて必ずしも定かではないのであるが、それらは後に人々（ヒトビト）の間で調整され、共有され、社会性を有するに至って〝文化〟ともなった（註3）。世界が、言語によって再構成されるようになるのである。それには、その言語を使用した推理・推論、総合的な判断や思考が生み出される必要もあっただろう。今日、知能と呼ばれる脳のはたらきそのものである。それを確かめようと人々は、チンパンジーやその他ヒトに近い動物を動員して研究に余念がない。しかしチンパンジーに、彼らの言語を獲得させたという話は聞かない。それが成功するまで、われわれの憶測はただの推測として真面目に採り上げられることはないかも知れないが、それでは話が進まないので、追求もここまでである。あとは脳科学者に期待するのみ。

とにかくここで、重要なことは長期的記憶（と言語）がもたらしたもののことである。それをこれまで文化と言ってきたのだが、その文化の中の文化に〝自分〟（「私」ということば）がある。脳科学者に言わせればそれは一種の錯覚、または脳内の映像（影）のようなものだというのであるが(註4)、心理学者は意識（自己意識）というのである。その自己意識をひとたび喪った人は、今日植物人間だとか、記憶喪失（症の人）だとかと言われている。前者は、意識そのものが無い。後者は意識はあっても過去の記憶が無い。それゆえ自分が自分である（自己同一性（アイデンティティ））を知ることもなく確かめるすべもない。

いわゆる自分（この私）とは、意識のこと、意識とは記憶のこととストレートに言えるかどうかは分からない。それは、意識といわれるものが何であるかが未だによくは分かっていないからである。情報の集積というものから注意の集中といったものまでいろいろに言われている。そのうえ、それが何であるかにしても、どのようにして生じているものなのかも不明というほかないのである。したがって植物人間を回復させるすべも、記憶喪失をよみがえらせるすべも今はほとんどない。それは、チンパンジーに自己紹介させようとするようなものなのだ。

しかしそうはいっても、それがヒトの脳（固有）の問題であるとはいえるだろう。そしてさらに重要なことは、われわれの脳が〝自分〟を認識し、われ（我、私）ということばを生み出したことによって、その瞬間、自然から離脱したにちがいないことである。いわば鶏のヒナが卵の殻を破って誕生したようなものだ。誕生はしたが、自然という殻は未だ尻につけている。自由に動ける〝自分〟となるためには、少しでも早くそれをふり落としたい。

ニワトリのヒナの願望はともかく（それも自然そのものであって、決してヒトのわれのそれではないであろう）、われわれ（これを誰のことというかが問題なのである）が抱いているにちがいない自然離脱の願望は、果たしてその通りに実現するだろうか……するとするとその後はどうなるのか。ヒナはニワトリになるだけだが、われわれはそうはいかないだろう。それは、完全自由の身となった人間はどうなるのかというはなしである。しかしそのはなしは今はこれ以上つづけることができない。そもそも自由の身となるとはどういうことかが確認されなければならないからである。脳とわれ（我、私）との関係からいえばわれわれが脳から自由になるなどありそうもないことなのだ。——何しろ、われなるものは脳の産出物（被造物ともいえる）にすぎないと脳科学者が指摘しているわけで。しかもその脳がそもそも遺伝子によって規定されてしまっているのである。脳や遺伝子がもし自然に属するもの（身体の一部である）ならば、われわれ（私たち）が非自然的存在となるなどありえないことになろう。逆に、もしわれわれ（私たち）が、脳の進化によって生じたというのなら、脳を有する生きもののうちには進化の原理によってヒト同様の存在となるものが現れるかも知れない。こうした一連の議論を破るためにはもちろん、われなるものの出所由来を自然の外に求めなければならず、そうと知ってか古来、われは超自然的なものとの関係において語られてきたのである。いわく、霊魂、精神等々。（この点については第一章㈠、自然と人間とのかかわりのところで触れる）近代においては、自然科学、特に脳科学の目覚ましい進歩によって、その超自然的出処またそれとのかかわりが揺らいでいる。

知の問題にもどろう――「知る」とは実際問題どういうことなのか。人はどのようなときに「知った（分かった）」と言うのか。それも人さまざまと言ってすませるわけにはいかない。ひとたび知られてしまったものの運命からいえば、忘れ去られてゆくか、強く意識されていくか、いずれかのようで、それは知られたことと知った者とのかかわりのありように影響され、確かにひとさまざまな面はあろう。しかし一般的に人が「知った」というときには、それほどの違いがあるとも思われない。それは〝自分〟を主体として客体（未だ知られるに至っていない対象）をその自分なるもの（この正体がまた不明なのだが）と同類と見なすか、異なるものとみなすかの判断が必ずや行われているだろう。しかしそれだけなら、イヌ、ネコにもある識別作用のうちで、進化した脳でなければなしえないというものではないはず。遭遇した相手が味方である（敵である）と「分かった」というのは「知る」ことのほんの一部にすぎないであろう。

飼い犬も、人間同様、人同士を見分けはするだろう。品定めすらしているかも知れない。その見分けの一方にはしかし、必ずや自分の御主人様がいるだろう。人間のように、直接かかわりのない第三者間の見分けは（できるのかも知れないが）しないにちがいない。しても、何も得するものがないと知って。人間はその損得ぬきの見分けをよろこんでする。それはよく「知的興味に引かれて」などといわれる。「知る」ことそのものが目的となりうるのである。学者はこの目的に人生を捧げている。

その学者がすることの多くは、ものに名称を付することである。自分の名のついたものを得ることができたときは得意満面、涙すら流して喜ぶほどだ。知られたものには（必ずや）名がつく。とすると、知るということと名を付けるということとの間には密接な関係があるということになる。しかしなぜ人間はそうするのか。他の生きものがそのようにしているとも思われないのである。記号やそれと同等のあるしるしをすることはあるだろう。そうであればこそ、彼らの暮らしもとどこおりなく営まれているにちがいない。そのしるしと名は、どこがどう違うのか、または同じなのか。

飼い犬のポチは御主人様（もしくはトモダチ）のしるしを遠くからでも即座に感受してとんで来る。このしるしは、御主人様（もしくはトモダチ）の名前というよりは、足音やにおいの記憶にちがいない。この記憶はきわめて正確で、したがって間違いといったことは余程のことがないかぎり起こらない。しかし、人間のそうした感官の能力は相当昔から劣化していて、彼らには遠く及ばない。そのかわり（かどうかも定かではないが）、ひとたび感受したものは整理分類され、特徴を明らかにされたうえで長期保存されるのである。その間の脳内過程が、先にも触れたように未だ解明されたというに至っていないが、その過程の結果、事物の名称（ことば）が生じたと推測しているのである。すると、ことば（名称）も一種のしるしではある。しかしそのしるしは、経験を強化したり、時にそれを代替さえしうるものである。また一種のカードのようなものなので、それを取っ替え引っ替え組み合せを変えることもできる。その変換の習熟から、あるいは推理推論の能力が生まれ、発達することになったのかも知れない。この能力（脳力でもある）についてもわれわれは脳科学者（また心理学者）の研究を待つしかないのではある。

人は、ものの名を知ると、それによって当のものを「知った」とふつうに言い、考えもする。見たことのある花であっても、その名を言えなければ「知らない（花）」と言う。逆に、その人のことなど本当は何も知らないのに、その人の名前を知っているというだけで、「その人なら知っている」と平気で言い、しかもそれで本当に知っているのだと思い込んでいる人さえいる。名の威力である。それを疑ったり、否定したりしていては社会生活は成り立たないだろう。名は、知らないものも知っていることにするのに大いに役立っている。それは、いつともわからない昔に、誰ともわからない人々が名付けという作業を行い、その作業が〝知〟によって行われたものと信じられているからだろう。その信が少々揺らいだりすると人は語源探索ということをする。

名は知識である。人間や飼い犬の名前はそのものをあらわすしるしだ。そうであっても、名前というのもある意味知識でありうるものである。それは右に述べた。名は人をあらわすと昔からいう通りだ。しかしここでいずれまた思い出さねばならない重要なことがある――名は、名にすぎないものだという一点である。「すぎない」とは、実体をもたないということである。ここでは名は、実体に対応させられている。対応させているのは仏教者である。たとえば仏教の聖典のひとつ（外典ともされているが）『ミリンダ王の問い』の中で、王の問いに答える仏教界の長老ナーガセーナは、自らを名（「ナーガセーナ」）にすぎない者、したがって実体を持たないものとしている。このあと彼は、それを車に例えてゴータマ・ブッダの「諸法非我」の悟りを解説するのだが、それについては今はさて措く。いまわれわれはここで、知の作業について検討（推測でしかないとしても）しているのである。何も無いところから名は出てこないと考えている。この作業が、どこで（脳内でと一応科学に敬意を表している）どのようにして行われるのか、それを「知るとはどういうことか」ということにしている。それは「この花は、なんという花か」という問いに答えるのとは別のはなしだ。それは知識を問うものである。知識とは、知られたもののこと、人知の作業の成果である。それには興味がない。学問の大系を知っても（識っても）、その学問を知ったことにはならないだろう――学校の先生になるには役立つとしても。

「知る」を辞書で引けば実に多様な意味のあることが分かる。しかしそれが「物事の内容を理解する。わきまえる。悟る」。（広辞苑、①）ではどうにもならない。その「理解する」とはではどういうことなのかと問わねばならないからである。

広辞苑は「知る」に①から⑧までの〝意味〟を上げているが、それらを総括するように冒頭でこう記している――「ある現象・状態を広く隅々まで自分のものとする意」。さらにその前にカッコ書きでこうもある――（「領《し》る」と同源）要するに「知る」は「領る」であり、「自分のものとする」ことである。「自分のものとする」とは、ではどういうことか。〝自分〟と〝もの〟と〝する〟はどう結びつくのか。それは、自分という主体がものという客体を一体化することであると考えられる。〝自分〟の外に在った〝もの〟を自分の内部に取り込んで消化してしまうこととも言える。消化してしまうのであるからもちろんそれによって腹を下すことはない。そして消化されたものは、〝自分〟の血となり肉となる。骨にさえもなるかも知れない。このような運動のことはふつうに同化(作用)といわれている。逆は異化である。〝自分〟の中に在るものを「これは違う」と言って次々外に放り出すのは異化(作用)である。この異化も、〝知〟の識別能力をもってしているのであるから、やはり「知る」ことの内であろう。前者をプラスの知、後者をマイナスの知と考えることは便宜というものだろう。いわゆる自分探しという人々の好む行動はそのマイナスの知の作用と考えられる。その結果はふつう玉ネギの皮剥きに類することになっている。〝自分〟という芯はないことになるのである(マイナスなのであるから)。

「知る」の①「理解する」(広辞苑のはなしである)はするとどういうことになるのか。窮極的には(同化作用によって)理解されるべき対象と一体となり、そのものになりきることである——そのとき当初の主体であった〝自分〟はその分だけ肥え太り、または拡張されることになろう。それが②「見分ける。識別する」となり、その対象がまさに〝自分〟自身であると、〝自分〟の皮は剥かれ、棄て去られて(異化作用によって)当の自分は消滅することになろう。「知る」は、〝自分〟を生かしも殺しもするものだということになるのである。「知」は怖いのだ。

「知る」ということを、知られたこと(知識)をもとにして言い直せばどうなるか——知識とは、未知であったものを既知であるものによって言い換えたもの、或いはそのようなものとして再構成したものといえる。その再構成(言い換え)がすっかりできたと信じられたとき、人はそのことを「知った」

と言うことになるのである。それは未知（その人にとってのである、あくまで）を、既知（すなわち〝自分〟）に取り込んだ、あるいは領有したともいえる。

ここで、知といい、知識というも、それはことばの問題としてである。しかし、ことばにならない知というものがあるとしても（あるであろう、暗黙知というものがあるというのなら）そうした知もまた、ことばになることを希ってやまないであろう。そういうときに人は、ことばを探していっとき沈黙する。人は、自らの体験や思考を、何としてもことばで表わそうとやっきになる。ただ黙って、単に知っているなどということができない。それではたちまち不安に襲われてしまう。この不安の由来は（それがあるとしてのことではあるが）おそらく、自分自らのうちにあるだろう――本当は、自分というものこそがもっとも身近な未知なのであるから。

知は、ことばであり、ことばは知である――たとえ近似的にすぎないとしても。そして知は、おしゃべりであり、また自らをひけらかすものであり、それゆえに〝知的な人〟は大抵表向き尊重されていても、その実は嫌われているのである。

知識とは、未知を既知に置換したものである。ということになればしかし、大きな問題が生じることになる。それはまず、原初の知識はどのようなものであったのかということ、そしてその完全性についてのものである。知識が、胸を張って「知っている」と言えるほど完全であるかどうかは、既知の、ひいては原初の知の完全性に依存しているはずである。原初の知とは、人ははじめに何かを知っていたということにほかならない。それなくしては以後の〝知〟(知識)は生ずるはずもなく、それがわれわれ(ヒト)の知能というものの性質でもある。それがもし完全でないということになると、それは固まっていない地盤の上に家を建てるようなものである。人はその完全性への信頼(また保証)を、どのようにして取り付けたのか。現に多数の未知なるものがあるとすれば、それは既知が不完全であった証拠、ひいては原初の知が不完全であったがゆえではないのか。もしその通りであるならば、われわれの前から未知が消え去ることは永久になく、したがって人知の完成ということもありえないだろう。完成とは、いうまでもなく万物万象が既知、したがって〝わがもの〟となるということである。言いかえれば、世界と〝自分〟とが同じものとなること。それほどまでに〝自分〟は拡張され、世界は縮小されることだ。しかし、現実にわれわれの知をとり巻く状況はどうなっているか。ますます未知が、したがって世界が拡大し、われわれが縮小しているというべきなのではないか。かつて世界は、大きくとも地球サイズであった。それはゾウの背中に乗っていた。しかし今日、地球などはほんの星くず、世界は未知の物質に満たされているのである。全宇宙の七十五パーセントを占める〝暗黒物質〟(ダークマター)が既知の物質となる日は来るのだろうか。その既知物質で〝最小〟とされる素粒子にも未だに〝新発見〟の可能性があるとされている。〝新発見〟とは、単にわれわれが知らなかったというだけのことである。それがあるとき、知っているものとは違うと分かったので、そのように言うだけのことだ。新物質が創造されたというわけではない。最近、日本人学者たちの手によって新元素が〝発見〟され、さっそくニホニウムなる元素名が命名された。それは自然界には存在しないとされる元素だが、それとて〝ブラックホール〟の発見とさしたる違いがあるようには思われない。無から有が生じたとは少なくとも言えないであろう。思いきって言えば、発見とは命名のことだということである。それにすぎない、と。

われわれの知は、むかしも今も、際限なく未知を生み出しつつある。ということは、世界を遠ざけつつあるということにほかならない。世界が、わがものとなるなど、何のはなしかということになっている。むしろ、〝われ〟が世界のものとなりつつあるのかも知れないのである。それは、たとえば人知の自己崩壊、星や元素のそれにも似ていよう。

しかし、現代の知性は、こういう反問も懸念もものともせず、宇宙や生命を〝領せん〟として、その力を信じ、その日のいずれ来ることを疑ったりなどしていないようにみえる。知識の申し子である技術は、原始宇宙の再現や生命創造の研究に余念がない。たしかに、それが実現したなら、人類は造物主となったと言えるだろう。少なくともアダムとイヴがかつて与えられていた役割、楽園の園丁としての地位は回復されるにちがいない。そのとき人は、これこそが原初の知であったのだとそれを思い出すかも知れない。（それは、例の木の実の毒、いや副作用によって忘却されていたのだと知って。）

（註1）　理化学研究所脳科学総合研究センター編『脳研究の最前線㊤』（第一章脳のシステム）講談社ブルーバックス六六ページ
坂井克之著「心の脳科学」（中公新書一一八ページ）同書一一〇ページ（記憶の種類）

（註2） word（単語）と記号（符号）の異同、またlanguage（語法）との異同という問題もあるが。

（註3） 文化は、ここにいう言語（原初のことば）が、社会化したとき形成されたであろうと考える。

（註4） 前出「心の脳科学」（中公新書）九五ページ～一〇一ページ

（補記一）　アダムとことば――アダムはいつ彼の言葉を得たのか

『創世記』によれば、アダムを創造した神は、彼をエデンの園に住まわせるとき、彼のために多くの生きものたちをも創造した。そして神は、それらをアダムが「どう呼ぶかを見ておられた。人が呼ぶとそれらは全て生きものの名となった。」とすると、楽園のアダム（イヴはまだ創造されていなかった。）はこのときすでに生きものの「名」を「呼ぶ」ことを知っていたことになる。すなわち普通名詞を作る能力があった。神はそれを知っていて「見ておられた」のである。しかし同じ園にあった「善悪の知識の木」のことは知らなかった。ただ「食べるな」と命じられただけだったからである。すなわち、ものごとの「善」、「悪」の何たるかはこのとき知らなかった。ただ神によって「善悪の知識の木」という木の名を知らされただけだったのである。同時に「食べると死んでしまう」とも教えられていたので、「死」という（神の）言葉も知ることになりはしたが、そこにいう「死」の何であるかは、やはり知らなかったであろう。それは園から追放されたのちに知ることになったはず。すなわち「死」という（神の）言葉が、そのとき人の言葉となったのである。ゆえに「アダムによってこの世に死がもたらされた。」

（補記二）　集合知について──「三人寄れば文珠の智慧」は本当か

知（知的能力また知識）にはもうひとつ集合知なるものがあるとされている。それはいわば「三人寄れば文珠の智慧」というものに相当するだろう。そこで問題になるのは、文珠菩薩の智慧は（かりに神知または仏知と呼ぶことにして）寄り集った三人（今日のコンピューター世界ではこれが三十万人とか、三千万人とかという数になりうるのだが）の知恵（これを本文では人知と呼ぶことにしたのだったが）と同質のものだろうかということである。もし同質であるなら、人知を可能な限り十分に足してゆけば（すなわち集合させれば）いずれ神知となると期待されることになる。しかしそうでないのなら、人は何人寄っても文珠菩薩の智慧を得ることにはならないだろう。昔の人のかのことばは嘘（非真実）ということになってしまう。そうではなく、人知もある数だけ集ったところで、原子燃料が臨界に達したときのように変異し、神知の光芒を発する（はずだ）というのかも知れない。その場合にはもっぱら集合数の問題になろう。果たしてそうかどうかはいずれにしても、人間と神（仏）との同質性、少なくとも両者が保持する（とされている）知の同質性に懸かっている。もしわれわれのこの古くからのことばが、文珠菩薩のような智慧のことを語っているにすぎないなら（それでも浅知恵よりは少しはマシだとしても）三人寄って得られる〝文珠の智慧〟はいわばニセモノということになる。

この問題に似たことがもうひとつある。人間は、集団で努力すれば、神（または神のごとき存在）になれるかというものである。もっとも、人間がそのようになるには別の方法もあるとされていて、それには集合など全く必要ないのであるが。神についてはともかく仏についてはどうか。これについてはすでにゴータマ・ブッダが明確にしている。〝八正道〟を実践すればよいのである。そうすれば必ずやいつかは仏、すなわちブッダ（目覚めたる人）となることができる。そしてゴータマ自身がその手本を示したのだった。〝八正道〟を修行して（そのためには、国を捨て、家を捨て、家族を捨て、自分自身を含む全ての愛するものを捨てて、ただひとり瞑想して生きなければならないのであるが）修行完成者となった暁には、人には三明知（三つの神通力、すなわち過去を知る力、現在を知る力、未来を知る力）が宿ることになっている。しかしそのためにはむしろ集団的努力は障害にすらなるのである。それゆえ、初期の仏教徒（修行者）は、〝雨安居《うあんご》〟のときにのみ集まって、情報を交換したり、互いに励まし合ったりしただけだったとされている。

集合知については、ほかにも言うべきことがあるが、それは社会問題に取り組もうとするとき避けて通れないものであるので、その時に譲るとしよう。そのとき、問題になるのは、〝民（みん・たみ）〟といわれる存在のもつ能力についてのことである。民主主義というが、その民は賢であるのか愚であるのかといったようなことだ。というのは、多くの場合、またこれまでの経験から、人は集まり群れるとロクなことをしでかしかねない存在と言わざるを得ないからである。戦争がその骨頂である。そしてその戦争に入るときほど、多くのことばが乱れとぶときもないのである。てんでんばらばらなことばも、完全に統御されたことばも、ともに危険である。戦争にはその双方がある。

民とはどのようなものか。これもまた古典的な問題のひとつであり、したがって辞書を引いて知るというわけにはゆかないことばである。国民、人民、民衆（ナロード）、臣民、たみ、庶民……こうした民をあらわすことばの中にわれわれがいずれ注目することになる謎めいたひとつのことばもある。それは常民といわれるものである。なぜこのことばに注目するのか。それはもちろんそこに付された「常」によるのである。常在不変の「常」、いつでもどこでもの「常」。常とはこの場合何のことか。そこが謎めいているのである。それは、たとえ王侯貴族や富豪、著名人となる道がソコにあったとしても、なお民であることにとどまるということを含意している。仕方なく民に甘んじているのではない、と。ではなぜそうなのか。そこに働いている力がもし知の一種であるなら、それはどのような知であるのか。その中に、暗黙知や集合知を含むところのより大きな知ではないのか。しかしこれを論ずるためには、人間の歴史全体を再検討する必要があり、長い道のりとなること必至である（註1）。

（註1）要するに、今日人々が知る〝歴史〟といわれるものは誰によって成ったのか（歴史家によってというのがふつうではあるが）、それはわれわれ（人類、また全ての人々）の本当のすがたを、本当に表しているのか、といったようなことである。

（補記二）　ふたたび暗黙知について

暗黙知についてはまた、このように言うこともできる――ほとんどの人は、自らの言ったりしたりしていることの本当の意味を知らないが、それでも何とかその生を完うし得ているからには、そのために必要なことはすっかり知っているにちがいない。暗黙知とは、この前の方の知と、後の方の知とのギャップを埋める説明のアイデアである、と。やや苦しい説明にはちがいないが、しかしこういう説明をするのが知というものなのだろう。少なくともギャップの存在することは認識されているわけだ。それにしてもなぜ人、いやわれわれは、自分の言動の本当の意味というもの（それがありうるとしてのことだが）を知らない、知ろうとしても知り得ないのか。そもそも意味とは何のことか。これらについては、知を論ずる段にあらためて取りあげる。知（人知）の不可能性という問題として。

右のギャップの問題に似たものに意識といわれているものと、意識下の意識（または無意識の意識）といわれるようなもうひとつの意識の存在がある。しかしこちらはすぐれて脳科学的問題とされていて、われわれの手には余るのである。

（補記四）　イエス・キリストのことば『山上の垂訓』

彫琢されたことばも、あるいは本文末尾に述べた芸術作品と同じようなものになりうるだろうが、しかしことばというものは、ひとたび放たれれば転々流通し、手垢にまみれ、摩耗して原形をとどめないまでになるのが常なのである。いやそうであればこそ流通もしうるのだ。私語が、私語のままにとどまり続けることはありそうもないことである。私語といえども、もとはといえば他人の理解をアテ込んで発せられたもののはずだからである。私語（わたくしのことば）というものは、一方でそうして他人をアテにしておきながら、他方では自分だけが知っていることを売りものにしていることばである。本文ではその矛盾、というか不可能性について触れた。それはそっくりそのまま、現代人の存在の矛盾にして不可能性であるとも言える。

しかし、流通することもなく（したがって摩耗することもなく）、孤立することもなく、二千年以上もの間彫琢された芸術品のように今も輝き続けている（ほとんど唯一の）ことばがある。通常山上の垂訓とよばれているイエス・キリストの、はじめてにしてほとんど唯一といってよい説教のことばである（註1・2）。イエスのことばとしてはこれに先立って「悔悟せよ」というのがあるのだが、それは呼びかけであり、警告に類するものでもあるので「教え」としては十分なものとはいえない。またイエスはこののち、たった一年ほどで刑死してしまうのだが、それまでの間に多数のたとえ話をもってその教えを説いたが、それらは全て〝山上の垂訓〟の解説というべきものである。それはともかく、イエスの『垂訓』はなぜ今もさんぜんと輝いているのか——その光を浴びているからこそ、人類はその無数の愚行・蛮行にもかかわらず、生命界にあって恥をかきながらも生きつづけていることができているのである。キリスト教徒ならすかさず「それは神キリストの言葉だからだ」と答えるだろう。しかし教徒にあらざるわれわれは、それを知の極致としてまぶしく仰ぎ見るのである。その知が、人知であるのか、神知であるのかはこれから解明する——のだが、イエス自身、われは人の子にしてかつ神の子（全て人の子は、天の父なる神の子なのである、山上の垂訓によれば）であると宣言している以上、それが人知（おそらくは究極の人知）であることを疑うわけにはゆかないだろう。

　イエス・キリストのこのことばは、イエスただひとりのことばではあるが、にもかかわらずわれわれがここにいう私語の類いではない。何しろイエスは無私の存在だったのであるから。その点についてもいずれ改めて検討しなければならないが、イエスのことばが輝いているのはその無私によるのである。「私」というものが、くすんでうす汚く見えるようにもそれは輝いている。

（註1）『マタイ伝福音書』第五章一～第七章二七

（註2）『ルカ伝福音書』第六章二〇～四九

第一章　自然について

㈠　自然と人間とのかかわり――人は自然が好きなのか、嫌いなのか

誰かから「不自然だ」と言われたり、そのように誰かに言ったりすることは誰も好まず、また身近にそのようなものごとを見い出すことは不愉快である。それはなぜか？

人は誰しも、元来が自然の一部であり、そうと知ればこそそのことだろう。自分にそぐわないと感ずるものを好む人はいないのだから。しかしではなぜ、人はもっぱら自然とともに、自然の中で暮らそうとはしないのか。都会には自然が足りないとこぼしつつ、今や相当の年寄りまでもが大都会での生活を好んでいるではないか。好んでいるのではない、いなかでは暮らし難いから仕方なく出て来ているのだというのかも知れない。では何ゆえに暮らし難いのか。たとえいなか暮らしにあっても、都会とかかわりない便利快適が求められているからだろう。その便利快適さをもたらすグッズが、今や廃れたいなかでは手に入らなくなったのである。人口減少で医者もいなくなった。安全安心を支える地方組織も多くが揺らいでいる。買物難民などという言葉さえある。老人の都市流入が今や立派な社会問題である。それが問題だというのは、多くの人が望まない暮らしを強いられているからということになるだろう。むかし

は、年をとったらいなかへ引込んで悠々自適というのがひとつの理想だった。それを自然なことというなら、今のは全く不自然ということになる。かつて、多数の若者たちが集団で大都市へ大都市へと地方から送り出された。いわゆる集団就職で、そのために特別列車まで仕立てられたのである。それもある意味地方では暮らし難かったからといえるが、しかし当の若者にとってはそれは希望の門出でもあったのである。貧しいいなかからは、都会はまぶしいまでに輝いていた。受け入れる側も、やって来る若者（というよりまだ少年少女、子ども同然であった）が金色に輝いて見えた。それで「金の卵」と言っていたほどだった。金色はもちろんカネの色である。高度経済成長期前夜、全ては自然な成り行きであった。だから、誰もが大都市での生活を不自然なものとは思わなかった。たとえ、度の過ぎたネオンサインや、盛り場に繰り出してのカネの無駄遣いや、時に強いられる不眠不休の仕事など不自然なことがあっても、「不自然だがしかし……」と心でその不自然さを弁護していた。それは、活気あふれる都市生活の、人生そのものとも思われていたその魅力（魔力ともいわれた）によるところであったろう。しかし一方では、多くがいつかこれが終わったら故郷へ帰って、まともな暮らしをしようとも思っていたのである。まともはやはり地方、草深いいなかにあった（はずだ）。それが自然な気持ちというものだったろう。しかしその夢が適った人は少ないのである。今や、帰るべき道は閉ざされた。そして、老人の逆流までもが始まったのである。それがどういう結果をもたらしているかはここに言うまでもないだろう。あえてひとことだけ言うとすれば、人々は死に方を忘れてしまったということになろう。生きものとして不自然の極みである。この点は重要なことなのでいずれ然るべきところで検討したい。

不自然ということは、人為的、人工的ということばをもってしても語られる。すると、不自然のもとはその人ということになる。不自然（なこと・なもの）は人間がつくり出しているわけだ。というのは、人間以外の何ものか（自然そのものを含めて）がつくり出しているものに不自然なものを見い出すことは困難だからである。動物とか植物とかが何か不自然なことをすることがあるとしても、それを不自然と感じるのは人間ばかりであるにちがいない。地震の前にはナマズが異常行動をするとか。しかしそのナマズの異常行動は、当のナマズにとっては正常そのもの。いやごく自然なことに相違ない。

「人為的（人工的）だ」というのは、多くは非難することばとして用いられる。人工的なもの（物である）の一部は今日、支持されているものもある（人工血管だとか）が、それでもやむなくの面があるのである。とすると、その非難は、自分で自分を非難していることになろう。しかしその人が、一方ではしばしば人為（人工）を、ひいては不自然を擁護するのである。どころか時に賛美さえする。するとそれは自画自賛に類することになる。なぜなら、人間の不自然によって、自然はしばしば迷惑をこうむっており、そのようなとき自然が人間を賛美するわけがないからである。では、ここにいう人とは、人間とは一体何者なのか。どうみても、それがひとりであるようには見えない。ひとりの人のうちに、好みが異なるふたりの人が同居しているとしか思われない。でなければ単に矛盾しているだけということになるが。もっとも、どちらかが嘘ということもありうる。いわゆる為にする嘘というのをついていて。しかし何のためにそのようなことをするのか、不可解である。

ほとんどの人は今日、文化・文明というものに誇りをもち、それを自分たちのアイデンティティともみなしているだろう。昔の人のなかにはこれに背を向けて、山中に隠れたり、孤島に逃れたりした人も珍しくはなかったのだが。近くはかのゴーギャンも、パリを脱出して遥か南海の孤島タヒチへと渡ったのだった。しかし今日では、文化文明の自然に対する優位を疑う人はほとんど見かけられないのである。そうした人々の見地からすると、自然は今もって野蛮、そこまで言わなくても少なくとも何かが不足していたり、未完成であるものとしてあるだろう。「進化」ということばがひんぱんに使われ、好まれているのもそれを示していよう。人がこのことばを使って何かを言うとき、それはまさに不足していたものが充足されたということを意味しているのである。その伝でいえば、「進歩」ということばはさらにはっきりしていて、人はこれらふたつのことばをしばしば混同して使用するのである。

自然が〝進化〟の途上にあるものだ（あるいはもっと言って、進歩するものだ）という考えは、裏を返せば、自然はそもそも不足と未完成のうちにあるものだということになる。それでは自然こそまさに不自然なものの代表（または見本）だと言うのと同じである。ではなぜ、自然を自然というのか？　また、完成され、一切不足や欠陥がないとは何のことなのか。まさか、そのようなものの見本が、われわれの文化・文明というわけでもないだろう。しかしそのまさかがまさかではないかも知れないのではある。自然を構成する一員であり、その一部分であるわれわれ人類はもう長いこと、野蛮な自然と手を切ることにその存在意義を見い出し、そのために努力してきたわけだから。ゆえにこそ、人は誰でも「野蛮だ」と言われることを恥としているのだろう。「ケダモノ!!」などと罵られるなら心穏やかでなくなる。しかし、そのような人々が、本物のケダモノ（野獣ともいう）のことをどれだけ知っているかは疑問である。本物のケダモノは、一般的にきわめて紳士的で、慎み深く、人間のようには貪欲でも執念深くもない。それがふつうだ。彼らが、だからわれわれ人間の所業を見れば、みな顔を赤らめてその場を立ち去るだろう。彼らは、獲物を前にして牙をむき、吠えたてるが、それは彼らにはそれしか手立てがないからのことだろう。仕止めた獲物を、顔じゅう血だらけにして喰いちぎるのもほかに方法がないからである。それらの手段を豊富にもつわれわれ人間はどうか？　クロスの掛かったテーブルで、優雅にナイフとフォークを操る紳士淑女も、心は欲望にまみれてはいないのか。それではケダモノ以下ではないか。（この以下については、のちに改めてその意味を問うつもりである。）

山や川、木や草は、そこで暮らしている虫や鳥、けものたちとともに一括して自然といわれている。人はそうしたもののことを自然と総称している。そのなかに、自分たちはたいてい含まれていない。自分たちのことは、これも総称して人間と言っている。したがってごくふつうには、人間は自然とは区別されている、少なくとも（単に区別されるだけではなく）基本的に相対立するものと認識されているだろう。しかし人は、古来その自然と親しく交わり、また進んでそのようにしようと努力もしてきた。その結果、いわゆる花鳥風月というものを生み出した。山川草木というのもこれに近い。これらは人間が自然とかかわった結果、人間によって生み出されたことばである。自然それ自体ではない。このことばのことは文化ともいわれる。文がそのことばをあらわしている——自然そのものの山や川や花や鳥が文と化すると花鳥風月という別のことばとなるのである。したがってこの花には毒はなく、鳥は人を襲わないし、風が家を吹き倒すことも月が人を狂わすこともない。しかしほんものの花や鳥や風や月は、山や川や草や木と同じく往々にして人を襲い、また醜い姿をさらすのである。人はそうしたムキ出しの自然を嫌い、その猛威を手なずけようとし、悪戦苦闘して部分的には成功してきた。その成功例のひとつが、「花鳥風月」（ということば）なのである。それはしたがって認識それ自体ではない。いわば人工である。なぜなら誰でも山は崩れ、海は時に大津波となり、川が人々を呑みこむものであることを知っているからである。それを改修した末に「山川草木」、「花鳥風月」と自然はなったのである。ただし、われわれ人間のうちにおいてだけ。

人は時にこれらの自然と文化とを同時に愛好している。むき出しの自然、すなわちただの花やたんなる月を、それらのみを愛している人もいるにはいるだろうが極めて少ないだろう。そしてその逆の人もまた少ないにちがいないのである。すると、ある人が自分は山が好きだとか鳥が好きと言うとき、そのことばをそのまま真に受けて聴くのは誤解のもとになることだろう。もしその人が本当に山が好きなら、山里を一気に呑み込む土砂崩れも好きでなければならないはずだからである。たとえ好きではなかったとしても（もちろんそれがふつうなわけだが）少なくともいつまでも呪ったり、恨んだりはしないはずである。今次大震災にあっても、海の男たちの多くはこのようであろう。家族の多くを津波にさらわれ失った人でも、なお海と共にあろうとしている。いわば全存在を挙げて海という自然を愛しているのである。そういう人々にとっては、むしろ花鳥風月的自然は不自然で、縁遠いものでさえあるにちがいない。

自然を愛する主体と文化を愛する主体とが、ひとりの人の中にいわば共存している（その方が一般的であろう）とすると、その主体とはどのようなものか。およそ人の好みというものは、その人の自由になるというものではなく、人格の深いところに由来するものであろうから、主体は別々と考えざるを得ない。「人は矛盾した生きものである」などと、こういうときしたり顔で言ってしまうことが多いが、しかし知性ゆたかな人々がそれで満足できるとも思われない。もっとも、世にいう人間学というのは（芸術も含めて）その矛盾を蒐集するのが好きなわけであるが。しかしわれわれとしては、その矛盾の由縁を知りたいのである。それは古来肉体といい精神といわれてきたものが、それぞれそれにあたると考えるのは便宜というものだろう。肉体（どうして「肉」などというのか、西欧人は肉食人種だからか。今後はわれわれは身体と言うことにしよう）は自由を、精神（これも肉体に対応させただけなので、単に心とか、魂とか、霊魂でもいいのである）は文化を愛するというわけで。しかしもちろんこれは安易な仮定のはなしで、身体が文化を、精神が自然を愛するということはままある。特に精神というものは、人間の矛盾そのものであるようにも見える。

精神は、非自然的なもの、場合によっては自然に対立するものと昔からみなされている。少なくとも、自然と自然性とから離れ去ってゆこうとする性癖のあるものとはいえるだろう。それゆえ元来自然が性に合わず、文化を好む。それでいて確かに、その精神が時に自然（性）を重んじ、人為（性）を排するのである。「自然に還れ」などと声高に叫ぶことさえある。しかしその場合、そこで叫ばれた自然が、自然そのものなのか、文化としての自然なのかは定かではないのである。ほんとうに自然に還るとなれば、われわれは虫やカエルのような存在にならなければいけないわけで。それはもはや人間であることをやめることにもならざるを得ないだろう。それが「還る」という言葉の意味なら、われわれは元はどこにいた、いや何であったのか。自然としての人間、大昔の人間、それを『ヒト』と表記するとしたらその『ヒト』（いわゆる原始人、または第一人類、旧人ともいわれることがある）が相当するだろう。しかしそのようなことが、真面目に言ってできることなのか。もしそうなら、そのためにわれわれはどのようなことをしなければならないか。これまでの考察によれば、少なくともことばは捨てるか忘れるかしなければならないことになる。それでは精神はもたないであろう。精神はその言葉を頼りとしているのだからである。それゆえ、精神なるものは古来決して晴れやかであったためしがないのである。身体に対する優越感をたえず抱きながらも、その裏側にはべったりと疑念、時に劣等感すら貼りついている。人間であることはもとより、精神であることもやめるなどということはない、とイエス・キリストは教えた――「野の百合、空の鳥に学べ」、と。それが、自然に対して人間がとるべき態度だというのである。それだけの能力がすでに与えられているとも。すると、精神は身体からこそ学ばなければならないことにもなろう。それは、これまで精神が（身体に対して）してきたことの真逆に近いことである。しかし精神が（人間がと言ってもさしたる違いはないだろう）頭を下げて身体に（同様に野の百合や空の鳥、すなわち純然たる自然に）学ぶべきこととは何であるのか。イエスは「播かず、刈らず、蔵に収めず」を学べと教えたのだったが。

人間の精神なるものが盤石でないように、今や身体の方もそれとさしたる違いはないのである。今やというのは、それが現代科学の教えるところだからである。その教えるところというのは、精神において「われ」なるものが脳の錯覚または脳内映像のごときものとされているように、身体もまた夜空の星座のごときもの（にすぎない）ということである。星座は、あると言えばあるし、ないと言えばないものである。それは〝名称形態〟であって実体ではない。アンドロメダ大星雲などというのもこのうちであって、当然ソコへと行ってアンドロメダに会えるというものでもない。その実態は、スケスケの星くずの集合体、しかも激しく運動し、生成消滅を繰り返している。われわれの身体もこれと大差なく、これが身体だと指差して言えるものは、われわれの粗雑な眼においてしかないのである。実際、われわれの身体は絶え間なく降り注ぐ素粒子の雨が通過する「場」のひとつにすぎないものである。それは、身体の内外を分け隔てる皮膚組織を易々と通り抜けるので、そこには壁も仕切りもないかのごとくである。また「場」ということでついでにいえば、この身体という場（一般に小宇宙と呼ばれている）には多数の生きものが棲みつき、それぞれのいのちの営みに余念がないのでもある。それは、太陽系宇宙を構成する星々や塵の運動にも似ていよう。全てこれらのことは、われわれの眼のサイズに起因している。それゆえ、肉眼を補助する器具の性能如何で、ものの見え方も違ってくるのは当然なのだ。

身体はかつて大いに理想化され、輝いていた時代もあった。ギリシャ・ローマの彫刻作品はいうにおよばずだろう。それがいつしかぶよぶよのうす汚いものになってしまった。そのいずれもが、いうまでもなく精神のなせるわざだったのである。美醜清濁が、人の心によって、人の心の中に生ずることはゴータマ・ブッダが指摘した通りなのである（『ダンマパダ』一）。しかし身体の理想化というのは、自然の文化（例の花鳥風月）と同じで、身体のあずかり知らぬことである。「出もの腫れもの所嫌わず」というように、決して人の勝手になるというようなものではない。ひどいニキビで若い心が屈辱感に悩まされることもあれば、清貧の僧良寛も〝痢病〟のために糞尿を垂れ流してその生涯を閉じることになってしまったのだった。身体は、ブッダにとっても九ツの穴から汚物を浸出させる汚れものの筆頭だった（註1）。しかしそのブッダが一方では人間の心こそがその汚れの元凶であると説いていたのである。汚れのない心で見れば汚れた身体も、ならば清浄に見えるであろう、いや清浄そのものになりうるとさえ説いた。だから遊女もその身辺に集ったのだった。――ならば、大地震・大津波がもたらした大災害も、人のこころ次第では慈悲のあらしになりうるであろう。しかし一方では、その同じ心次第で天罰や自然の復讐ともなりうるのである。

（註1）「ブッダのことば——スッタニパータ（二、勝利）」一九三〜二〇六（中村元訳、岩波文庫）

㈡ 自然とは何か――「自然」という言葉である

1 「自然」――自ずから然りなるもの

自然ということば（用語）は、ひとつには人為的・人工的に対する自然的という、ものごとの状態・ありようを表すものとして、またひとつには大自然などというときの、人間の外部にあって人間とは異なる諸々のものたちを指して便利に使用されている。

前者の場合には一歩踏み込んで価値（観）を、さらには一種の真理というべきものを合意することがある。「無為自然」ということばがあるが、これは今日老子の原意をやや離れ、拡張されて、人の手が加わらなければものみな自然であるという真理として語られることもあるのである。この「自然である（人為的でない）」は、語る人の価値観をあらわしている。もちろんそうなると逆の価値観をもつ人々もいるわけで、そのような人々はこのことばを肯定的に用いることはないのである。すでに触れたように自然的だということは野獣のようだなどという意味にしかならないわけで。当然人為・人工もそのように用いられず、かわって文化的・文明的といったことばに置きかえられてしまう。「人工知能」などと例外的に人工が受け入れられている場合もあるが、それはその人工の価値が上昇中だからであろう。「人工甘味料」の方は今は嫌われている。自然に劣るものという価値観が定着してしまったからである。人為の方にも似たような例はある。盆栽はその典型的なもので、幼木から人の手を加える、庭や座敷に大自然の営みを目の当たりにしようというのである。この場合人為は、単に自然（盆上の木や草）を再現しようとするのではなく、自然を超えたもの（価値）をそこに実現しようとたくらむものである。意図からしてそれは立派な芸術なわけだ。成功すればその作品は自然を睥睨することになるかも知れない。作者である人が自然をそうするように。失敗すれば――もちろん笑いものとなるわけだが。

後者の自然は、自然科学などというときのその自然、ネイチャーである。この背後には、われわれ人間とは異なるもの、外部にあるものという暗黙の了解があり、それゆえに認識や分析の対象となりうるものである。科学は、観察から分析、推論に至る一連の人知の営みであるが、その対象となりうる一番手頃な対象が自然なのだ。自然と人間のかかわりといえば、自然は環境としても、芸術としてもかかわっているが、今日では科学の面でのかかわりが圧倒的だろう。宇宙科学や物理学が対象とする自然もあれば、生命科学が対象とする自然もあり、この面で自然は広大無辺にして複雑極まりない存在である。それに取り組んでいる限り、人知の未来もまた果てしなく洋々たるものに思われて不思議はない（われわれはこれからその不思議に挑戦するわけであるが）。しかし人知が洋々としているのは、自然がそうであるからなのか、自然が洋々としているのは人知がそうであるからなのかは判然としないのである。

自然（ネイチャー）に対峙するものとして、われわれは自らの存在の核心として精神（魂、霊、心）というものを立てているが、しかしそれが自然と密接な関係にあったり、ひょっとして自然そのものであったりしたなら、それも自然科学の対象となりうるだろう。現代の科学ではそのように扱われている。かつてのように宗教や哲学によって扱われるだけのものではなくなった。しかし古くは、例えば精神の異常な運動は、脳の欠陥などとされるのではなく、自然を超える何者かとの関係や交流として扱われたのである。その相手が自然信仰の神や精霊たちだった。それがいつのころからか、さらに超越的な神の出現によって整理され、ついには唯一絶対の創造主にまで絞り込まれるに至った。すると、自然信仰の神々は精神の片隅の暗がりの中に追いやられ、つれて自然そのものの地位も貶められてしまった。そして自然はついに環境や資源にすぎないものとみなされ、人の手によりズタズタにされてしまったのである。いわゆる地球問題が生じたのだが、この問題にはこれからゆっくり取り組む余地がある。われわれの例の花鳥風月は、それでも未だ生き残っていて、そこに多少の希望もまたあるわけだが、それが今次大震災によって非常な打撃を受けてしまったのである。すでに述べたように、花鳥風月であるはずの自然は、それにはわれ関せずとばかり、東北地方の人々のみならず日本全体に猛威を奮って答えたのだった。それは天罰でも復讐などでもなく単にわれわれの都合など眼中になかっただけのことにちがいないのだが、花鳥風月をとりわけ愛してきたわれわれには打撃となったのである。反動で、巨大な防潮堤を築造したり、山を削り取ったりすることがなければよいのだが。

自然に関するわれわれの今日的問題（すなわち環境問題）は全て、もっぱらわれわれ人間のいわば内部問題というべきものである。したがってその解決のために自然の側からの協力が期待できないことは当然である。その問題というのは、単にわれわれ（人類）が引き起こさなければいいだけのもので、するとそれについてはこう言えることになろう——われわれが恐れるべきは自然の猛威などではない、われわれ自らなのだ、と。大震災で生じたあの大量の死者やがれきの山がそれを告げていよう。それらはみな、われわれのこれまでの所業のすえに生じたもので、決して自然のなせるわざというわけではない。津波はただ、地震によって生じ、自然に海辺へ押し寄せたにすぎないのである。そこにどんな意志も意図もありようはないだろう。

自然という、この漢字二文字は「自ずから然り」と読むことができる。それは何ものにも依存せず、それ自体で存在しているという意味になる。「自」は自立の自であり、それ自身の自でもあり、この延長線上に自由というものもある。その自由はわれわれの中心テーマであるので、するとこの中心テーマは自然に直結しているであろう。少なくとも自然から学ぶものである。また「然」は肯定を意味しており、「それでよい」ということだ。それは古来「悟り」ということばで言い表わされてきた人のありようと深く関係している。「悟り」とは「それでよい」という肯定の意味をもつ人の心のありようのことである。しかしこれらのことはわれわれの議論の核心をなすものなのでいずれ十分に検討する。ここでは、自然というものが、自ずから然りなるもの、またその状態をあらわすことばであることを考えるだけで足りる。

たしかに、自然に属するものは全てが、何も足さない、何も引かない、その必要がないといってそこにあるかのように見える。仮にその必要が生じたという場合であっても、全て自分（たち）だけで処理するから手出し無用といっているようにも見える。しかしこのようには見えないという人もいて不思議はもちろんない。ものの見方、感じ方は人それぞれであって個人差もあれば、伝統的・文化的なものもあり、そこに思想といったものも加わるのである。例えば近代の進化論的な見方からすれば、われわれの「自ずから然り」は疑問に思われるかも知れない。むしろそれからは遠いものとして批判されてしまうだろう。それは少なくとも科学ではなく、〝哲学〟に類するものとしてあっさり退けられてしまうかも知れない。しかしここからは、科学が引き出せていない重要なある観念が導かれうるのである——それは調和というものだが、これも今はさて措く。

自然というものに対する人々の見方・考え方には、大きくまた大雑把に分けて対照的なふたつのものがあるように思われる。そのひとつには、自然を構成する全てのものは相互に関連し合い、支え合ったり依存し合ったりして存在しているというもの。それはほとんど思想あるいは信念と化していて、どんなに独立自尊を主張しているように見えるものでも、よくよく見ればそのようなものは存在しないというのである。この信念はついには万物は創造主である神に依存しているというところにまで達しているだろう。そしてこれを逆にすれば、ただ神のみが何ものにも依存せず、自身のみをもって存在している、したがって非自然であるということになるだろう。

もうひとつの見方は、全て存在するものは他の何ものにも依存せず、すでにそれ自身で存在しており、ゆえにこそ他のどのような存在とも（本当の意味で）関わったり、関わらなかったりすることができているのだと考えるもの。そうでないものは全て、存在しているとはいえない――その途上にあるか、たんに存在しているかのように見えるだけということになる。もし創造の神が、古くからいわれるように全知全能であったなら、その創造物もまた少なくともひとり立ちできないなどという不完全なものであるわけがない。独り立ちもできないような未熟なものを創り出してどうして全能の神がそれを「よし」として満足して休息に入られたであろうかというわけだ。その「よし」は、『創世記』（旧訳聖書）によれば、天地創造の六日間、各日ごとに発せられ、その最後の日第六日には全ての被造物を見て発せられたのである。「神はお造りになった全てのものを御覧になった。見よ、それは極めて良かった」（『創世記1－31』）すると、神の「よし」にはふたつの意味があることになろう――被造物（そのうちにはアダムとイヴも含まれていたのである）それぞれの「よし」と、創られたもの全体の「よし」と。そして神は、第七日目には何もすることがなくなって寝てしまったのであるから、それは創られたものの完全性を表わしているだろう。もっともその後、アダムとイヴは神の命令に背いて、その住んでいた神の園を追放されてしまって「よし」ではない者となってしまうわけだが。ついでにいえば、彼ら二人は追放されてどこへ往ったのか。彼らがいたエデンの園から園の外（これも明らかに神の創造されたもので、すなわち天地万物の中であろうことは疑いない）へとおもむいたのである。この内と外は同質であって、現在われわれ（アダムとイヴの子孫である）が自然と呼び、天地といい、世界、この世などといっているところそのものである。何しろ神は、幾つものそれらを創造したわけではないので異質なわけがない(もっとも、七日目に休息されて、八日目からまた第一日目から第六日目までの作業を幾度か繰り返されたというのかも知れないのではあるが、聖書にはその記述がないので不明なのである(註1)。もしそうなら、人間にもいろいろいて、自然にもいろいろあるということのひとつの説明にはなるであろう。でなければ神は、今日に至るも休息のしっ放しということにもなる。しかし神の一日が、われわれ人間の十億年に相当するなどということはありうるのである。何しろ神は、巨《おお》きな存在なわけだから)。きれいなところからきたないところへと追いやられたなどというのは妄想というしかないであろう。天地創造の話はともかく、第二の見方からすれば、自然に属するもの全ては自立しており、したがって自由である(この点は特に重要なことであるので、のちに自由を論ずるところでふたたびとりあげる)。ただし、被造物であるというならば、全体としては神に依存していると言わなければならないであろう。その依存のかたちは昔からいろいろに語られている。摂理ということばもそのうちであろう。自然は、てんでんばらばら、行きあたりばったりなのではなく、神の意志によって整然かつ粛々と営まれているというのである(註2)。しかしそのありさまは、全体を見る眼をもつ者にしか見ることができない。いわば森を見る眼である。しかし人は普通木々をしか見ない。森のありようと木々のありようとは不即不離の関係にあるであろう、とその眼は見る。原因と結果のようにはおそらく見ないであろう。およそこうしたことは、のちに部分と全体について考察するときに改めてとりあげることとしたい。(第一章㈣)

ところで、そもそものの見方というのは、そういう見方をすればそれはそうなるということであり、ある見方で見出された真実はいわゆる相対的真実である。別の見方をする人々の間ではそれはたいてい真実ではないものとなってしまう。すると、絶対的真実を求めようとするなら、どのような見方もそれをしないに越したことはないことになろう。しかしわれわれはそうした見地、立脚点をもたないものの見方、思考というのが苦手なのである。いささか安易だなと胸の内で自ら思いつつも、何らかの立場を頼り、またそれを保護しようとするのである。そうでないと逆に立場不鮮明で批判されかねない。みんながそれぞれ自分の立場・見地というものをもち、けんけんごうごう論議するのがよしとされる。それを放棄すると、どのような観察もみなが正しいということになってしまって面白くない。自然についての観察も同じで、見方によっては何ものも自分だけでは存在し得ていないようにも見えるし、その逆であるようにも見えるのである。何ひとつ完全なものは存在しないようにも見えるし、全てのものが完全であるようにも見える。いずれが真実（絶対的真実）なのかは、ほんとうのところはよく分からない。これは、真実とか、真理とかいった観念（ことば）のなせるわざである。それを固定的なものとみなし（そうでなければ困ることが多いので）求めるからともいえる。決着は必ずやつけなければならないというわけだ。

そうしたとき、自然というこの漢字二文字は、自然の何たるかをあらわそうとするときにはおおいに魅力的である。それはすでに述べたとおり、「自ずから然り」と至って簡単に自然を解説してしまう。

ライオンもシマウマも、彼らは自然（の一部）であるのだから「それでいいのだ」ということになる。ライオンがシマウマを喰い殺すのはもちろん「それでいいのだ」。もしよくないのであったなら、彼らは共にこの世に、いや全自然の中に存在しつづけることが許されていないであろう。彼らが闘わねばならない相手は決して天敵ばかりなわけでもないからである。

シマウマは、他の何ものによることもなく、シマウマそのものとして生きている。何千年も、何万年もそうして生きているのであろう。それゆえ彼らはシマウマと呼ばれる（われわれが命名したのではあるが）。しかしそのシマウマも、草原の草には依存して生きている。そしてそのシマウマに依存してライオンという存在がある。彼らもそのようにして何千年、何万年もの間生きつづけている。昔も今も、シマウマとはかかわりがなくライオンそのものでありつづけている。人間（この場合はヒトと言うべきだろう）も彼らと何ら変わるところがない。ヒトは、多かれ少なかれ自然に依存して生きている、しかもヒトはどうあってもヒト以外のものではない。一方自然はこのヒトビトにほとんど依存していない。ただ犬《イヌ》や猫《ネコ》など、（飼い犬、飼い猫のことである）人間がほとんど作り出したような生きものだけが人間に依存している。それは、被造物が、造物主に依存しているのにも似ていよう。しかし自然は全体としても個々の構成要素をとってみても、人間が存在しなければ存在し得ないというようなものではない。人間によって生かされているように見える動物も植物も、いざとなれば人間に代替するものを容易に見い出し、人間が絶滅したからといって困るなどというようなことはないにちがいない。するとわれわれが依存と見る関係一般も、全ては暫定的な関係、場合によってはほんの仮のものとも言えそうである。その方が今のところ都合がいいのでそうしているだけで、事情がかわればいつでもさっさと関係を乗り換えるのである。そのうえで、全てのものたちは相互に深くかかわり合っており、そのせいでほとんどひとつのものとすら見えることがあるほどである――「生命」ということばも、こうした見え方のうちから生じたであろう。それは、自然のうちから、生きているものをとり出していのちあるものとして全てがひとつとされたのである。それゆえ今日、「地球はひとつ」などと人がいうのももっともである。とりわけ、この地球上の全ての生命体は、いのちあるもの（生きているもの）としてひとつである。したがってそれが相争うということになれば、いわば右の手と左の手が争うようなことになるのである。もし左の手が右の手を斬り落とさなければならないような事態になれば、それが正当化されうるのは、ただ右の手が全身を害するようなことをしようとしているときだけということになろう。しかし自然にはそのような事態はほとんど観察されないのである。共喰いなどということはままあるが、それが共倒れとなることは（あっても）稀であろう――一種の事故ででもないかぎり。しかし残念ながらわれわれ人間の所業のうちには、まさにその全身を害する可能性のあるものが多数見られるのである。熱帯雨林の乱伐とか、遺伝子の改変とか。なかでも大気汚染、オゾンホールの破壊などは、人間自身にとっても脅威となっている。

それはともかく、「自然」というこの二文字がいつごろ、どのようにして生み出されたのかについては知らないのであるが、今日のわれわれには啓示とも思われるのである。この二文字によって表されているところのものは、単にわれわれの外部に在って、われわれの役に立ったり、時にわれわれを脅かしたりする、われわれと異なる存在というものではなく、われわれの内にもあって、思考や行動、生き方までをも導いているかも知れないものである。われわれはそれゆえ、これからその内なる自然の存在と作用とを見極めることに力を入れてゆきたい。自然、自ずから然りということは、自由や完全性や、ひいては調和といったわれわれの観念に深くかかわっているはずである。ならば、山や川や鳥や虫たちは、そのありようもふるまいも、われわれのもっとも親しい手本となりうるだろう。キリストも「野の百合・空の鳥に学べ」と教えているわけであるし。

例をひとつ挙げてみよう。ここにはひとつのことばがあるとする――「人はひとりでは生きられない、だが、ひとりで生きてゆかねばならない」という。この「だが」こそは今自然に学んだものなのである。なぜなら、「だから」とつづけて（一見それが自然なように思われるのだが）「群らがって、互いの力をアテにして生きてゆこう」などと言おうものなら、それこそまさに非自然（不自然とも言える）ということになってしまうからである。ひとりでは生きてゆけない（確かなことだろう）からといって、人が他の人やものにべたべた貼りつきまとわりついていてはいずれ共倒れとなってしまうこと必定。だから依存しようとするのではなくむしろ独立すべきなのである。どんな生きものもそのために全速力でその独立を目指している。弱い、小さな生きものほどその傾向は強い。この大震災ののち、人々は口々に絆ということを言うようになった。気持ちは分かる。しかし、絆などというものは、特につくろうとしなくてもあるところには既にあるはずのものである。それを求めるのは人間ばかりであろう。それは絆というものが、人間にとってはことばだからである。だから求めないではいられないのだ。しかし昔の人は「津波てんでんこ」といって、てんでんばらばらに一刻も早く逃げろと言っていたのである。一時、ばらばらになっても家族の絆が損われることなどないと知ってのことだ。全員やられてしまうよりは、一人でも生きのこる者がいればよしともしていたであろう。だから、親も子も構うな。しかし今日の流行語の絆は、どう聞いても誰かをアテにすること以外を意味しているようには聞こえない。するとそれは、喰われてしまうシマウマが自らやって来るのを期待するライオンとさしてかわらぬことになっているであろう。それではライオンはライオンとは言えない。逃げるシマウマを全速力で追うから、それでこそライオンなのだ。とはいえ、シマウマは元々ライオンの食料ではないので、しばしば逃げおおせるのである。残念にもそれをとり逃がしたライオンは飢えて死に、逆につかまってしまったシマウマは残念ながら喰われて死んでしまう。どういうことになるかは彼らも誰も知らないだろう。それでも双方ともが、彼らのその行動によっては滅びるということがないし、今後もないだろう。全ての生きものが概ねこのようであるのだから、この世から生命がそのふるまいのみによっては途絶えるということはないにちがいない。

ひとのなかには、「誰かに必要とされないのでは生きている意味がない」というようなことを言う人もいる。では、誰かはおろか何ものにも必要とはされていないような多数の生きものたちはどういうことになるのか。生まれるや、たった数時間で死んでしまう虫とか、人間にもウシにも決して好まれない草とか。それでも生きものは何ら悪びれるような風もなく、むしろ堂々と生きてさえいるように見えるではないか。それはおそらく、そうした生きものたちにとっては意味などというものが必要ではないからだろう。もし彼らが何かを思っているとしたら、それは今ただ生きているというだけで十分だとでもいうことであるにちがいない。ではなぜ、人には生きている意味などというものが必要なのか。それはひとつには人が『人間』として自然から離脱してしまっているからだろう。離脱してしまった以上、自然とアイデンティティを共有することはなく、第一それでは離脱するということそのものも意味をなさないことになろう。人があえて自然を離れて『人間』となるというからには、そこにそれなりの理由も意味もなければならないのはもっともである。ではそれがなぜ他者に必要とされるということなのか。無用者ではどうしていけないか？　それはおそらく、人間が具有することとなった自我なるものの要求するところだからだろう。自尊心のなせるわざである。「お前なんか、いらない！」と言われるのが怖いのだ。「この役立たず!!」と罵られるのもこたえる。そのように罵られる人は野良猫同然ということになるが、しかしその野良猫はといえば何と言われようと平然としているのが常である。腹さえ満たされていれば、自分が何の役に立とうが立つまいがどこ吹く風。ただ人間ばかりが意味という観念のおかげでビクビクしている。

人間は傲慢であるとしばしば言われてきた。右の野良猫も、見方によってはそのように見えなくもないが（役立たずであることに少しも恐縮していないらしいのだから）、しかし人間のはそれとは少し違うだろう。人は他人に意味（必要）を要求してはばからないのである。私を必要とせよと臆面もなく迫る。それゆえ拒否されるとすぐ腹を立てる。でなければ落ち込んで自殺さえしかねないことになる。プライドが生きることを許さない。しかしそもそも、人間は生物界、いや自然界にとって必要不可欠な存在なのか？　冷静かつ公平に考えて、どうも積極的に肯定するわけにはゆかないようだ。人間のいない自然、また地球というものを想像してみても、そこに何ら不都合は見い出せない。むしろその方が、自然が美しく、気高く見えるような気さえする。それはちょうど、野山に人工物のすがたが無いほどそのように見えるのと同じだろう。人工物が自然の景観を汚していないケースは稀である。同様に人間の存在自体が自然を汚していなければよいのだが……しかし、もし全ての人間が『ヒト』（かつてはそのようであったたろう）であったなら、こうした心配は無用だったはずなのである。『ヒト』は、自然の疑いようもない一部分にしてかつ自然そのものの存在なのであるから。もしそうなら、人間は他の全ての生きものたち、生きてはいないものたちからも傲慢のそしりを受けることも〝無用〟の辱めを受けることもなかったであろう。そして一部分でありながらなお、全き存在として（他に代わりうるものがなければ全きものであると言ってよいであろう）全ての存在に、たとえ尊敬までは受けなかったとしても少なくとも認められ、それゆえ頼ったり頼られたりすることも難なく（つまり無償で）できていただろう。要するに共存し得ていたはずなのである。しかしこれらのことについてはのちに調和ということについて述べるときに改めてよく検討することにする。そこでは、自然は調和、完全性、自由などと同義である。

蛇足であるが用語の整理をしておきたい。

自然　「自ずから然り」なるもの、またその状態。人が、観察から得た観念である。したがって、あくまで自然ということば

不自然　不完全な自然。その自然性に欠陥を抱えている状態。したがって、自然にはないもので、たいていは人間の仕業で生じたものである

非自然　人為的（人工的）なもの、またその状態。多くは不自然でもある。人為・人工の多くは自然と何らかのかかわりによって生じたものであるから

反自然　自然と自然性に敵対する人間の思考行動。本文中には触れていないが、台風の進路を変える試みといったものがこれに該当しよう

（註1）　今日の物理学者の中には、宇宙が複数存在すると語る人もいる。

（註2）　今日的には、コンピュータープログラムに相当しよう。コンピューターによって世界の再創造を目指す人々もいる。

2　自然を見る眼――地球は宇宙船か？

われわれがごくふつうに「自然」と言っているものは、そのなかにわれわれの一部を巻き込みつつ、しかし決してわれわれとすっかり同じというわけではないこの世界全体のことである。どうしてすっかり同じではないのかについてはすでに十分に述べた。われわれがそこから少々はみ出してしまっているのだ、と。

自然はまた、〝不自然〟に対する〝自然〟として、何かしらまったりとしたもの、滑らかな運動をするもののことをも指して言われる。ロボットのアシモ君がスムーズに歩行するのを見ると誰しもがほっとして「自然ダ」と感嘆の声を上げる。その声のうちにはもちろん技術もついにここまできたかという意味合いも込められているわけだが、ふつうの人にはむしろ、歩けるらしいものが、ごく自然らしく本当に歩けたということからくる安堵感の方がつよいにちがいない。いわゆる自然の自然性というのは、そのようなスムーズ感やまったり感を言っているのであろう。混然一体というのもそうしたわれわれの感覚を背後にもったことばである。ぐぢゃぐぢゃで処置なしなどとはそのことばからは誰も思わない。その自然性を完璧に具備した存在、それら全体を「自然」と言っている。単に、われわれの外部にあるものというだけではないのである。——われわれの手になったもの、いわゆる人工物、人為的なもののほとんどは（異論のある人はいるであろうが）多少の不自然性を含んでおり、それゆえ誰もそれらを「自然」の内には入れないのである。「自然」は、完全性（もちろん人間の尺度でのことではあるが）をも含意しているのだ。それからいえば、目下のところではアシモ君よりは誰でもが完全である。たとえ義足の人でさえも。そういう人でも努力すればパラリンピックにもオリンピックにさえも出られる。それで「自然人」という用語もある。将来的にはそれに対して〝進化〟した人工人（ロボット）との区別の必要上もこの用語が広く使われることになるかも知れない（今は「法人」に対する法律上の用法が主となっているが）。

法人といい、人工人といい、人間が造ったものにはどうしても自然性の欠如を感じざるを得ない。いかに精密な論理、精巧な技術をもってしてもそれは決してかわることがないにちがいない。それは、それほどまでにもわれわれの自然に対する感受性が研ぎ澄まされているせいだろう。〝アンドロイド〟や〝クローン人間〟に対してさえ、われわれの感受性はそれらに鋭く反応し、不自然を感ずることになるだろう。自然性というのはそれほどまでにも微妙なのだともいえる。ごまかしは一切効かない。

この感受性が、もっとも鋭くなってわれわれ自身を突き刺すのは、いうまでもなく思春期においてである。いわゆる目覚めの時期だが、〝春〟に目覚めるというだけではない、〝自分〟というものにも目覚めるのである。自分の喜怒哀楽に、一挙手一投足にさえ目覚める。それを自分のものとして目覚めるのである。それを自覚と言いたいところだが、そこには少々ためらいある。なぜなら、「目覚めてあれ」というブッダの教えが一方にはあるからである。確かにゴータマは、感受にも、心にも、諸々の事象にも「観察し、熱心に、よく気をつけて、念じて」いよと教えたが、それは「世間における貪欲と憂いとを除く」ためにであった。（『大パリニッバーナ経』第二章二六後半）それはまさしく『修行』なのであって、その修行はまったりとした自己であらんがためにこそ行われるのである。貪欲や憂いにとり憑かれないために行われる。しかし思春期に誰もが経験する〝自分〟（という意識）というものはそのようなものではなく、逆に手足を縛り、心を拘束するものなのだ。いうところの意識過剰という不自然な事態に陥る。それゆえ発見した。〝自分〟に違和感を抱かない者はいない。その違和感はとどまるところを知らないかのように内部に対しても外部に対しても広がってゆく。自分自らにも、他人にも、世界全体にも。そして当然にも深い孤独感に見舞われることになる。それゆえ、青春と孤独とは切っても切れない関係にあるのである。この孤独はしかし、いつも他者の目に曝されている。自分自らの眼がその他者の眼と化しているのである。実際には誰も見ていなかったのに、誰もが注視しているような錯覚がそこから生じている。錯覚だが、それは鋭く人を刺す。刺されると、全ての動きがギクシャクしてくる。アシモ君の比ではないぎこちなさに襲われる。挙句の果てに待っているのは、閉じこもりか、道化か。いずれにしても一種の病気である。青春のこころの病い。しかしどこの病院でもまず相手にはしてくれない。いずれおきまりの仕方でそれは自然治癒するはずだと心得ているのだろう。

思春期の意識過剰というビョーキは、人（ヒト）が人間（『人間』）としての入口に立った、すなわち自然から離脱した瞬間のことである。その『人間』は、元来ロボット然としたもので、アシモ君と何らかわらぬ存在だ。それゆえ、いかに精巧かつ高能力に造られようとも、自然からは遠い存在（バーチャル存在）である。ということは、『人間』は結局、閉じこもりか道化かに帰着せざるを得ないということにもなるだろう。ただそれらのそれぞれの態様がやや複雑化するかも知れないというだけで。その多様性をもって言えば、「人間は多様な存在だ」ということになるだろう。多様だが、しかし不自然である。自然の個性的な多様性とは比べものにならない。昆虫類ひとつとっても、姿・形から生存のありようまで、全てが見ようによっては奇抜である。奇抜だが自然だ。

大人とは、閉じこもりまたは道化を自分にも他人にもごまかすすべを身につけた者ということになる。肝心なのは前者、何より自分自らの意識をごまかして、とりあえず言動だけはスムーズにこなせるようにしなければならない。それには皆が同じ様に行動するのが早道だ。こうして葬式の仕草もことばもみんな似たようなものになったにちがいない。大人同士ならそれでまずは一安心というところだが、子どもにはそうはいかない。子どもは、いまだ自然から完全には離脱しきっていない存在であるから、その眼差しはまっすぐでごまかしは利かないのがふつうである。嘘はすぐに見抜く。それが嘘かどうかは、自然かどうかによって判定されているだろう。不自然なもの、奇態なことを見抜く子どもの眼は、時に残酷であるといわれるほど研ぎ澄まされている。それに耐えられる大人は少ない。じっと見つめられた大人はたいていすぐに眼をそらそうとするか、ばかを言って子どもを笑わせたり怒らせたりしようとする。ただ良寛さのような無私の人だけがかろうじてその視線に耐える。しかしその良寛さも、子どもと遊ぶのは修行と心得ていたフシがある。何しろ出家前の良寛、いや橘栄蔵文孝は子どものころからの引っ込み思案、成人してからも今でいう引きこもりに近い青年だったのである。子どもと遊ぶなどできるわけもなかったのだ。出家して円通寺に在ったときにも、それはさして変わらなかったらしい。そのうえ、その円通寺を去って故郷越後に戻っても「世の中にまじらぬとにはあらねどもひとり遊びぞわれはまされる」と詠むありさまだった。大人とさえ交われなくてどうして子どもと交らうことができるのか。いやそれができることとなったのである。そこに良寛が終生つづけた修行というものの性質を思わないわけにはゆかないだろう。子どもと遊ぶというのは、自分で自分に課した究極の修行だったはずである。それがいかにも自然に見えるということになれば、それは成功ということになる。嘘、ごまかしでなく、自分が子どもに、いやそれ以上の者にならない限りその成功はなかっただろう。子どもは、その嘘を見抜く天才なのだから。「子どもと遊ぶ良寛」というのは一幅の絵である。その絵は、相馬御風など後世の研究者や愛好家が描いた。そこに居るのは〝解脱〟した良寛である。〝悟り〟きった良寛。しかしそれが良寛の深い企みの成果であったと考えては考えすぎというものだろうか。ともかく子どもたちは寄って来た。そして「良寛さ、一貫目!!」と囃し立て、あるいは共にまりをついて遊んだ。彼もそれを楽しみにして街に出た。しかし彼はユロージヴィ（ロシアの聖痴愚者）などではなく、れっきとした当時の知識人でもあった。時の藩主に意見もし、堕落した「僧伽《そうぎゃ》」たちを容赦なく批判したりもした。それで亡くなったときには葬儀に二千人もの人々が列をなし、幕府はあわてて華美な葬儀を以後禁止したほどだった。どうしてこのようなことが可能だったのか。「世の中にまじらぬとにはあらねども」という〝述懐の歌〟の持って回った言い方の中にその秘密があったかも知れない。全ては修行のなせるわざ、と。真の目的は、自分自身に打ち克つこと、そのためになら何にでもその自分をぶつける。壊れることは恐れない。むしろ壊されてしまった方がよい、望むところだ、ならば身を海浜の砂中に埋められようとも抵抗すべき理由はない。良寛の〝修行〟は凄まじいものだったのだ。

少々脱線してしまった。ともかく見るということは、子どもが常にそうしているように一気に見るということであって、個々のもの、その部分部分をなめまわすように個々に見るというようなことではない。今日われわれは科学の時代に長く生きていて、いわゆる分析的なものの見方にすっかり慣れてしまっているので、子どものように素直に、かつ素早く、ものごとの本質を捉えるということができにくくなっている。敵か味方か、嘘かまことかといった生存に不可欠な判断もこれと同じことになっている。子どもはそれを好き、嫌いのひとことですませてしまう。しかも過たない。それは直観の力といわれる。ただの〝動物的勘〟だと蔑まれることもある。しかしその動物こそは決して判断を誤るということがないのである。誤れば直ちに死に瀕してしまうのがふつうだ。逆に、今日動物性を喪失したわれわれは、どうでもいいようなものはよく見るが、肝心なことは見落して生命を危険にさらしている。「見れど見ず」

といわれるように、眼の作用と脳の判断が連絡していないことも多くなってきた。同様に、「木を見て森を見ず」式の見方をすることも。〝真実〟を捜し求めるあまり、眼が細部に引き寄せられて、全体を大雑把にとらえることができにくくなっているのである。見るということはしかし、眼のはたらきと同時に心のはたらきでもあることである。全身全霊あげてのはたらき。眼はその入り口であるにすぎない。ゆえに他に入り口があるのであれば、見るのに眼は無用などということもありうるのである。「心眼」といわれるのもそうしたケースだろう。眼は、あるにこしたことはないが、しかしそれが濁っていては無い方がマシということになる。眼が澄んでいる、濁っているということはいろいろに言われるが、要は心のありようとともに眼があるということだろう。そしてその心のありようはすなわちその人のありようそのものなのである。それをイエス・キリストは「眼は体のともし火」と言った。眼が澄んでいれば、あなたの全身が明るいが、濁っていれば体も暗い、と。その「体」というのは、全身、身体とこころのこと、全存在のことである。眼は、それによって何かを見るためだけのものではなく、存在を照らし出すともし火としてこそあるべきところにあるわけだ。だからよく人はいう、眼を見ればその人がわかる、と。ではその人の眼の中をのぞき込めば心の中がわかるのか、といえばそうではない。眼は、人を輝かせたり、暗くしたりするようにしてその人に付いているのであるから、眼だけいくら見ても仕方なく、たとえその中をのぞき込んでも何も見えはしないのである。

「木を見て森を見ず」の逆もありうる。宇宙時代の今日でいえばさしずめ「地球は青かった」という宇宙飛行士の報告がこれに相当しよう。しかし報告にかかわらずこの地球というその青く輝く美しい星の実態は、至るところ戦火に覆われ、砂漠化が進行し、疫病の流行やまず、餓死者さえ無惨に転がっているというありさまなのである。そのどれひとつでも知る者は、宇宙飛行士のようには、無邪気ともいえるそうした報告を素直に受けとめることはできないだろう。「それでも地球は青かった」とでも報告するしかなかったにちがいない。とはいえそれでも、未だ地球が青いということは、誰にとってもほっとするようなことだったのである。そして、地上の阿鼻叫喚が聞えないような場所がありうるということは、ほとんど救いともいえることだった。いよいよとなれば、みんなしてそこへ逃げ出せばよい。いや、みんなしてでは意味がない、この私たちだけがするのだ。残った者共は互いに殺し合って滅びるがいい。それが神の罰というものだ。すると現代では、ノアの方舟《はこぶね》は多数仕立てられることになろう。それら方舟は、宇宙空間で、また新たに発見された昔の地球と同じような星をめぐって衝突を繰り返すことになるかも知れない。

われわれの現在の星地球は、放っておけばいずれは火星のようになるといわれている。火星が、火星人たちによって現在見られるような星になったのかどうかは定かではないが（彼らはどこへ行ってしまったのか？）、地球がその火星の運命をわが身に体現することになるかどうかについては、地球人の行為に少なからず影響を受けるだろうことは考えておかねばならない。それは今日地球問題ということばで語られている。この地球がどうにかなってしまうというのがその問題なのではない、われわれ人間がどうにかしてしまう、しまわないかという問題のことである。どうにかされるのはこの星の光輝、あの青白い輝きである。決して環境といったものではない。何しろ、何万発という核爆弾、何千基という原子力発電施設、もはや管理不能の域にまで達した自動車などの機器がこの地上を埋め尽しているのである。それらは必ずや爆発したり、重大事故を引き起こして、われわれ自身のみならず、全ての生きているもの、生きてはいないものを損なうであろう。そうでなくともすでにオゾン層は破壊されて、全ての生きものに有害な宇宙線が降り注ぎ始めているのである。それもつまりは人間のしわざだ。

この星を、ノアの方舟ならぬ〝宇宙船地球号〟と言う人もいる。だからノアの方舟に乗り合わせたものたちと同じように仲良くして大水の引くのを待とうではないかというのだ。いやそれだけでは足りない、ただ待っているのでは能がないから自分たちの手でこの方舟いや星をスクラップアンドビルドしようという人々もいる（昔からいた）。水晶宮から神の国まで、建設プランはひきもきらない。しかしそのどれもが、この星に争いをもたらし、悪事の発生源ともなってきたのである。〝宇宙船地球号〟はいとしても、そこに人間が乗っていたのでは台なしなのではないだろうか。もしこの星が、宇宙飛行士が眼にした通りの青く輝く星であったなら、いや、全ての人がこの飛行士と同じ眼をもっていたならば、そのときこの星は調和のすがたをしていたのである。その深奥部がドロドロと灼熱していても、表層部がたとえ（人間のしわざによって）相当に砂漠化していたり、累々と横たわる屍によって穢されたりしていたとしても、そうした個々の全ての問題を悠然と呑み込んでなおも青々と輝いている。すると、人間のしわざとは何なのか。人間を、この地上にこれ以上はびこらせないための何者かの深慮と言えなくもないことになるではないか。それは、本質的には人間同士の殺し合いなのだから。宇宙船地球号とは誰が言い出したのか知らないのだが、そこには乗り合わせた者同士が相争うというような船のすがたは想定されていなかったはずである。乗り合せている全ての生けるもの、生きてはいないものが、己が分を超えることなく運命を分かち合う希いが込められていたはずだ。そうであるならば、航行中にこの船が深刻な危難に遭遇したとして、生きのびるのは誰であってもよいことになろう。自他の区別はもうそこにはないものとなっているはずである。

宇宙船地球号というのは、それ自体太陽、その引力と光熱エネルギーに依存している。でなければ、宇宙の彼方へ遊離していって、孤児となってしまう存在である。また、その乗組員、全ての乗客たちもそれぞれに太陽に依存している。植物の光合成がなければ大多数の動物は生きてゆけない。そのような事態をもってそれを「依存」というのならば、まさに全ての生きものは太陽に依存している。しかし「依存」ということはそうした事態のことではなく、依存するこころのことをいうのである。ひらたく言ってアテ込むこと。自分は、なすべきことをなさないで、他人がそれをやってくれるのを期待する、そういう心のことである。するとその意味でいうと自然はまさしく何ものにも依存していない存在ということになる。そもそも存在というのがそのようなのである。何かをアテにした存在というのは存在の名に値しない。いわば半存在または存在の願望とでもいったもののことになる。そこに自由はない。

自然を構成する全ての生きものは、自分が自ら生きようとしないかぎり、決して生きゆくことができないことを知っている。寄生虫でさえ例外ではない。動物であれ、植物であれ、寄生という生存形態は、それぞれ生命が選びとったすえのものであってそこに安易な要素は何ひとつとしてないものである。それは、「寄生」という言葉とともに人間がつくり出したものだ。人間（寄生される側にあると信じ込んでいよう）の目にそのように映ったというだけのことだ。その意味では、寄生虫もライオンも同等である。ともに生きるのに必死だ。シマウマが食料になってくれると信じているライオンなどどこにいるだろうか。しかもライオンは、シマウマ（またはその他の餌食となる生きもの）がいなければ生きてはゆけないのである。その意味では依存している、しきっている。しかし決してアテにしてはいない。アテにすれば、それが外れて死ぬだけだと覚悟していよう。全て存在は、そのような覚悟とともにある。そうであるならば、われわれも太陽をアテにすることなく生きゆく道を考えなければならないのかも知れない。光の一切到達しない深海に棲息することとなった生きもののように。しかしそこまではおそらく必要ないのである。依存とは、依存するこころのことであって、それさえなければ必要以上のものを欲することもないからである。自分が、なすべきことを自らなして、手に入るものだけで十分ということになる。そのためには、光も熱もすでに十分にあり、太陽は全てのものたちにそれを平等かつ公平に与えている。生命がこの星に、今日見られるように繁栄しているということが何よりの証拠といえるだろう。しかし全ての人が、自らなすべきことをなさず、それを他者にアテ込めば、欲求はタガが外れ膨張する一方となろう。人類という車が送行不能になるだけではなく、全ての生命がギクシャクし出すことになる。宇宙船も船内がギクシャクしていては飛行に支障を来そう。アシモ君の歩行の比ではないことになるかも知れない。

㈢　動的調和（ダイナミック・ハーモニー）

1　調和ということ――かつて、全ては調和のうちにあった

かつて人々は、自然の営みのうちに、たとえば天敵という一種のシステムが働いているのをみて、そこに摂理というようなことを思った。またあるいは生命の叡智というものを感得した。どうも自然は、ある特定の構成者のみが繁栄しすぎたり、威張っていたりするのを好まないらしいなどということも合せて察知したはずだ。そのかわり自然は、何の意味もなく滅んでゆく者が出ることを決して望んだりはしていない、とも。こうした観察、感受、思考のすえに、調和という観念（ことば）もいつしか形成されたにちがいない。そしてその後は当然、その調和のうちにあるもっとも完全なものが自然なのだと理解することになっただろう。『自然』という用語もそうして生まれ、その言葉のうちにすでに調和の観念があらわれている。「自ずから然り」というのであるから。われわれがふつうに「不自然ダ」と口にするときには、そこには調和感の欠如が感得されているはずである。

調和、ないし自然を一口で言うとすればそれは「何も足さない、何も引かない」、そのようなもののことになるだろう。それはすなわち自立しているということにほかならず（何ものにも依存していないなら、それは自由ということでもある）、それをもって存在というなら、自然こそまことに存在であると言える。この存在は、自然科学の対象であるネイチャー、したがってわれわれの外部に在って、われわれ

われをとり囲んでいるものの全体でもあれば、われわれの内部に在って、われわれを形づくっているものたちでもあるもの（わが身体）だ。そのうえ、内的自然ということになれば、われわれだれでもが多少にかかわらず有している自然性というものもそこに含まれていると考えられる。それは「在る」、ゆえにこそ、人は自然と自然性に対するシンパシーを今も保ちつづけているのである。人間の（ヒトのと言うべきなのだが）疲れた心はいつも自然（性）を求め、自らがそこから発したところの遠い日の記憶、故郷の記憶を呼びさまそうと努める。そこにあったものの記憶、それこそが「調和」といわれるものの記憶だと（暗黙知によってか）知るからである。

自然（界）は、すでに調和裡にある、と考える根拠も証拠もこと欠くことはないはずなのだが、にもかかわらずそれを認めない人がいるらしいことは残念である。それは彼我の「調和」の意味するところに、またその理解に違いがあるからだろう。調和とは、この世でいつの日にか達成される（べき）天国的な状態だというのがその人々の考えだろう。裏を返せば、今ここにあるこの世界、そして自分たちは、その欠如、不調和のうちに在ると信じていることになる。その人々にとっては、いわゆる天国といい極楽浄土というも、そのようなものであるはずだ。しかしたとえばイエス・キリストはそのようには言わなかったのである。天国（彼のことばでは父の国）はわれわれと共に在って、その気になりさえすれば、人はいつでもどこででもそこに迎え入れられるはずのところなのだった。別の言い方では、天国はすでにわれわれと共に在って、われわれは誰でもそこに居るのだが、そうとは気づかないだけのものということになる。キリストにあっては天国はかぎりなく身近なところであって、その外に居る人にとってはそこに入るハードルはかぎりなく低いのである——何しろ悔い改めしさえすればよいのであるから。

「神の存在は認める。この世界が神の創造したものであるということも認める。しかし、私はその世界を認めない」とイワン・カラマーゾフは、ゆえなくして虐待される幼児の名をもって神に〝反逆〟する。それが反逆であることを弟に指摘されると、いや反逆ではない、抗議するのだという。なるほど、しかし彼は〝抗議〟するなら相手を間違えていよう。彼の挙げつらうこの不条理の世界は、人間（『人間』）が創造したのである、その知力をもって。そして彼のいたいけな少女の苦悩の上に文化の花を咲かせているのだ。天の父なる神が怒っているというのはまさにそのことをであって、その点では神はイワンと何らかわらないのである。神が創造したというのは自然をであって決して『人間』をではない。したがって、神は『人間』のなすところについては何らの責任もないはずである。『人間』は、その神からヒトが離脱したところに生じたものなのだ。ヒトの知性の産物。イワンが〝告発〟するのは全てその『人間』の行為、イワン自身を含む自分たちの行為なのだ。その全ては社会問題であり、それゆえ『人間』たちが、自分たちの内部で自分たちのみの努力によって解決すべきものだ。それを神、まして天の父のせいにするというのはおかど違いというものだろう。しかしイワンはなおもつづけて言う。「全ての人が苦しまなければならないのは、その苦しみによって未来のハーモニーをあがなうためだとしても」一体何ゆえにそこに何の罪もない子どもたちまでもが駆り出されなければならないのか、と。イワンがここで〝ハーモニー〟と言っているのは、「鹿がライオンのそばにのびのびと寝転んでいるところや、斬り殺された男が立ち上がって、自分を殺した男と互いに抱擁するところ」が見られるような、いつかは達成されるとしても、いつ達成されるか分からないようなこの世のありさまのことである。しかしそれは彼(ら)『人間』が思い描く調和(ハーモニー)のありさまである。はっきり言って妄想・妄念のたぐい。自然が、いつか天敵というシステムを停止するなどありえないことである。第一それでは自然がもたないはずだ。それより何より、自然は、全体としても部分としても、そのような必要性などみじんも感じてはいないだろう。何しろ、今只今調和のうちに在るわけで。ただその調和が、イワンがイメージしているような静止状態なのではなく、動的調和、ダイナミック・ハーモニーとでもいうべきものなのである。しかしイワンの知性は、彼自らが〝ユークリッド的知性〟と揶揄するもので、それを理解することができない。しかも彼はそう察知しつつ、なおもそのユークリッド的知性にとどまろうとするのである。それは彼が「私」であることをやめられない、同じことになるが『人間』(彼はそれを彼のいうヨーロッパに見ている)であることに執着するからである。彼の知性は自尊心がつよく、その創作物である『人間』を高く評価しないではいられないのだ。神への反逆も、いわばその彼の気取りである。その気取りは、つづく彼の創作詩劇『大審問官』で最高潮に達することになる。が、話を少し戻そう(註1)。

存在するというのは自然、その全体である。それが生命体であれば生命体全体。決して個々のそれではない。人の感性は、個々の生命や自然に〝接触〟して、そこに生命や自然を感得し、その感得したところのものに生命や自然という名を付けたのである。その名はしばしば〝観念〟といわれるが、観念は個々の感受なくして生じうるというものではない。生じたとしてもそれには具体性がなく、ふつうはそれは妄想・妄念といわれる。或るものの全体というのはそのようなものではなく、現に在るもののことである。それが現に在ればこそ、個々のものはそれゆえ現に在るといわれる。そうでないならば、たとえば葉っぱは現に在るが木は現にはないというようなことになる。しかし木は、葉っぱの何枚かが病気にかかって欠けても、木は木である。それは、木と森の関係でも、森と陸地の関係でも同じことだ。そこから導き出される関係ということについては、全体と部分として場所を改めて再び考察したい。ここでそれを言うのは、イワンが思い描く調和、ハーモニーが根拠のない妄想にすぎないことを言わんが為である。それは彼の調和の概念であって、自然がすでにそうであるところのものとは無縁である。むしろ相反している。それは人間的調和の概念であって、ゆえにこそまさにこの世でも、あの世でも決して手に入るというものではないのである。それは、根元的には人間そのものが存在ではないから、現実の存在ではないからだ。彼のハーモニーは、妄念の妄念であって、直接的には自然観察の欠陥（不足してもいるであろう）から生じている。このはじめの方の妄念のことをわれわれは「私」（すなわち個我）と言ってきた。イワンの〝告発〟は、人間その他の個体存在に固執した結果のことである。彼の福祉は「私」のそれにすぎず、彼はそれを代弁しているつもりだろうが、そのじつはイワン自らのそれにすぎない。その点では彼は、彼自らについての観察も不足していると言われなければならないだろう。それを、いわれなくして虐待される幼児にスリ替えている。その欺瞞はやがて、スメルジャコフによる父親フョードル殺害によってあばかれることになる。スメルジャコフは彼だからである。

イワンのまなこには、ライオンに喰い殺されるシマウマの姿は悲惨にしか映らない。そのシマウマのおかげで逃げおおせた多数の他のシマウマたちの姿は見えない。たとえ見えたにしても、それは生けにえ然としたものでしかなかったろう。その映像から導き出されるのは自然の否定的なすがたばかりである。しかしもちろん、シマウマの群れは人間たちがそうするようには仲間のいずれの一頭をも生けにえとしてライオンに提供したつもりはないのである。喰われてしまった者は、残念ながら逃げ損なっただけのことにすぎない。彼の〝ユークリッド的知性〟は、自然のうちに絶えざる生存競争や対立闘争を見い出し、それなら天は、弱肉強食を許しているにちがいないと結論する。では、たとえ生けにえではなかったとしても、あえなく喰われてしまったあのシマウマはどうしてくれるのだ。そこから、ライオンがシマウマと相抱き合うという妄想が生じているのである。それゆえそれは、遠い未来の、どこか知らない彼方の世界のこととしか思うことができない。

現実のシマウマは一生懸命逃げた。しかし残念ながら喰われてしまった。現実のライオンは、一生懸命シマウマを追いかけて、やっと何十日かぶりに食物にありつくことができた。現実に起きたことはただこれだけのことである。だけというのは、そのときライオンもシマウマもそれ以上のことは何ひとつとして希みもせず、しもしなかったからである。なのにどうして、彼らは赦し合ったり、相抱き合ったりしなければならないのか。彼らには人間の考えることが不可解であるにちがいない。それ以上に不可解なのは、人間には子どもを虐待する親がいるということだろう。それは人間たちが『人間』であるから、妄想的に生じたものだからである。子どもが意のままにしないからといって、せっかんしたり、放置したりするというのはその親が「私」だからであろう。したがって子は〝わがもの〟だからだ。むかしのように、天のさずかりもの、あるいは種のあずかりものでありつづけていたら、そのようなことはできもせず、しようともしなかったはずである。それが今や、子どもは親のペット同然となっている。したがって、子どもを虐待するなということは、ペットを虐待するなと言うのと同義となっている。しかし両者は元来意味が異なるはずのことである。ペットはトモダチだが、子どもは種の未来だ。動物愛護週間で扱えるものではない。

自然は調和のうちに存在している。というよりは、調和のうちに在るもののことを自然というのである。不調和である自然というようなものはない。それは不自然、というより非自然である。『人間』はその非自然である。それゆえ、『人間』をそのうちに含む人のすがた行動が不自然でぎごちないのはもっともなのである。調和はすでに述べたように、もののダイナミックな運動のすがたである。この運動が自然を生み出している。万物がその運動から生じ、生じたものはその運動とともにある。生成したものは消滅し、消滅したものは生成しているが、そこに余計なものは何ひとつとして無い。ある個体や、あるひとつの種だけが異常に増殖したり（繁栄して調和が乱される）、全ての生きものがカスミを食って生きられるようになったりすれば（爆発的に増殖できることになろう）、その結果、肝心の食えるカスミも不足して、結局全員死滅するにちがいない。われわれが不死を手に入れたときもこれとさしてかわらぬことになろう。この地上には人間があふれ、そのなかの多くは死ねない苦しみを苦しむことになるかも知れない。生きることはラクばかりではないのだからそれも自然なことだろう。生命体に、生と死という事象があることは、生命全体のためでもあれば、個々の生命体のためでもある。全ての自然が、激しく動いているのに、自分（たち）だけ静止しているのでは疲れて身がもたないであろう。運動こそがエネルギー節約の合理的方法となっているのだ。慣性に逆らうためにロケットはエンジンをふかし燃料を消費する。

調和は、調和しているという状態のみを言い表わす言葉ではなく、生成消滅の根元のことであるが、それあればこそこの地上の全てのものたち（生きていようといまいと）は、かくも繁栄し（疑う人はいるだろうか）、それゆえわれわれには幸福であるように見える。われわれ人間だけはそうではないらしいからである。それを『白痴』のイッポリートはこのように言う――一匹の蠅さえもが、自分の居るべき所を心得、陽の光を全身に浴びて、それゆえ幸福なのだ、と。肺病で死にかかっている彼には一匹の蠅の幸福がうらやましい。彼が悩んでいるのは、健全な青年にもある世界との不調和感である。それが居るべき所という一語にあらわれている。彼は、世界に自分の場所を占めたいのだ。死にかかっている今、彼にはどこにもその居場所がない。これは、イワンが自らを評して言う〝ユークリッド的知性〟のなせるわざである。そのような願望が、そもそも無意味であることがそれゆえ彼にはわからない。かわりに一匹の蝿さえもが自分の居場所を心得て、それが幸福だと思うのである。ならばそのような彼の目には、シマウマとライオンの闘争も幸福に見えるだろう。敢えなく喰い殺されるシマウマの哀れさえもが。しかしそのシマウマは少しも哀れっぽくなどはなく、そのまなこはあくまで澄んでいるのである。もしそのように見えたならば、イッポリートの眼も病のために濁っていたわけではないことになるのだが。

もし神が、自然万物を創造したというのなら、その神がそれら全体を調和のうちにあるものとして創造しなかったはずはない。なぜなら、もしそうでなかったとしたら、神は修復や訴訟のために忙しすぎて、ほんの一時の休息もままならないことになってしまっているはずだからである。被造物の手放れ（ひとり立ち）など、まっ先に考慮したはずだ。その上で、放っておいても全てのものたちが円満のうちに繁栄できるような仕掛けも施した。この仕掛けのことをわれわれはまもなくミニマムと呼ぶことになるが今はさて措く（註2）。一般的にいって、不調和、同じことだが不自然というものはエネルギーをその分余計に必要としカネがかかるものである。自然は、したがってそれを好まない。それは、創造主である神がそのようであるからにちがいない。神は完全無欠なのであるから（そのような性質を神とわれわれは呼び慣わしている）その被造物もまた全体としては完全無欠でないわけがない。もし自然のうちに不調和や不自然が発見されたなら、それは必ずやわれわれ人間によってもたらされたものである。外的に持ち込んだか、内的に持ち込んだか。外的にとは、人間が手を加えたということ、内的にとは見る眼のことである。手を加えたということは、すなわち（調和を）損ったということで、それゆえ加えられたものは自力を喪ってもはや何ものをも生み出さず、滅びゆくしかないことになろう。また調和は、それを見る人の眼の中にあるものなので、イワンのようにその眼が無ければ無いことになってしまう。彼の眼は、不調和をのみ見るように改造されたものなので、自然の眼の完全性を喪失しているのである。西欧近代の合理主義（彼のいうユークリッド的知性の産物）が眼に来てしまったのだ。

われわれはこれまで、神による万物の創造という考えを都合よく援用してきたが、もちろんそれは話をしやすくするためにすぎず、調和、すなわち世界の成りたちを理解するのに神が登場する必要は全然ないのである。調和が神であり、神が調和そのものだからである。調和は、万物の根元であり、万物がそれによって生じ、それに帰着するところだ。生命は、今日ではごく一般的に、水と熱と雷鳴といったものの偶然的な作用によって誕生したといわれているが（どこかしら他の天体から飛来した物体の中に閉じ込められてという説もまああるが）、たしかに細胞の最初の一個にはそういうことがあったとしても、その誕生した生命（体）が、消滅することなく今日みられるようなものたちとなるには、生成の原因とは別に十分な理由も条件もあったにちがいない。その全体をわれわれは「調和」ということばで言いあらわしているのである。はじめにその調和がなかったならば、生命はたとえ誕生したとしても、繁栄はおろか、存続することもできはしなかったはずである。それゆえ、いのちあるものもないものも、今日そこにそれがあるという、そのこと自体がすでに「調和」の存在とその性質を証明していると言うべきである。この地球は、誕生してこのかた数々の試練に見舞われてきたが、それによっては欠けることもふやけてしまうこともなく、依然として青白く輝く丸いすがたを保っている（と宇宙飛行士が今も証言している）。それが意味するところは、少なくともこの地球は当分の間は内部崩壊しないということである。ならばこの生命もまた内部崩壊することはないにちがいない、ともに調和であるものであるのだから。

「調和」についてはは以上でおわりである。しかしこのことはわれわれが生きゆくうえで極めて重要なことなので、繰り返しの煩を厭うわけにはゆかないのである。音楽でも、主要テーマはまず繰り返されることになっている。楽部（提示部）が繰り返されるときにはしばしばそこに若干の変更や追加が施されるが、それは聴く者の楽しみでもある。そうありたいものとして繰り返して言うが、「調和」というのは単にもの・ことのバランスがとれているとか、何か心地よい状態とかというもののことではなく（それもそう言いはするが）ここではそのゆえんのことを指している。なぜバランスはとれるのか、なぜそれは心地よいと感じるのか、と。それは、何ひとつとしてそこに余分なものも、不足しているものもないからである。ということは、そのようなものが生じる事態となったときには、すかさず余分なものは棄てられ、不足したものは補われるということにほかならない。そうであるならば、今そこ（ここ）に在るものはみな「それでいい」というものであるはず。「それでいい」がゆえにこそそれはそこ（ここ）に在るのである。その在るもののことを一般に「自然」（自ずから然りなるもの）と言っている。ネイチャーは全て、その「自然」である。自然はそれゆえ激しく運動しつつそこに在る。静止はその破綻である。その自然の運動は、あくまで自律的な運動であって、決して何者か（神でさえ）が動かしているというものではない。何者かが手を出せば当然、そこにはその者の恣意が介入して必ずや不自然と化してしまうことになろう（完全無私の創造主がすれば別かも知れないが、主は今や休んでおられるのである）。創造主は、自身が関与する必要がないように自然を造ったにちがいないのでそれでいいわけだ。

この「調和」を、自然のうちでもっともよく体現しているのが生命存在である。ある生命科学者は、生命を定義して「動的平衡（ダイナミック・エクィリブリアム）にある流れである」としているが、それはまさにここにいう調和のすがたそのものである。調和は、静止した秩序状態ではなく、自律的運動のうちにあるもので、しかも充足している。ということは、仏教者が好んでいう円環、しかも常動してやまない円環にもたとえられよう。現に在るものは全て、始めもなく終わりもないもの、いや始めもあったろうし、終わりもあるかも知れないが、それらはわれわれには認識できないものとしてあるだろう。生命とならんで、現代科学の中枢をなす宇宙科学は、宇宙の起源を探求し、その運動法則を手に入れようとやっきになっているが、もしそれらが成ったときには、それはわれわれがここにいう生命に酷似したものにちがいない。ビッグバンと呼ばれる宇宙の起源は、星の一生と相似的であるらしい。目下猛スピードで膨脹しつづけているこの宇宙も、いずれは収縮に転じ、そののちには星くずがブラックホールにことごとく吸い込まれてゆくように（それはまた、いつの日にかは大爆発して星となるのである）万物を吸い込み、やがては第二、第三のビッグバンを引き起こすであろう。このブラックホールこそは、万物の起源にして、最終のすがたであるとされるものだ。その中心部に圧縮された万物は、ただひとつのものとしてそこに在り（決して無いのではない）しかも何ものでもないものである（単に、われわれの知性をもってしては理解し得ないにすぎないのであろうが）。この〝ブラック〟というのには何か特別な意味があるだろう――黒は、全ての色の大もとであるとされていることでもあるし。すぐに思い浮ぶのは、仏教でいう〝空〟の概念であり、「老子」にいう〝道〟の概念である。その〝道〟は、歩むためにあるのではなく、万物がそこから生じ、そこへと帰ってゆくところのものである。では、その間はどういうことになっているのか。その間は〝迷妄〟のうちにあるのである。万物が迷走しているなどというのではない。ただ人間だけがその間に迷うのだ。なぜなら、「その間」を問うのは人間（『人間』）ばかりだからである。人間は、始めと終わりを問う、それゆえ「その間」というものが生じるのである。夕暮れ時、窓辺で〝巣〟を張るクモは「その間」を問うているだろうか。彼らの関心事は、夜になってやって来る〝食〟を少しでも確実に捕えることのできる網をそれまでに完成させることだけであるにちがいない。しかし人間には、生まれがあり死があり、始まりがあり終わりがある。それを問わないではいられない。そして問うほどに、「その間」に立往生せざるを得ない。今なにをすべきか、と。しかし、万物の円環は、サイズが大きくなったり、小さくなったりすることはあっても、始めもなければ終わりもない、いや認識できないものとしてあるというのである。ならば、生まれもなく死もないだろう、いやあるにはあっても、生は死と、死は生と間断なく連続してあり、区別すること自体が困難なものとしてあるにちがいない。瞬時に入れ替ってしまうのなら、その区別をすることがそもそも意味のないことにもなろう。われわれはこれをいずれ「生死は一如である」と言うことにする。どのように〝一如〟なのかをそこで検討したい。しかしもう少しこのおしゃべりをつづける。

仏教の宇宙観は〝入れ子構造〟をしているといわれることがある。良寛さんもそれを歌に詠んだ――「あわ雪の中に顕《た》ちたる三千大千《みちおおち》世界またその中にあわ雪ぞ降る」、と。われわれの身体（小宇宙とよばれる）もこの三千大千世界にまたがってあると考えられる。大宇宙に降るものは当然に、この小宇宙にも降る。現代では、歌の〝あわ雪〟は素粒子の雨だ。この雨は、〝三千大千世界〟を貫いて常時降り注いでいる。全ての区別区分を無視して。たしかに自然界の生きものには〝縄張り〟とよばれるものが、われわれの〝国境〟のように存在するが、それは生きゆくものが生きゆく方策として勝手に、都合よく設定しているものので、自然一般からすれば何らの考慮も無用のものである。自然は、何であれ決して誰のものでもないものとして在るのである。同様に、われわれの身体内部にはどこといわず多数の〝星〟や生きものたちが棲みつきまたは勝手に通り抜けしている。身体は彼らにとっては、われわれにとっての大宇宙と何らかわらぬものである。いや、皮一枚で内外隔てられているのではないかと主張したとて無駄というものだ。そのようなものが「ある」というのは人間の粗雑な眼にとってのみだからである。その眼が「われ」また「わがもの」という観念をつくり上げてきたので、現代の精密化した眼にとってはほとんど無いも同然なのである。その〝眼〟は、原子を超えて素粒子を見ているのだ。したがって〝皮〟などというものは見えない。アンドロメダ大星雲と銀河系宇宙との間に仕切りがないように、素粒子間にもそれは無いことになっている。しかしそうはいっても、彼は彼、こなたはこなたである。それは人間のことばの仕業である。ヒトの知性が、それらの間に仕切りを設けるのだ。〝名〟というものがその仕切りである。

もし身体というものが、確かに小宇宙であるならば、誰の身体であれそれは調和裡にある、いや「調和」そのもののひとつの現われであるといえよう。その調和が損われようとするとき、体は病気になったといわれる。しかしそもそも、病気になるということそのことが、身体というものが調和裡にあることの何よりの証拠なのである。身体はたえず、病気になったり、回復して健康になったりしつつ、全体としては健全であり、それゆえ寿命を全うするようできている。もちろんその寿命は、個体ごとのもので、それは生じたとき与えられた生育の条件によるのであろう。その点は、ヒトも他の全ての生物もかわるところはないだろう。そのうえ大宇宙の星々とも。すると、病人や障がい者も、生きているというかぎり、いわゆる健常者とも、他の生物とも、そのうえ全ての生きてはいないものとも、調和という点、調和的存在であるというその点で同等ということになる。より多く、(または少なく）調和しているとか、どこかしらの部位のみが調和的であるなどということはありえない。調和は全体について、また存在に関していうことだからである。そのものが、できつつあろうと、壊れつつあろうと、それにも左右されない。調和はすなわちダイナミック調和なのだからだ。

身体は清浄か、不浄か。もちろん清浄である、しかもこの上なく。それは、身体の内外が無菌状態にあるとか、構成が純一であるとかということではない。どんな生きものの身体にも、内部にはよい虫、わるい虫、善玉菌、悪玉菌といった他の生命体が棲みついており、それぞれがみな、おのが生命をまっとうしようとして攻めぎ合っている。身体構造の成分もまたこれに同じで、各成分は新陳代謝によって絶えず入れ替っており、それゆえ全体に激しく運動しつつそこに在る。しかも身体は、それらのゴミ捨て場などではなく、学校給食の調理場のようによく管理された状態（誰がしているのか？）にあり、したがって一切のムダなく整然と運営されてもいるのである。ならば身体内部に在る全てのものは、善玉も悪玉も、有能も無能も、ともに安立しているであろう。いわゆる共存している。しかしその共存というのは、相互に協調的なのもあれば、競争的、時に敵対的なのもあるのである。敵も共存の相手方でありうる。あしたのジョーが、仇敵力石徹と共存関係にあったようなものだ。どちらが欠けても、彼らは彼ら自身でありえなかった。共存とはまた、依存のかたちでもない。依存とは、依存する心のことをいうからだ。それがあったのでは共存がそもそも成立しない。互いにもたれ合って、双方が瓦解するのがオチである。

身体を構成する全てのものは、生きているものもいないものも、そこに在るべくして在る。在ってならないものは、そこには無い。それは瞬時に排出されてしまうか、取り込まれてしまうかである。そういう瞬間に発熱といったことは生じるが、長続きすることはない。身体に不要となったものが排出されるということもまた、共存のうちにある。排出されたものは、そうされるべくしてそうなったのである。調和とは、別の言い方でいえば、全存在がそれぞれにあるべくしてあるということにほかならない。べくして、しかあらずというのは不自然、同じことだが不調和ということである。その不自然の典型的なものは、人間が希求してやまない不死というものだ。それはこの議論からすれば、ほとんどばからしいまでのことになる。不死を希求するということはすなわち、死ねと言うのと同じことになるからである。単一、静止、完全な秩序整列、それらは全て死のすがたである。そうではない、われわれが不死ということばをもって希求してきたのは永遠の存在であるのだというかも知れない。ならばそれは今ここにすでにあり、宇宙が存続するかぎりのことではあるがこれからもありつづけるだろう。その宇宙が、どうやら円環らしいのである。始まりから終わりに向かって一直線に進んでいるのではなく、同一事象をかぎりなく繰り返してやまない存在。その円環にナイフを入れて一部を切り取れば、その断面は始まりと終わり、始まりの始まりと終わりの終わりとがびっしり詰まっているのが見えるだろう。しかし〝その間〟というのが見えるかどうかはわからない。

人間が希求しつづける不死、または永遠（の生）、それは「私」の不死であり、永遠存在にほかならない。

死んだり、消滅したりしてもらっては困るというのはこの「私」がであって、それ以外のものは何も念頭にはない。それは、人が『人間』だからなのである。より正確にいえば、『人間』になりつつある（と自認している）ヒトだからだ。『人間』とはそして誰あろうこの私のことなのである。それくらい「私」はかけがえのない存在となっている。その分、生命一般が不滅であろうとなかろうと、さしたることではないのである、正直言って。しかしこれは次の項のテーマである。

（註1）　なおこの件については補記(1)、(2)も参照されたい。

（注2）　第三章(一)－1

2　補記

(1)　この世の天国と来るべき神の国

イエス・キリストが、人々に語った天国というのは、父の国、父が創造したこの世全体のことである。それは、今まさにここにあり、万能の父が精魂傾けて創ったのであるからよからぬものであるわけはない。そのことをわれわれはいま動的調和（によってある世界）と言った。それゆえ、人間の問題はただそこに入るかどうかということに尽きるのである。それは、この世界の調和のすがた（相）が見えるか、見えないかということにほかならない。なぜなら、人間の眼は人知のために曇ってそれが見えなくなり、見えるのは自分の現在の立ち位置だけになってしまっているからである。見えているのがこの世で、見失ってしまっている（まだ見えないという風に感ずる）のがあの世ということになってしまっている。どうすれば正しく見えるように視力は回復できるか——それをイエスは「悔悟せよ」と教える。天国に入るにはただ悔悟しさえすればいいのである。いわゆる神の国の建設など、全然必要ではない。その労は、すでに天の父がとられたのである。それゆえ今は休まれているのだ。神の国をそれでも言うのであれば、それは悔悟した人、ひとりひとりの心の中に現出するものである。したがって他人には見えない。見えたとしても他人に見えるのは神の国ではなく、そこに住む誰彼のすがたばかりである。

(2) おせっかいイワン

――『カラマーゾフの兄弟』第2部第5編「プロとコントラ 4 反逆」に関して

イワン・カラマーゾフが、虐げられたよるべない子どもたちの苦悩を代弁して神に、この世の不条理を訴え、神の責任を問うたことは、無用のことだった。なぜなら、暗いトイレの中に押し込められたその子が、自分の胸を打って「神ちゃま!!」と叫んだとき、まさにそのときその子は神の国に居たのであったから。しかしイワンが思う神の国とは、そのような子がいない国、親子が仲睦まじく談笑するような国であって、彼自身と父フョードルがそうであるように互いに憎しみ合ったり、蔑み合ったりする国ではないのである。

しかし、人間の喜怒哀楽、それがもたらす苦しみというもの（大人のであれ、子どものであれ）はおよそ、人間自らが、自らの内に作り出したものである。それは言い換えれば「くるしみ」という言葉にすぎないものだ。イワンが語る幼児の苦しみというのも、イワンがイワン自らの心の内に作り出した（彼のいうユークリッド的知性がつくり出したのである）ことばにすぎない。現実の苦しみは、たしかにあるけれども、それは故意にそこにとどまろうとしないかぎり（実はするわけだが[註1]）速やかに過ぎ去るものである。それでは生老病死の〝苦〟はどうか。そうした身体が受ける苦難は簡単には去り行きもせず取り除くことも現実的に困難である。しかしこれには昔からそれを受け容れるという有名な対処法があるのである。われわれのあいだではそれは「悟り」といわれたり、「諦念」といわれたりしてきた。

いずれ人知ではあるが、人知を超える何ものかとも深く通ずるところのある法である。一口で言えば「それでいいのだ」という理解のこと。

しかしイワンの子どもたちにあるのは被虐の苦しみ（空腹や、痛みや寒さの感覚的苦しみ、愛する親に裏切られ、捨てられる哀しみや恐怖など）だけなのである。「だけ」であるからこそわかりやすい対象として彼はそれに特化するわけだが、その目論見は当たっているとは言い難い。なぜなら、子ども、特に幼な児というのは元々（生命力にみちているので）身心ともにひとつところに長く留まっているということがないからである。身は、欠ければすみやかに補完され、心は痛めつけられた以上の回復をする。今泣き叫んでいた子が、次の瞬間にはもうにっこり笑ってはしゃぐなどふつうのことだ。生命力とは、生命にとって有益なものを、いかなる事態にあっても見い出してゆく能力のことなのである。その生命力そのものを奪い取ることがなされれば別だが、そうでないかぎり復元力は大人の比ではないのである。ならば、イワンの抗議など、子どもにとって有難いものでも何でもなく、代弁を求めるはずもないのである。言ってみれば、子どもはすでに神（生命）に護られた存在なのだ。万が一、ゆえなく生命を奪われたとしても、彼ら自身は決して自ら悲しんだりはしないだろう。彼らは、被害者であって加害者ではないことを知っているにちがいない（何の知によってか）。ならば、その子は自らの命を奪う親をむしろ憐れんでいるにちがいない。救われるべきはむしろ親の方だと。もちろん、当の子どもがそのように「思う」かどうかは定かではない。彼（また彼女）は、そのとき泣き叫ぶだけで精一杯というのが本当のところだろう。しかし子どもが〝天使〟だというのは、まさにそのようなことなのである。〝天使〟が見えるという人にはそういうことになるが、残念ながらイワンはその知性ゆえにそれが見えなかった。親がその子を虐待するという世の不条理というもののみがその眼には見えるのである。それで彼は、話終えると弟アリョーシャに向かって言う、「このような親はどうだろう、死刑にすべきかね？」アリョーシャは思わず叫んでしまう、「死刑にすべきです‼」しかしイワンが、それをもって鬼の首でも取ったように勝ち誇るのは見当違いというべきことだった。アリョーシャは、イワンの知的領分において応えただけであって、彼には同時に別の声も聴こえているのである――「復讐するはわれにあり」という神の言葉が。するとアリョーシャの真の答えは、「すべきではあるが、しかしそれは神が行うべきことでわれわれが関与できることではない」、というものだったはずである。幼児は、イエス・キリストが身を以て示した完全無防備・完全無抵抗の権化である。それゆえにこそ、神の国の住人筆頭とされているのである。無条件入国許可。償いは、すでになされているのであって復讐する必要もないのだ。それゆえ、暗いトイレの中に押し込められて「神ちゃま‼」と叫んだ子が、そのままそこで悶絶したとしても、神はそれを〝よし〟とされたであろう。作者はこれを書いた同じころ、『キリストのヨールカ（クリスマス）に召された少年』（『作家の日記』所収(註2)）という美しい物語を書いて、キリスト自らが主催する祝祭に招かれた薄幸の少年のことを伝えたのだった。少年はその夜、暗く寒い材木置場の片隅で息絶えていたのだったが。

（註1）　このことをドストエフスキーは『地下生活者の手記』で歯痛をもってあらわしている。

（註2）　一八七六年一月第二章二

㈣ 部分と全体――全て在るものは、部分にしてかつ全体であるものとして在る

1 「在る」ということ

地球を、自然と自然的なるものの代名詞とすると、そこに存在し、それを構成しているもののうちには当然、われわれ人間（誰れ彼れ）も含まれているはずである。そう考えなければならない。ところが、これをまともには認めようとしない人々が、昔も今も多数いるのである。たとえ認めても、自分たち人間だけは他の成員とは異なると主張して、その異なるゆえんを挙げつらう。決して同列ではないぞ、虫と同じ扱いにされてたまるか、というわけだ。まさに自然蔑視、人間（もちろん『人間』なのである）の過大評価である。そういう人々は、自分がもう『人間』になった気でいて、その分ヒトであることを忘れているのだろう。しかしその『人間』は、たとえばロケットにとっては、主たる燃料もただ一本のボルトも同列の構成品であることを忘れているか故意に理解しないかなのである。ただ一本のボルトの緩みも、ロケット全体を宇宙のゴミにしてしまうと知ればこそ、科学者は多大の労力と時間を投入して発射前点検を行っているわけだが。

たしかに、自然というものを発見したのはわれわれ人間であろうから（「自然」ということばを作っただけともいえる）、それによってその自然から離脱したのだとすれば、人間は自然とまったく同じというわけではないかも知れない。しかしだからといって、他の成員とその重みまで異なるというわけに

はゆかない。人間は将来、その人知をもって地軸の傾きや、公転の周期、軌道さえ変えられるようになるかも知れない。また、他の生きものの本能を変えたり、形質を変異させたりすることもできるようになるかも知れない。そうなればたしかにそれらと同等・同列の存在とはいえなくなるだろう。しかし、それを歓迎する者はそのときいるだろうか。なぜなら、ほとんどの生きものは、そうした人間の行為によって被害を被ることになること疑いようがないからである。被害の最たるものは被支配である。そしてその窮極は「自然」とはいわれなくなることである。すなわち不自由となることだ。

もっとも、右のようなことはまず心配するには当たらないであろう。なぜなら人為、いや人知そのものが吹けば飛ぶようなもので、実際一発の大津波で跡形もなく消え去ってしまうのである。それはキリストの昔から「汝ら、髪の毛一筋だに白くも黒くもなし得ず」とさえ言われてきたのだ。それゆえ、人間自身以外の何者も敬意を払わなかったとしても不思議はないのである。ただそれが悪く作用しそうなときにのみ、それなりの反応を示す者がでてくるばかり。口では抗議もできないから、それらはたいていは実力行使に出るのだが、それにさえ人間は満足に対応しきれているとはいえない。人間は、病気は治すが、しかしそれを治したというまさにそのことによって新たな病気に罹るのである。堂々巡りが得意なのだ。そして結局のところは死ぬ。死ななくなったら、まさにそのことじたい病気ということになろう。それゆえ今度は、死ぬための治療が必要になってくる。なぜなら、死は個体生命にとっても、種にとっても、生命全体にとっても、生まれと同様に生命システムの、それを成り立たせているシステムの要諦だからである。ある死は、別の生であるというかたちでそのシステムは稼動しているのだ。

自然、その一部を成す生命は、一方ではきわめて保守的であり、同じ形質をどこまでもそのまま維持しようと努めているが、他方では変異とよばれる現象にみられるような飛躍を敢行しもする。生命は、保守的であると同時に革新的でもあった。それで今日の繁栄が成ったわけだが、その繁栄の性質は多様性というものなのである。その多様性は、この全宇宙の多様性をそっくり反映したものであって、それぞれ個々の生命体の意志や都合とはおそらく何のかかわりもない。それはしばしば順応とか適応だとかといわれるが、いずれことば（言い方）の問題にすぎないだろう。多様性をもたらしつづける変異というのは、遺伝子上生ずることであるが、それはなるべくしてなるということである。そのべしは、何ものかの判断や意見によったものではなく、全体が自然に生み出すものである。それをわれわれはすでに動的調和ということばで言った。したがって、そのべしのうちに人為は含まれ得ないのである。多様性というのは、人為的な遺伝子操作によってどんどん拡張されうるというものではない。それは自然（調和）の破壊以外の何ものでもない。人間にとっては必要だが、他の全てのものにとっては無用、どころか迷惑なものをつくり出すだけのものが人為・人工である。ならばそのような迷惑はごく自然に排除されるであろう。

生命が、保守的にしてかつ革新的であるというのは、地球全体がそのようであることの単なる反映と考えられる。四十六億年の地球の〝歴史〟は劇的にして波瀾万丈のすがたをしているが、そのどの一時代をとってみても、その時代が永遠にそのままのすがたをつづけることを望んでそうであったようにも思える。それは、地球や恐竜に〝意思〟があったらとわれわれが思うからであって、真実は保守的でも革新的でもなく、単に変化したというにすぎないものだろう。その変化には、原因も理由もあるだろうが、その原因・理由にわれわれはかかわりがほとんどないのである。三葉虫も恐竜も原始人も同様であっただろう。すると、今後の地球の変化に、それがどのようなものになろうとも、われわれがかかわることもないであろう。いわゆる地球問題など誇張以外のものではないということになる。われわれがかかわることができるのはせいぜい、只今のわれわれの生活環境のみ、すなわち環境問題だけということになる。ただしそれは、われわれが今日ある人間、自然の一部である間だけのことである。自然を大幅に改変、究極には先に述べたような、たとえば地軸の傾きや公転の軌道を変えたり、ヒトを不死の存在としたり（人口が爆発的に増加しよう）することができる能力を獲得するに至った暁には（それを多数の人々が切望しているのである）〝地球問題〟は現実の問題となるだろう。それは地球という全き星が（丸いということがそもそもその完全性を表しているだろう）いびつなものになってしまうということとほぼ同じことといえよう。それをわれわれは、調和の喪失というのである。〝宇宙船地球号〟の一乗員（または乗客）にすぎない者が、何やらわけのわからない言動をして暴れるということになれば、船内はおろか船そのもののバランスさえ崩れ去ってしまうことになるだろう。しかし人間は（『人間』になろうとして）たとえそうと知っても、おとなしく乗船しているということができないのである。おとなしいということを不名誉と心得ている。現状というものを決して肯定しようとせず（〝進歩〟の為にしてはならないと主張するのである）人にも、他の全ての生きものにも、別のことをさせようとやっきになっている。その挙句には、水晶宮だの新しいエルサレムだのをこの地上に建設しようとするのである。しかしそうしたものはみな、『人間』同様、夢まぼろしに終わってきたのである――バベルの塔から、神の国、共産主義社会建設に至るまで。力が不足していたからではなかったであろう。おそらくは単に無用のことだったからにすぎなかったからだろう。それはさらに言えば、それを推進する『人間』がそもそも無用だからなのである。それは、ヒトの知性が見る夢、自己陶酔にも似た幻である。毛虫が華麗に蝶と化するのを見て、自分にもできないことはあるまいと思う。思うのは勝手だが、そこに自らの知力に対する過信が加わっていればそうもいかないのだ。

人間は、自分を除く全てのものたちが、今ここに完全な調和とともに存在しているということを認めようとしない。それは人間が、その知性の性質ゆえに（人知である）『人間』であろうとすることをやめられないからである。やめれば、自然に帰してしまうと恐れるからだ。帰するとはもちろん「私」ではなくなるということである。自然は「私」ならざるものだからだ。しかし人間は、その「私」になるために一生奔走してやまない。そして、決してまったりと「私」になりきるということがないのである（なったら終わりだ、ほかにすることがなくなる）。それゆえ人は、自分に調和した世界をもってそのまったり感を得ようとするのである。世界の方こそが、「私」好みに変われと居直る。「私」の思う通りに動けと迫る。それはあたかも歯車が、自らを歯車であるとは認めず、全き一個の機械であろうとして、位置も役割も勝手に変更しようとするようなものである。たった一個の歯車でも、そのような妄想に駆られて勝手なふるまいをすれば（もちろん、「自由」をそのとき叫ぶのである）、どんな機械もとたんにガタつきはじめ、場合によっては運動を停止してしまうことになろう。

全て人は（ヒトであるのだから）この一個の歯車である。という風に言えば、たいていの人は猛然と不満を言ってくる。なにゆえかわからない。それ以上に名誉なことなどないであろうに。それなら、一枚の葉っぱだと言ったらどうか。かのイワン・カラマーゾフも、春先の若々しい葉っぱが好きでたまらないと言っていたわけだし。しかしその葉っぱは秋ともなれば枯れて落ちるのである。それが葉っぱ本来の役目なのだから。そののちは、小動物の寝床となり、さらにそののちには樹が育んだ実（もとはといえばそれも葉っぱあればこそだったのだ）が芽を吹くための養分となる。全てが葉っぱの役目であり、どんな一枚もその役目を黙々とこなしている。春先に、目覚めた樹を浅みどり色に染め上げるだけのものではない。そしてその樹も、いずれ森の土に還るのがひとつの役割なのである。でなければ樹下の若木が育てない。いわゆる森の循環で、それが森の動的調和のひとつのすがたである。そこには、何ひとつとして余分なものも、不足するものも生じようがない。

しかし、人の中の『人間』は、自らがこうした存在であることを決して認めようとせず、森の改変を目指して木を刈ったり植え込んだりするのである。祖先は園丁であったのだから（ただしクビになったのではあるが）それももっともと言えなくはないが。気分は何者か。一国一域のあるじ（主）、森を支配する巨樹。それは妄想である。かつて、自分を一介の貧乏学生ではなく、ナポレオンまたはナポレオンたるべき者として「全ては赦されている」という〝理論〟のもと殺人者になった者がいたが、今日それとさしてかわらぬ人々が街中をうろついている。それでもラスコーリニコフには〝人間らしい〟一面が残っていて、マルメラードフ一家の困窮を見過ごすことはできなかったのである。しかし今日、弱者貧者の類は健全な森の為にはならないとして（それも〝理論〟なのであろう）平気で刈り倒す輩がひきもきらないのだ。「健全な森」というのがそもそも観察不備から生じた妄想なのである。そのうえに自分こそはこの森の園丁、いや管理者なのだというさらなる妄想が乗っかっている。

実在するものは、何であれ全て一個の歯車である。何か、より大きな、自立したものの一部分としてそこに在る。その歯車が、あるべきところに在り、なすべきことを為していて全体は調和のうちにあるといわれ、そうであって全体は一個の自立した機械となる。そうでなければ、機械はない。そうでなければそれは機械とは呼ばれ得ず、ただのガラクタの山にすぎない。正常に稼動しつつあるか、いつでも稼動可能な状態にあるもののことを機械というのである。それは分解すれば歯車の集合体であり、それにすぎない。そして分解された個々の歯車は、もはや歯車とはいわれ得ず、木っ端や金属、プラスチックなどの素材、その成分にすぎない。脱落して道端に転がった車輪は、外観にかかわらず車輪ではないのである。そのとき車は走行不能になり、大破すればもはや車ではなく、スクラップの塊にすぎない。「自然」もこの機械（車）とさして変わるところはない。あるといえばあるし、ないといえばないもので、しばしば「自然界」といわれたりするひとつの世界。この世界に、ヒトは実在する。生命の一部として存在している。ほんの一部、一個の歯車。ヒトの一個くらい、無くても生命、自然は何ら差支えないではないかという考えはそれゆえありうる。むしろその方が自然らしく、すっきりするのではないかとさえいえるかも知れない。しかし、ヒトも、その他全ての生きものも、生命がその長い運動のなかから生み出したものなのである。生まれて数時間のいのちであるカゲロウでさえその生命の一部であり、それが損われるということはすなわち生命が損われるということにほかならない。ただ、生命の損傷は、機械のように運動停止といった人の目に明らかなすがたを見せないのでわれわれには理解しにくいというだけである。その全体像がなかなか見えない。地球がそうであるように、宇宙飛行士となって地球の外側から見ることができれば別なのだが。その点車なら眼前にあり、触って存在を確かめるということもできる。ロケットでさえ、ビス一本欠けても点検すれば確認できるし、その結果何が生じるかを容易に推測できてしまう。それが、生命、自然サイズになると、当の観察者がその中に含まれてしまうためにそうはいかないのである。しかし『人間』となると話は別だ。『人間』はヒトの産物であって、車サイズのものなのである。しかも、それは実在ではない。バーチャル存在である。したがってこの自然の一部ではない。それゆえ（かあらぬか）人はしばしば「自然界」に対峙させて「人間界」（われわれの言い方では『人間』界ということになる）と言うのである。

ところで、右のようなことを「名称・形態（にすぎない）」ということがある。たとえばナーガセーナという大昔の仏教界の長老は、車というものは存在しない、それは名称・形態にすぎないと説いた（註1）。そしていわゆる車を各部品に分解してみせて、その各部分が〝因と縁〟とによって寄り集り、それが動くものであるあいだだけそれは「車」とよばれるものであるのだ、とも。長老ナーガセーナは、車どころか自分自身をも名称形態にすぎないものとし、そこに実体はないのだという。では、彼の腕や頭や内臓がそれなのかといえばもちろんそうではない。それらは全て車の部品のようなもので、車が駆動しているときだけ、それらはそれぞれのものとして存在し、ゆえにそれぞれ意義あるものなのである。長老は、この車のたとえを、ゴータマ・ブッダの説く「非我である」（諸法非我）の説明に用いたのだが、われわれはいま同じたとえを「調和」の説明に流用させてもらったのである。われわれのいう「調和」に「我（私）」は無用有害なのであるから、さして問題はないであろう。長老は、ブッダの教えにならって、身体をはなれた霊魂（アートマン）なるものは存在しないと言ったのだが、われわれは身体も霊魂もない、それらは人間のことばにすぎないものだと言ってきた。それらが、調和のうちにあるときのみ（すなわち全き全体としてあるときにのみ）あるといわれる、と。そのときにのみ、そうしたことばも生きるのである。一般に、全体といい、部分というもこれと同じである。全てのものが（その中には、身体といい、霊魂といわれるものも含まれるのである）一体となってそれぞれのはたらきをしているときだけ、それらは全体としてある（在る）といわれる。言って違和感を一切生じない。「そこに歯車が一個ある」というのは「ある」の名（ことば）に価せず、その意味で違和感を禁じ得ないのである。それは、「ないも同然」とでもいうほかないことだ。そこにいう「歯車」は、それも名称形態（ことば）にすぎないもので実体がない。あると頑張っても、あるのは素材の鉄やアルミやプラスチック、ひいてはそれらを構成する原子、さらには原子を構成する素粒子の類であって、人はそれらをふつうは確認できない。そのうえ、この宇宙は、われわれが全くその存在を確認できていない暗黒物質（ダークマター）によって七十五パーセント以上が占められているらしいのである。それでも「無いのでは無い」とは言えるかも知れないが。要するに、全体といい部分というも、それもことばにすぎないものなのだ。

（註1）『ミリンダ王の問い』第一編第一章第一 名前の問い－実態としての人格的個体の否認（東洋文庫7 P68～75）

2 一如である

そもそも部分であるものは、そのことのみによって十分であり、その他いかなるものであることも必要ない。部分であるということがそのものの意義であり役割である。部分をなさなくなったものは、すなわち全体であり、そうである以上そのもの独自の意義や目的、存在理由を捜さなくてはならない。離脱した歯車が貴金属製であったなら、それも可能だろうが、そうでなければ使い道もなく打ち捨てられるだけだろう。よくて骨董品として鑑賞対象にしてもらえるという程度だ。しかしその歯車も、機械の部品であったときは、材質や大小にかかわらず、等しく大切にされていたのである。それゆえ、前項では歯車であるということは名誉なこと、いや喜ばしいことだと言いかけたのである。機械は、代弁して言えばそれが高度なものになればなる程、部品ひとつひとつの価値を自ら承知しており、したがって内にも外にもそれを誇らないわけがないのである。しかしこれを認めない人々は、「人を歯車扱いする」と言って腹を立てるのである。かつて、ヒューマニストを自認する人々もそうして腹を立てていた。「人間疎外」というのがそのきまり文句だった。その人々は、〝人間〟が一個の独立した存在であると信じたのである。彼らの〝人間〟とはすなわち個我の持主。一国一城のあるじ（王）たるべき者のことだ。当然、歯車などという見立てにはプライドが許さないわけだ。どんなに譲っても同盟の当事者ぐらいのところだろう。それも無理だとしても、少なくとも単なる使用人というのは許せない。しかしついでに言えば、かのイエス・キリストは、人々に人は全て使用人にすぎないものと教えたのである。あるじは、ただ天の〝父なる神〟のみ、と。それゆえ、使用人が主人となることはぜったいにありえないことなのだ。するとこの点で、大半の近代人（近代自我の持ち主）は反《アンチ》キリスト、ひいては反神ということになっているであろう。近代人である多くの人々が、世界に、おのが居場所を求め、価値を認められたいと奔走するのも、その結果思い通りにゆかず失望してうなだれるのも、ともにもっともなことなのである。自分が、部品であり、使用人である（「にすぎない」とは決して思わないで）ことを喜びとし、名誉とさえする人は、主人や全体と決して争ったり、闘いを挑んだりすることはない。その必要がないと知るからである（いかなる知によってか）。そのような人のことをキリストは「柔和なる者」とよび「幸いなるかな、その人は地を嗣がん」と言って祝福した。

部分であるということはしかし、全体に依存しているということではない。それについてはすでに述べた――「依存」とは、依存するこころのことである、と。歯車は、機械に依存するものではなく、機械は歯車に依存して機械なわけではない。しかも両者は互いに独立（あるいは無関係）なわけでもない。そのうえ、関係ということでいうなら、協力関係や契約関係などでもない関係である。依存とか協調とかといった言葉では言いあらわせないそれは関係だ。言うとすれば「一如」ということ以外ではないだろう。これまで述べてきた「調和」の概念も、この「一如」に近い。それゆえ、調和について述べたところでは、それは単にバランスがとれているといったことだけではないと言ったのである。しかしこの「一如」についてはのちにふたたびとりあげなければならない。それは、区別をこととする人間の知能を嘲笑うかのような一語で、しかも古くから語られてきたものである。当面はかわりに「かつ」という語で間に合わせることにする。

われわれ（誰彼）はみな、ヒトという種の一部分として今ここにいる。ヒトという機械の一個の歯車。

そして誰もが、その一個以上でも以下でもない。大きいのもあるが、微細なのもある（この場合、いるというべきか）。上手もあれば下手もある。賢者もいれば愚者もいる、善人もいるし悪人もいる、それでひとまとめにしてヒト、いや人類と称されているところの存在である。誰もがこの全体性のもとにあっては等価であり、誰が欠けても全体（ヒト）は意味をなさないものとなってしまう。上手、賢者、善人、巨人ばかりが集合せねばならないなどということはない。大昔から、人（ヒト）はいろいろだったのである。それで一括して人。ならば、遠い未来までもこの通りであるにちがいない。遠い未来には、全人類が賢者となるであろうなどというのは妄想ということになる。そもそも、賢愚善悪というのが妄想なのである。それは人間を分類し、その間に差別を設けようとするもので不自然きわまりない所業である。であればこそ創造の神は、アダムたちに「善悪の木の実は食べてはいけない」と命じたのだろう。しかしそのアダムとイヴの子孫であるわれわれは、是非善悪の弁別はもとより、ありとあらゆるものの分類に精を出しつづけている。分類の次は、もちろん評価である。そして貴賤の差別も生まれた。今日、貴賤こそ多少引っ込んだかに見えるがそのかわり〝ランキング〟なるものが全盛となっている。何にでもランキングを付けて上位を誇り、下位を愧じている。分類と評価、それが人間の知性の悪癖なのであるが、誰もそのようには思っていないらしい。それによって、自分（この「私」）が、少しでも有利な立場に立てる、少なくともそのチャンスがあると期待するのだろう。そのような期待はまったく無用なのだが、〝人間界〟にどっぷり浸ってしまった人々にはそれがわからないのにちがいない。

人がもし、自然のありのままのすがたを、虚心に見ればそこにはどんな不公平、不平等をも見い出すことはできないはずである。大木の間にはさまれて生を受けたばかりに、その成長を阻害されている哀れな、ちんちくりんの小木も、立派な森の一員として遇されている。それはまもなく枯死して森の肥やしになるだろうが、おかげで森は多数の小さな生きものたちを育み、それゆえ豊かなのである。その豊かさは、森全体が全身のありようをもって表現している。ちんちくりんの小木のありようもまたそれ自身がその表現そのものなのだ。巨木、大木とて、いずれはみな同じ道を辿ることになる。ただ、〝わがもの〟、わが命という思いにとらわれた者だけが（いれば）森や大木たちに抗議の声を挙げるばかりである。しかしその森も別にラクしているわけではなく、大木にも小木にはない多数の困難があり、それと闘って森全体を結果として守っているのである。それは無言の営みであって、人間のように宣言したり、宣伝したりして行っていることではない。しかし人間は、それぞれが己れの役目を果たす前にまずそれを他者のそれと比較して、たいていは不平を言うのである。誰のおかげでこんなことになってしまっているのだ、と。それでその誰を捜しにかかる。時に、森の小木の代弁者になったりもする。イワン・カラマーゾフよろしく。人はたいていおせっかいなのだ。

こうしたことを、一般的にいうとすると、全て世にあるものは、部分にしてかつ全体としてあるということになるだろう。しかし知性は、このような「かつ」という認識が苦手であり、好きでもないのである。単なる矛盾としか思うことができない。それならなぜ、部分といい、全体というのか、と。ならば、言わなければよいではないか。そのようなものはないのだと知って。しかしそれでは文化はどうしてくれるのだ、成り立たないではないか。男か女か、どちらかにしてもらわなければ困る。むしろ、男はより男らしく、女はより女らしくしてもらった方が都合がよい。ところが最近では、男（女）にしてかつ女（男）というような人が増えてきているらしい。それは病気の一種で、性同一性障害とかいうのだそうな。それゆえ、この病気の人は気の毒に人知れず悩んでいるのだというのである。もっとも、その悩みも人それぞれで、内容のほどはよくは分からないのである。そうであるとしても、男だ、女だとそれなら言わねばいいのではないか。ただの「人」でどうしてわるいのか。それが、わるいのであるまさしく、文化のせいで。

こうした「かつ」問題は典型的な例が昔からあった。人の子にしてかつ神の子イエス・キリストその人の問題である。この問題のために、人は今日にいたるまで、イエスを理解できず、心から好きになるということもできなかったのである。そこでどうしたか。天上に在っては神のひとり子、地上に在っては人の子という理屈を捏ねた。しかし当のイエスは、自らを人の子としてのみ称し、その父は、全ての人々と同じ天の父なる神であるとしていたのであった。だから、われわれはみな兄弟同士なのだとも言った。論理は単純かつ明快で一点の曇りもない。ならばどうしてイエスが、神のひとり子などという者である必要があるだろうか。当のイエスにその必要はまったくなく、人々にそれはあったのである。イエスがキリストであるためには、それが必要だったのだ。人々が欲していたのは宗教であって信仰ではなかったからである。人々が欲していたのは、額ずく対象であって共に祈る人ではなかった。それゆえ、そのためにはイエスが神のひとり子であり、人の子というのはこの世の仮の姿、それによって自分たちを救ってくれるための方便でなければならなかった。まさに人々は、キリストをアテにし、キリストに依存していたのである。それを、キリストであるがゆえにイエスは突き放した。裸足で、ボロをまとって、人の子のうちでももっとも頼り甲斐のなさそうな姿で現われ、「悔悟せよ」と人々に迫ったのである。当然ながらそれでは効き目がなかったので、ついには自ら十字架にかかってそれを促した。

それでもたしかにイエスは、〝兄弟〟たちとは違うところがあった。それは彼が、今も天の父なる神と共に在り（彼の名は、インマヌエル、すなわち神とともにいますというものだったのである）、それゆえ父の声が聴こえる、またその意思を行うことができるという点だった。それは、イエスには私心（われという思い）が無かったからである。完全に父を信ずる者にそれは無用だったので生じようがなかったのだ。われ（我）は疑心とともに生じ、ともにあるものである。それは誰でもが、自らの経験に照らしてみれば心当たりがあろうというものだ。たしかにイエスも「われ」（吾）とはいうが、そのときその「われ」とはそのまま神、天なる父そのものと同一なのである。では、受難とはどういうことになるのか。それは、イエス・キリストの受難にしてかつ神の受難ということになる。ならば、父なる神が、そのひとり子を十字架に〝黙過〟（すなわち見殺し）したなどと人々がいうのは、妄言も甚だしいということになろう。苦しみに泣いているのは神である。人間の所業を残念に思い、われわれ（全てその神の子である）のために涙を流すのだ。われわれが、その神から遠く離れ去ってしまったのに、しかし神はそれでも依然としてわれわれとともにいるからだ。いて、怒ってもおられる（とイエスは通報する）。だから「悔悟せよ」。悔悟して父を信ずれば、罪は「七たびを七十倍するまでも」赦されるのだと保証する。神の怒りは、神の愛の怒りであると知るからだ。その悔悟とは、天の父なる神の子たちにふさわしい者であれ、それによって悲しみかつ怒る父をよろこばせよということだ。そのために人がなすべきことは『山上の垂訓』によってすでに示した。なすべきことはただ祈ることのみ、と。要するに、イエスによれば、われわれは誰しもが、善人も悪人もが、人の子にしてかつ天の父なる神の子である。したがって、イエスも含めて皆兄弟、貴賎も尊卑もない。にもかかわらず、われわれにその父の声が聴こえない、父の国が見えもしないのは、聴こうとも見ようともしないからにすぎない。なぜしないのか。できないからである。なぜできないのか。父を信じないからである。そのかわりに己れ（「私」）をのみ信じ、かつ信じようと欲するからだ。それが人知の正体、サタンの差し金だからである。目下、ほくそ笑んでいるのはそのサタンである。彼は、神には歯が立たないので（イエスで試したが、撃退されてしまった）、神の子たちを籠絡し、溜飲を下げるのだ。

　本題にもどろう。いうところの「かつ」とは何であるか。もちろんそれは観点の相違ということである。もっぱら、ものを見る側の問題であって、ものごとの側には何の責任もないはなしだ。三角錐の物体を、上から見て円い、横から見て三角だというのと何らかわらない。どちらもが、正しいと言えば正しく、間違いと言えば間違いであり、その点では「円にしてかつ三角形」などと言ってもやはり同じことである。「かつ」でも、やはり正しく言ったということにはならない。正解は「三角錐形」なのであるから。それは、ものの形状とそれをあらわす言葉の関係からきている。物体の形状形態の性質から直接生じていることで、かつわれわれの眼の性能・性質からもきている。昆虫の複眼、魚の〝魚眼〟、鳥たちの目、その他それぞれの生きものにはそれぞれの眼があり、ヒトの眼もそのうちにすぎない。要するに必要に応じてついているのである（進化論の問題）。しかしわれわれの知性は、ヒトの必要性を超えることを望むのである。全体を「知りたい」と思う。いわゆる知的欲求にとらわれている。この欲求についてはすでに十分に検討した。それは、人知の本来的性質ともいえるが、それ以上に一種の病気である、と。度し難いヒトのビョーキ。それで人間は、ヒトの眼の欠陥（と考える）を補うべく、魚眼レンズを開発し、顕微鏡やその他多数の色々望遠鏡を発明して、おかげで今や宇宙の果て、その生成までをも見ようという勢いである。「見る」ことが「知る」こととほぼ同義と化している。それも人知特有の性質といえるだろう。見なくても知っている生きものは多数いるはずなのであるから。

三角錐ならそれでよい。しかし自然は同じく立体とはいえ、はるかに複雑な形体をしているのがふつうである。言葉はそれについてゆけない。あらゆる形体をあらわすあらゆる言葉を用意しても、それが適切かどうかというまた別のはなしもある。単純化、簡略化ということが必要になる。近代画家の中には、自然を、彼らの感得する形状・形態をもって再構築しようと試みた人々もいたが、それはことばでそうしようとするのと同じくムダなことであった。そもそも、自然の再構築ということがそのムダなのであるが、因業なことに人知はそれがやめられないのである。そう言えば、近代科学というのもこれらとそう大きな違いがあるようにも見えない。科学者は分析に次ぐ分析を重ねて、ついに自然を素粒子にまで還元したが、しかし自然は、元素でも原子でも素粒子でもなく、それら全てであり、要するに自然そのものなのである。人工はおろか、何者がつくったというのでもおそらくない（『創世記』は人間がつくったのである）。もしそうだとすると、自然科学者の多大の努力にもかかわらず、彼らが（この場合、人類がと言っても同じになろう）自然を、そのほんの一部でも再構築するなどということはできないことになろう。要素の全てを発見し、合成することが可能となっても、なおそれら要素間の関係性という明らかにしなければならない問題があり、さらにその関係性を成立させている要因（原因、理由）も究明しなければならないのである。その上での、たとえば生命の創出といったことになるが、それで自然を再現したということにはなりえないのである。そこに調和が実現されていないかぎり（すでに触れたように）その生命は存在であることができないからである。すると、よく言ってもそれはほんのマネごとをしたにすぎないことになるだろう。

科学のことはともかく、「丸にしてかつ三角」形というのは、ことばの内部問題というべきものである。矛盾というのがそれだが、当の物体からすればどうでもいいことにすぎない。もとの物体は円満そのものとしてそこに在る。では、われわれはどうなのか。『ヒト』（という自然）と『人間』（ということば)、また肉体(といわれる身体)と精神(また霊魂)というのはどうか。それらも同じことだろう。それらは矛盾はもとより、両立しているというのでさえもなく、単にひとつのもの、一体というべきである。昔から身心一如という、その一如であるものとしてそこに在る。どちらか一方では、どちらもが成り立ちえないものだ。少なくとも『ヒト』、ヒト、人間、『人間』、単に「人」いずれもが意味すら成さない。魂が欠けていたり、身体が無かったりではどうにもならない。有る無し以前のことだ。同様に、ホモ・サピエンス(ヒト)からサピエンス(知性)を取り除けば、もちろんそのいずれもがヒトとはいえず、『ヒト』ですらないかも知れない(例の連続性の問題になるが)。それはヒトの引き算は成立しない、引き算でヒトはもはや『ヒト』には戻れないことを意味する。しかし『ヒト』は、何ゆえに『ヒト』であることに留まりつづけなかったのか。聖書の記述にかかわらず、本当のところはわからない(であろう)。ヒトは、旧人類(原始人、第一人類)とは独立に生じたという人類学者の推測もある。しかしそれらにかかわらず、われわれヒトの身心は一如である。〝心〟は、今では脳にあることになっているが、その脳は純然たる身体(の一部)なのだ。身体を取り除いて脳だけというSF的考えもあるらしいが、ではその脳とは何であるのか。記憶装置と論理回路だけのものなら、いずれはコンピューターで代替可能(いわゆる電脳)ということになろうが、生身の脳はそれで生きてゆけるのか。栄養学者は参画する余地がないのか。その電脳類似の脳が、身体を新たに生み出し(どのようにしてか?)自らを『人間』と称したとしても、彼(ら)が切望する自然からの離脱(もしくは克服)はそれによって成るのか。

しかしその『人間』は、不完全性のゆえであるのか、昔も今もヒト（自身自身のことである）を蔑視し、支配しようとやっきになっている。そのたびに、身体という自然からリベンジを食らってほぞをかむのである。顔のニキビひとつ満足にはならないのだ。もし身体と霊魂とが相容れないものであるなら、なにゆえに両者は求め合わねばならないのか。それぞれの世界で、それぞれにやっていればよいではないか。

部分と全体という問題にかえろう。要するにそれらは〝一如〟（同じ）である。それはことばにすぎない。現実に世に存在するものは全て、部分でありかつ全体であるものとして混然一体そこに在る。それをどうしても、部分や全体という言葉を使って言いたいということになれば、それゆえ「部分かつ全体」ということになるのである。全て実在するものは、それが何であれ、またその態様がどうであれ、部分にしてかつ全体であるものとしてそこに在るのである。たとえ一個のビスや歯車であれ、一人の人間であれ、一枚の葉っぱであれ、同じことだ。一人の人も全人類であり、全人類は結局ひとりの人間である。それは、一人の人間である誰彼が、全人類を背負って立っているというようなことではない。全人類も結局一人の人間に帰するというのでもない。そうではなく、常に全人類すなわち一人の人間というのである。ただそれだけのこと。すなわち「一」とか「全」とかといった区別はないのだということである。それは人間の知性の都合上のことにすぎない。人間はその「一」とか「全」とかによって、勝ち誇ったり、気張ったりがしたいのである。ただ人間だけがそうした願望を抱いている。そして他の多くのものを傷つけ、迷惑をかけているのである。何より、自分自らがその被害者となっている。「調和感の喪失」がその被害である。全てこれらのことが納得されうるためにはしかし、個我というものがそれを遮る。ことばはこの個我と深く結びついたものだからである。それは、自分を全体とするか、部分とするかというふうにのみはたらくのである。ことばは弁別であって総合ではないものだからだ。総合のためには、別の能力がはたらく必要がある。それは、もしあったとすればことばを障害とするだろう。たとえば直感力というのは、たいていはことばによって鈍らされてしまうものである。そのことばによる弁別という惑わしは、ついには「自分はナポレオンか、ただの貧乏学生か」というようなところにまでゆくだろう。もちろん、ナポレオンはもとより、ただの貧乏学生も、そうであるのならば決して自らにそのように問うことはないのである。そうではないと思うから問う。その思いは妄念である。晴朗に自分自身である者には生じようがない思いだ。

蛇足であるが、いわゆるトカゲのシッポ切りという話は、他の主要な部分が助かるために、シッポという末端部分を犠牲にするという話ではない。それは社会問題としてはそのようなことも現実にあるかもしれないが、われわれがここでしているのは個人問題であって、ここではシッポはトカゲそのもの（全体）なのである。トカゲが助かれば、それは自分（シッポ）が助かったという話なのだ。シッポにはわれという思いがそもそも無いからである。また、万一の場合には切り離されるというのがこのシッポの存在理由、ではなくても少なくとも重要な役割のひとつだからだ。それゆえ人々がしばしば「トカゲのシッポのように切られた」などと言うのは、気持ちはわかるがトカゲの真実をかえりみないものと言わざるを得ないのである。その人は、それまで決してシッポ（部分、歯車）ではないと信じていたのだ。一国一城のあるじたらんとして虎視眈々であったかも知れない。ならば「切られた」のは戦いに敗れたにすぎない。被害者意識で怨み節など見当違いである。それは「我」のなせるわざなのだ。

補足(1)　国家と国民は一如か？

念のため確認しておきたいのだが、右の議論は、国家と国民との間には適用され得ないのである。なぜなら、国家も国民もことばであって存在（自然）ではないものだからだ。ひらたく言って、人間世界にしかないものだ。ならばそれを人工物と言っても差し支えはないだろう。

じっさい問題として、同じく「国」という文字が付されていても、それらが表裏一体だとか〝一如〟だとかということはまずありそうになく、これまでもなかったのである。むしろその逆であることの方がふつうだった。そもそも〝民〟が〝国〟家を形成していない例はいくらでもあり、国民といわれる人々も、便宜上やむなく国籍といったものを取得しているだけというケースも少なくないのである。国家と運命を共にして滅びたという人々も歴史上は多少はあるかも知れないが、ほとんど例外的であろう。国家が滅んだからといって、そのとき国民といわれてきた〝民〟がそうそう消滅するというものではなかったのである。現在では「国家栄えて国民滅ぶ」とでもいうべき事態に陥っている国が散見される。ならばいずれそこではかつてそうであったように〝革命〟がぼっ発することになろう。

補足(2)　支配と疎外の淵源

右にかんしてはもうひとつ重要なことがある。『人間』というこのバーチャルな存在が多数集合するとそこに『人間』集団（国家もそのひとつと考えられる）という別のバーチャル存在が生じるということである。それがなぜ問題かというと、『人間』がその生みの親であるヒトを支配しようとするように、その集団もまた必ずや『人間』たちを支配しようとするにちがいないからである。なぜなら、バーチャルなものは、己がバーチャルであることを知っており、それゆえ実在を欲し、その矛先を親に向けるのが常だからである。力を、一番誇示しやすい相手に向けるのだ。いわゆる人間疎外というもののひとつの形は、この集団による人間の疎外である。それは『人間』のヒト疎外を原形とし、それにならったものといえる。国家による国民の軽視などというのもその疎外のうちだろう。今日、人間疎外のもっとも深刻にあらわれているのが経済の分野であることはすでに述べた。そこではわれわれは単なる統計対象にすぎない、と。

（補記一）「弱肉強食」ということについて

それは、人間の眼の問題である（眼は心であるといわれる）。要するに、ある人（々）にとっては自然は弱肉強食の世界のように見えるというのである。眼がもっている一種の癖がでたものといえよう。したがって別の人（々）の眼に、同じ自然の営みが運・不運に見えたとしても一向に不思議はないのである。われわれ（日本人）の間では昔から「勝敗は時の運」と言われてきた。勝ち負け（「弱肉強食」を言う人は、「優勝劣敗」ということも言う）は「天の時、地の利、人の和」で決まるなどとも言い、弱者が強者を食うなどということは珍しくもなかったのである。戦国時代ではそれが当たり前に近かった。何者が強者で、何者が弱者なのかそれも判然としなかった。強いと自らを思った者が実際にも強くなり、勝者ともなったりした。それゆえにこそ、謙信も人の努力だけでは勝てない、天地の助力が必要だと考えたのだろう。勝ちたいと思ったら弱くなれなど、老荘風の考えもありうる。「負けるが勝ち」ということばもあるし。

弱肉強食では、食う者を強者といい、肉となって食われてしまう者のことを弱者というのだろうが、それはただの結果論である。事前には、何者がどちらとなるかは必ずしも分からない。自然界にあっても、「勝敗は時の運」的状況は常にある。勝たなくても逃げてしまえば肉と化することもない。ライオンを強者、シマウマを弱者というにいたっては、もう単なる偏見、いや事実誤認というべきだろう。真実は（あえていうなら）自然界には強者も弱者も存在しないというところにあるだろう。それらが生ずるというのはやはり人間の眼の問題（つまり錯覚）で、肉と化したものを食っているのを強者と見てしまったのである。逃げられて、食い損い飢え死にしているところは見なかったわけだ。この眼の癖というのは、個体に視点が固定されがちなところにある。眼は心の窓ともいうが、その心は自我（すなわち「私」）である。この「私」が、食ったり食われたりする光景がそれによって見えてしまうのだ。しかし自然は、全体であって、個体存在はその部分なのである。

自然は、食い合って存在しているのではない。いや、そういうこともあるかも知れないが、それ以上に助け合っても存在しているのである。食われてしまう一匹のシマウマは、飢え死に寸前のライオンを助けているとも言えば言える。ゆえにこそ自然は滅びることなく、生きものはますます多様にその枝々を繁らせることができているにちがいない。

（補記二）　自然と文化・文明

ある高名な哲学者が語るところによると「ヨーロッパ文明が自然を破壊するのに対し、日本文化は自然との共存を原理にしている」のだというのであるが、どちらにしたところでさしたる違いがあるとも思われない。文明といい文化というも、いずれにしても自然ではないもの（非自然）であることにかわりはなく、人はその非自然に就いているのである。そうである以上、結果として生じている破壊だの共存だのといったことは人間の内部問題がそのように露出したままでで、人間が抱えている問題それ自体がどうこうということにはならないはずなのである。その人間が抱えている問題というのは、人間の自己矛盾に類するものであるが、それについてはこれから明らかにしてゆくことになる。そこで論議されるのは、文化・文明という非自然に就いてしまっている人間が、いかにして自己を回復するか（喪われてしまっている、もちろん）という問題で（当然、自己とは何かが問われよう）、その解決として自然（という原理）が導き出されるのである。それは、言ってみれば「自然を生きる」ということで、破壊でも共存でもない（それは「人間を生きる」とでもいうことになり、その不可能性が示されよう）いずれをも生み出すことのない生き方である。人間は、破壊によって自然を征服することも、共存によって自然と〝ウィンウィンの関係〟を築くことも共にできなかった。これからもできないであろう。それほどにも自然は大きく深いものだからであるが（相対的に人間は卑小である、昔から認識されているように）、それ以上にわれわれ人間がその一部分であることを免れないからである。われわれの内なる自然が、文化をも文明をも易々と裏切るからだ。

裏切られないためには、自ら自然に就くしかない。破壊（征服）でも共存でもなく、自然と共に在り（したがって取引はしないのである）、自然であることによって己れというものを（生きものたちのように）知り、それを信ずる道だ。花鳥風月など仕様もないものをうっちゃって、花や鳥や風や月を信ずるということ。毒ある花も、吹き荒れる風も、意地悪な鳥も、みな信じる。そして、それらによって裏切られることがないということもまた信じる。裏切られても、やっぱり信じる。いかにしたらそれは可能か。人間の自己改造によってしか可能ではないであろう。それは人間の内部問題なので、自然の助力などアテにしても無駄であるにちがいないのだから。

（補記三）　天地創造とビッグバン

またしても旧約聖書となると気が引けるのだが、この世の始まりを思うとなるとほかにこれ以上に適当な手掛りが思いつかないので致し方ない。その第一ページの第一句は次のようになっている――「初めに、神は天地を創造された」神が創造されたのは、天地である。水ではない。なぜなら、第二句には次のようにあるからである――「（地は混沌であって、闇が深淵の面にあり）神の霊が水の面を動いていた」水（註1）は、神（の霊）とともに天地に先立って存在したのだ。それから「神は言われた。『光あれ』こうして光があった。」（第三句）

「神」という存在（実在しないと主張する人が今は多いだろうが）は、ふつう雲に乗っていたり、雲の上に浮かんでいたりするが、『創世記』ではさにあらず、水の上を漂っているのである。そしてそこに漂っているのは霊であって、すがた・かたちあるものなのではない。またそれが物質であるのかどうかも定かではない。というのは、霊はふつうには物質ではないものとされ、むしろ物質に対立するものともされているが、しかし今日では、空気が物質であることは、光がそれであるのとともに誰でも知っていることだからである。それればかりではない、エネルギーとかちから（力）といったモノとは異なるとされてきたものも今日ではやはり物質《モノ》なのである。それを担う素粒子が存在するのだ。重さというのもその素粒子のなせるわざである。これらとやや異なり、水は明らかにわれわれが物質と称するもので、その典型でもある。これも分解すれば結局は素粒子に帰することになるのだが、『創世記』の記者には馴染みのものではなかったのだろう。水はモノで、霊は非物質というのが記者の理解だったにちがいない。それにしても、ではその非物質（霊）とはどのようなものなのか——それは『創世記』では定かでないが、のちに記された新約聖書の第四福音書（ヨハネによる福音書）の冒頭に明記されている。「初めに言《ことば》があった。言は神と共にあった。言は神であった。この言は初めに神と共にあった。万物は言によって成った」。ここにいう「言」（ことば）がその非物質であり、しかも存在である。この存在というのは、無いのではない、有るのである、ということである。要するに、神は非物質的存在で、その存在のかたちが「言」（ことば）だというのである。もちろんこの「言」は、われわれ人間の言葉とは似て非なるもので、一種のエネルギーまたは形成力《パワー》といったもののことである。その最初の記録された「言」が『創世記』では「光あれ。」だったのである。するとあたりをすっかり閉ざしていた闇に光が生じた。われわれ人間の言葉は、すでに十分に述べたように、こうした形成力、無から有を生じさせる形成力というものがない。それゆえ「光あれ」は神の言葉といわれている。福音書式に言えば、神である言葉（すなわち「言」）ということになる。

もし右のとおりならば、水もまた光と同じと考えられる。最初に「水あれ」という「言」があったのだが、『創世記』はなぜかそれを省略したのだ、と。光ののち、昼と夜、夕べと朝が創造されたが、もちろんそれは「言」によったのである。以上が天地創造第一日のことで、第二日には同様にして、水を基として空や地がつくり出された。したがって第二日目以降は、明らかに創造というよりは変造とでもいうべきもので、二次的創造とも言える仕事だったのである。ちなみに、それら創造に要した時間は、六日間で、それは神の時間であろうから、これを人間の時間に変換すると、神の一日を人の十億年位とすれば約六十億年位となり、大体地球の年令に相当する。七日目となった今、創造の神は、自らの仕事を全てよしとされ、休息に入ったところである。

　霊であり、言である創造の神は（われわれ日本人には古くから「言霊」ことだまという言葉もある）どうしてそこにいるのか(只今は休息中ということであるが)。それについては聖書は何も記していない。きっと分からなかったのであろう。記者のせいではない、それはきっと何者にも分からないにちがいない。なぜなら、神というのは、原因も理由もなしに存在するもののことをいうのだからである。「なぜ」と問うても答えのない存在なのだ。答えがあるということは、そのものに依存しているということにほかならない。しかし神は、何ものにも依存しない存在なのである。そのようなもののことを人間は「神」と呼んできたのだ。神は、原初の存在である。初めに（すでに）有ったものだ。すると、その後の全てのものは神に由来し、神の言葉によって成り、したがってその存在の原因も理由もある存在、ゆえにそれらに依存している存在である。それをゴータマ・ブッダは、万物は因と縁によって（のみ）生ずと語った。ゴータマには、創造の神なる存在がなかったからである。霊というものも存在しないと悟っていた。

したがって「言」（神の言葉）も当然にないのである。あるのは因と縁のみ。人間はみなその因と縁に依存して存在することとなり、現に存在している。したがって自由な存在ではない。

自由とは、何ものにも依存しないということである。言い換えれば、原因も理由もなしに存在するということだ。すると、この意味で「自由である」のは神のみということになる。他の一切の存在は、『創世記』によろうが、ブッダによろうが自由ではありえない存在である。中でも特にそうなのは『人間』である。『人間』はヒトの知性の被造物、したがって二次的被造物（ヒトを神の被造物としてのことである）にすぎないので「特に」というのである。鏡の映像である人物が自由でないのとほとんどかわりはない。

原因や理由というのは、これが「ある」という以上は、研究すれば必ずや「知る」ことのできるものなはずである。そのかぎりで言えば、われわれの知は成長するし、知識もしたがって増大するのである。人間にとって、万物は既知なるものによって未知なるものが吸収されつつあるものといえる。そして、決してそれ（すなわち、われわれいうところの人知）によっては吸収されえないのが神というものなのである。しかもその神は、われわれの原初の知である。いわばわれわれ自身だ。誰も、自分のことを本当には知り得ないのと同様、それゆえわれわれは神のことを本当には（自分の知力をもってしては）知り得ないのである。知り得て、それを人に教えたイエス・キリストがいたのではあるが。そのイエスによれば、神は父である。したがって、人間と断絶などはしていない。もし断絶をいうなら、それはよくいわれる父子の断絶と同じであろう。したがって厳密には断絶ではなく、強い絆で結ばれているのである。

それを喜ばず、ともすると断ち切ろうとするのが子というものだ。子は、子としての存在理由を求めてやまないからである。子の自我が、それをうながすのだ、独立して自由になれ、と。子は、洋々たる未来に向けて旅立つが、たいていは尾羽打ち枯らして、または刀折れ矢尽きて父の元へ戻ってくるはめになる。聖書にもそのような父子の物語が書き留められている。それをレンブラントは、この上もない情景として描いた。神と人との情景である（註2）。

それはともかく、完全自由の神が、それゆえに人知から断絶しているというのは残念ながら確かなことだろう。その原因も理由も、もちろん人知にある。われわれの知力は、有から有が生じることを理解するのには長けているが、無から有が生じることにはほとんど無力である。おそらくそれゆえに、宇宙の始まりとして〝ビッグバン〟をもって来ざるをえなかったのであろう。そういう仮説を立てざるをえなかったのだ。この仮説は目下、さまざまなかたちで証明されつつあるらしい。大変興味深い成り行きではあるが、そうであればあるほどわれわれの知的好奇心はもはやビッグバンには留まりえないのである。前にも触れたように、ではビッグバン以前はどうだったのだと問わざるを得ない。するとビッグバンは突如、スモールバンにすぎないものになってしまうのである。それは宇宙の外側を問うことに等しい。時空の始まり、その始まりの初めを問うのが人知である。

ビッグバンのイメージとして語られているのは、この大宇宙の原初、大爆発が生起して、今日存在する全ての物質が存在することとなったというものである（爆発直後に消滅してしまった反物質というのも今日では知られている）。何が爆発したのか、は必ずしも定かでない。爆発というのであるから、その直前には何かが有ったのだろう。無かったのではないにちがいない。それはただひとつであったのか、複数であったのか、それもよくは分からない。しかしそうではあっても、今日宇宙にある全てのものは、その大爆発によって生じたのである。したがって、物質的な面でいえば、われわれ（自然的存在）はみなビッグバンのかけらである。かつてビッグバンを引き起した原初の物質（はまたエネルギーの塊のようなものといわれる）が存在し、かつ今も形を変えて存在し続けているということだが、するとそれは自由ということでいえば、われわれはみな自由のカケラであるとも言えることになろう。ただしこのカケラは、ビッグバンにかつて依存し、今も依存しつづけ、またおそらくはカケラ相互とも依存関係にあるにちがいないから、完全自由とは程遠いはずである。一説によれば、ビッグバン以来、生じた全てのものは爆風によって吹きとばされつつあるらしい。したがって、宇宙は膨張のさ中にある。何ものもその膨張を免れはしない。

宇宙の歴史のある時点で、全ての存在のカケラがふたたびひとつに凝縮されることがあれば（あるとされているらしい）、われわれ（個別存在）の全ては、原初のすがたに還ることになる。そのときそれが、どのようなすがたになっていようと、それはビッグバン直前と同様、完全自由であるだろう。それゆえ、それが再びさらなるビッグバンを起こすかどうか、それは分からない。完全自由、すなわち原理・法則・

掟の類いはもとより、たとえそれらがあったとしても、それに従う理由がないであろうからである。しかしいずれにせよ、それは〝無に帰する〟というようなことでないこともまた確かなことである。〝有〟は〝有〟より出でて〝有〟に帰するのみ。しかし原初の〝有〟が〝無〟から生じたのであるならば、それが〝無〟に帰することはありうるだろう。だがそれを知ることは、われわれの知にはできないのである。相手は何しろ、何ものにも依存してはいないわけで。〝神のみぞ知る〟ということになる。

永遠に宇宙が膨張しつづけるにしても、ある時点でその空間が縮小に転じるにしても、シッポは犬を振れない道理で、われわれは、全ての星々と同様、万事成り行き任せでゆくしかないだろう。できることはせいぜい、科学者がみなそうしているように宇宙の語ることに耳を澄ませ、それに聴き入ることぐらいでしかない。

ところで、大宇宙はもとより、小宇宙（われわれの身体を指してこう言い慣わしている）にも、内と外というようなものはない。宇宙は真空（本当はどのようなものなのか）ベースに物質・物体が浮遊している状態とされているわけで。それが、全体として猛スピードで拡散・膨張しているというのである。その舞台である真空には膨張も収縮も、もとよりない。ならば、内側と外側というものもそこにはない、またはみとめられないであろう。全体を大雑把に見れば、大宇宙なる存在のかたちが見えてくるということがあるとしても。

小宇宙もまたそれと同じとすると、私の身体、いや身体というものそれ自体が、多くの人々がふつうに思っているようには存在しないことになる。それは、物質やエネルギーが往来するひとつの場とでもいうことになる。磁場などと科学者がいうときのその場。しかし身体は、場としてはきわめてオープンであって、大ていのものは通行するも、立ち止まるも勝手である。大した理由もなくやって来たり、去って行ったりすることができるのだ。多数の物質がそうするばかりではない。多数の別の生きものたちもやはりそのようにして生きている、彼ら自身の生を。この小宇宙にもしかし、大宇宙同様、多少の原理・原則・掟などといわれるものがある。そのうちのひとつが生命とよばれるもので、それによって身体は生命ある場という、ひとつの、しかし特徴ある場となっているのである。

このオープンな、特徴ある場に、それを取り囲むような仕切りを設置する（あくまで仮設であろう）者がいる。それが「私」なる者だ。その「私」は、その仕切りある場をもって「これが私の身体だ」と言う。すると、「私」同様の他の人々が応えて、「それがあなたの身体だ」と言うのである。こうして人は、小宇宙をわがものとなす。なすことができるというのは、「私」の具有する眼が粗雑にできているからである。腹の中の虫が見えたり、四六時中通過する素粒子の雨が見えたりしたのでは具合がわるい。また私の内臓が真空中に浮んでいるなどというのではなお不都合だ。それゆえ人は、そこに仕切りを設置する。見やすくしようというわけだ。この仕切りこそが言葉なのである。内・外という言葉。「皮」（被膜）というのもその言葉。どんなにスキ間だらけの、ルーズな皮であっても、粗雑な眼にはそれで十分なのである。それはちょうど日本列島に線を引き、海岸線から何キロメートルの範囲以内を日本国および日本国の排他的経済水域などと称するのにも似ている。するとたちまちこの世界には紛争が発生することにもなる。こじれればやがて戦争になることもある。ならなくても、人はわがものを守るために相当の苦痛を忍ばねばならない。それゆえゴータマ・ブッダは「わがものという思いを捨てよ」と説いた。その「思い」はそもそもが妄想というに近いのである。「のもの」という、所有の概念が宇宙にふさわしいものではない。所有は、所有者の自由を保証するだけで、所有されるものを損い、当然他の全てのものの自由をも損うことになるのである。完全自由ではないにしても、元々自由である万物に、人間の原理に従えなどと迫るのは理不尽以外のなにものでもなく、それは対象とされたもの全ての反撥を買うこと必至。

ビッグバンが何ゆえに生じたのかは今のところ科学者や理論物理学者も十分には説明できていないらしい。そもそも科学は、原因は追究するが理由を問うことにはあまり熱心ではないのである。しかしそのように言えば、神はなぜ（どういう理由で）宇宙万物を創造したのか。人は何ゆえそれを問わないのか。宇宙では大きすぎるとして、では愛である父は（聖書がそのように伝えている）何ゆえにその愛を人間に（のみ）あふれ出でさせられ給うたのか。多数のあわれな生きものたちのところへは及ばせられないのか。それともはなしは逆で、人間を除く全ての生きものたちには、既に十分に神の愛がゆきわたっていて、ただ人間ばかりがそれを未だ渇望しているだけというのか。もしその通りなら、憐れまれるべき存在はただ人間だけということになる。であればこそ、イエス・キリストが救世主として、ただ人間の前にのみ現われて、神の愛の何であるかを示したのはもっともということにもなろう。しかし当の人間（『人間』である）は、既に恵みを十分に享受しているおのが身体を省みることなく、〝神の存在の証明〟にうつつを抜かしてきたのである。その結果かどうかはともかく、今日では大多数の人々が神の不存在の確信を抱くに至っているように見える。しかしその確信の大元である人知は、ビッグバンどころか、市場（19世紀には〝神の見えざる手〟によって動いていたのだったが）という自分自身のシステムすら満足には把握もできていないのである。すると、〝市場の失敗〟（マーケット・フェイリア）というのは神の失敗なのか、人間の失敗なのか。

（付記）「神」というのは、われわれ（人間）にとっては（『人間』と同様に）『神』という言葉であるものである。しかし、野の百合や空の鳥にとってはそのようなものではないであろう。何しろ彼らは言葉をもたないのであるから。もし彼らにとっても神が存在するなら、神は彼らとともにあるであろう。神の一部として、彼らは存在していると言っても結果的に同じとも言える。『神』という言葉など、そもそも無用であるにちがいない。時を誤らずに、花を咲かせたり、さえずったりしていればそれだけで「よい」。

（註1）この「水」は、今日的には宇宙を満たす暗黒物質（ダークマター）と考えることもできよう（H_2Oの水ではなく）。神の霊はとりあえずそこを漂っていた。沈んでいてもよかったわけではあるが。

（註2）『放蕩息子の帰宅』（エルミタージュ美術館蔵）。似た話は『法華経・信解品第四』にもある。

第二章　人間について

(一) アダムとイヴの子孫

1　われわれは○○である――「自分で自分が分からない‼」

ごくふつうに「われわれ」とか「私たち」とか、単に「人（ひと）は」とかと言い、また少し構えて「人間は」とか「人類は」などというとき、そのように語る人はそれによって一体誰のことを指して言っているつもりなのか。

それはそのとき、その人が属している社会やグループや語りかけている相手、またそのとき当人が理解している自分（私）というものによって人さまざまだろう。とはいえ、「私たち（または「われわれ」）」と言うからには、言う人と語りかけられている相手や話題とされている人々との間に同類であるという了解がなければならないはずである。でなければその話は、はじめから通じない、共感も同意も得られるわけがないというほかないだろう。犬に向って「私たち」と呼びかける人は、犬の方にも「私たち」（である）という認識があると信じて疑わないだろう。するとその双方にある同類というきもち（意識）とはどのようなものなのか。それは、同じ家で暮らしをしているとか、苦楽を分かち合って日々過ごしているとか、同じ命ある存在であるとか、同じ時代に共に生きているとか……いろいろだろう。その時々でも変わるかも知れない。蜜月がすぎて、今や私たちは敵同士などということになっているかも知れない。

それはともかく、ごくふつうに人が「私たち」とか、「人間」とかとさして疑念をもつこともなく言うとき（繰り返しになるが）それはどのような存在を指して言っているつもりなのか。なぜ、「私たち」や「人間」はそのつど事前に定義されないのか。もちろんそれは言葉一般と同じく共通の理解がすでにあるものと彼我のあいだで了解がついているからである。だからその必要がなく、それで済んでいる、というより済ませているのである。しかし本当にそれで済ませられるのかというのがここでのわれわれの問題、要するに「われわれは何者か」という問題である。もちろん「われわれは人間である」などというのは答えにはならない。たとえ飼い猫に対する親愛の情をもって言うときでも。その親愛の情が、「ともにいのちあるものである」とでもいうことになれば一応答えとしての体裁にはなっていよう。しかしペットを溺愛する人によく見られるように、それが自己愛の一変形であるならば、「われわれとは私のことだ」ということになりやや問題が生じよう。ではその「私」とは何者のことかと問い直さなければならなくなる。

「われわれ」は誰のことか。誰のことだか判然としない。同様に「われ」も「私」も分からない（誰か、分かっているという人がいるだろうか）。しかし単数の「われ」も、複数の「われ（われ）」もことばとしてはある。なぜあるのか？　これに答えるためには、そもそも「分かる」（分かっている）ということが何のことであるか分かっていなければならない（はずだ）が、今は「である」の前に置かれることばが、すでに分かっているものでなければならないことを確かめておくだけで足りよう。ついでであるが、「われ」（私）は、われ（私）という意識であるとよく言われる。すると「われわれ」は共通のわれ意識の存在を前提にした用語ということになり、前述のペットとの親密な会話となるのである。しかし肝心のペットの方にその意識があるかどうかは定かではないのだ。ここにもうひとつの問題、「意識とは何であるか」という問題も隠れている。それは個体間に共通しうるものであるかという問題も。

この文章の筆者も気安く「われわれ」を連発しているが、多くの人の共感を得られるかどうか自信あってのことではない。また一種の気取りからなわけでもないと弁解しておきたいところである。単に「私は……」と堂々発言するだけの自信がないので、それをカムフラージュするだけというような面も多少ある。しかしごく一般的に人が「われわれ」（話し言葉なら「私たち」となろう）と言うときには、その指すところはふつうに言う「人」のこと、場合に応じて「人間」、ごく改まったときには「人類」などと言う存在のことだろう。先程、答えになっていないと言ったその答えそのものだ。

では、この際少し改まった答えとして「人類」といわれるものをとりあげよう——それは、自然科学的には生物分類学上の概念で（ヒトとカタカナ表示されるのがふつうである、以後われわれもそれに従う）、そのうちでも特に指定がなければいうところの現生人類がそれに該当する（これにはホモ・サピエンスと学名が付与されている）。ホモ・サピエンスというのは、学名の通例によっていて（ラテン語である）、知性（サピエンス）を具有した『ヒト』（ホモ）という意味になり、知性人と訳されている（広辞苑）。ここで、そのヒトに『　』を付するのは、それ以前の人類、いわゆる旧人類（単に旧人ともいわれる）を表す便宜のためである。しかし、旧人類（また原始人ともいわれている）はそうすると知性を具有していないか、していても本質的でない程度のもの、少なくともホモ・サピエンスという学名を付与した人々（学者であろう）にとってはさしたる意義のないものと考えられていた程度のものということになろう。それはどうしてそうだと分かったのか？　いや、それは考古学的問題であろうから、ここではさして重要なことではないのでヒマがあったら勉強することとしよう。それよりここで関心を持たざるを得ないことがある。――『ヒト』からヒトへと、人はどのようにして変貌を遂げたのか、ということである。つまりヒトはどのようにその知性を獲得したのかということだ。

いや獲得したのではない、旧人と新人（現生人類はこうも言われる）とを区別しなければならない程、知性が自ら変貌を遂げたのだというのかも知れない。ならそれでもよい。それほどの変貌ならば、それは旧知と新知とでもいうようなほどのものにちがいない。どこが違うのか？

もうひとつの人類学的見解もある。その考えによると、ヒトは、『ヒト』とは独立に生じたのである。その際、『ヒト』は何らかの原因によって絶滅してしまった（恐竜の例もある）。最近の説によると、一時期となりあわせに共に生存していたということもある。すると、両人類が具有した知（知性、知的能力）は、性質が異なるものということも考えなければならないかも知れない。われわれ（現生人類）が知るのとは異質な知が存在するかも知れないことは、すでに序章においても触れた。そこでは、われわれの知の本質はことば（言語）にあるとされている。しかもそのことばというのは、あくまでここにいう現生人類のもので、ほかに神のことばなどというものもあるのである（聖書によると）。その通訳のためにわれわれは、イエス・キリストという半人半神を必要ともした。そして言葉に合わせて知もまた、人知、神知があるだろうと推測もした。さらにそこでは、自然一般にも、自然の知というべきものがなくてはならないだろうとも。こうなると「知とは何か」ということが問われなければならなくなってくるが、今のところそこまで一般化された問いに答えるだけの余裕がないのである。しかしどうあっても答えなければならないことは確かである。でなければ「われわれは人類である」とさえ言えなくなる。「である」の直前にくる言葉には一点のくもりもあってはならないからである。

そういうわけではあるが、ほとんどの人は日常的には自分のことをも他人をもヒトなどと言うことはまずないからあまり心配することはないだろう。たいていは人間（である）で済ませてしまっている。ヒトは、生物学の教科書に出てくる程度の用語にとどまっているし、人類にしてもふつうの人がそうそう口にするというものではないし。人間という言葉を使用して何か言おうとする人の脳裏にはたしかにヒトも人類も意識されているだろうが、それらが表立って語られるということは現在ではむしろ少なくなってきているように思われる。人類に関する考古学上の発見があったとき（主に旧人類が話題になる）、人間はサルの仲間になり（いわゆる猿人）自然科学的興味の対象ともなるが、そうなると学者や好事家の世界に入っていってしまう。人類が広く語られるのは、その危機が問題になるときぐらいだろう。人類の滅亡を計測表示する〝時計〟というのがあるが、その場合の人類はいうまでもなくわれわれ現生人類のことで、そこには「アナタもそのうちである」というメッセージが込められているのである。それで聴いた人は誰しも心穏やかではいられなくなるわけだ。しかしそれも発表があった一時のことである。今日ではもはや人類が語られることは滅多になくなったと言ってもいいくらいであろう。語られるのは「私」ばかりになった。この私が滅亡しなければ、人類が滅亡してもさしたる問題ではないとでも考えているようにさえ見える。この私は不滅なわけだ、少なくとも願望として、そして多くは信念として。すると「私たち」をあらわす別のことばとしては、「人間」の方がしっくりくるということにもなっているだろう。人類は自然科学の対象にして、滅亡しかねない存在だが、人間は自然を超え、哲学の主体でもある存在なのである。したがって深遠な存在でもあり、時に神聖でさえあるのだ。「私」の自尊心も大いに満足しよう。その自尊心こそは、「人間」具有の重要な性質なのである――その性質のことは一般に「人間性」といわれている。この人間性ゆえに、人類は（またヒトは）その他の動物、のみならず生きとし生けるもののみなから区別されると考えられているのだが、ではヒトをその他の生きものと区別している知性はどうなるのか。人間性と知性はどのような関係にあるのかが明らかでなければならないであろう。しかしこれは結構明らかではなく、むしろやっかいなのである。

人間性に似たことばに「人間的」というのもある。こちらの方は主として話しことばとして用いられ、それだけ誰にも馴染みのあるものである。前者の〝人間〟は人間のプライドを背負って格調高いものがあるが、後者の〝人間〟はしばしばドジを踏んだり、矛盾したりしていて、人間的と評されるような人と一緒にいるとどこかほっとするようなところがある。したがって両者は似て非なるもので時に対立さえすることがあるほどである。「人間性」ということばは、しばしば水戸黄門の印籠のような効果を期待されて使用される。「人間性に問題がある」とでも言われようものなら大変なことになる。逆に「人間性が豊かだ」となれば多くの人々の尊敬が集まる。しかし「人間的だ」となると「ま・いいか」程度のことで終わるのである。そのわりには人は「人間的でない」という人には冷たく、そういう人は「問題がある」程度ではすまず、誰にも相手にされなくなってしまう。

しかし、人間性といい、人間的というも、それはそんなに大事なことなのか。人間的でない、人間性が疑われる、だからといってその人が自然性や、人間性を超えた別の性質を、他の価値ある性質を有していないとも限らないではないか。しかしそれらは、大ていはケダモノや化け物性とみなされ、そうでなければ神性、仏性などと持ち上げられて真面目には受けとめられないのである。イエス・キリストは、人々の前で初めて説教したとき、全ての人は天の父なる神の子であると証した。すると人間（人の子）は全て神人ということになり（したがってイエスとは兄弟である、全ての人が兄弟であるように）、ならば人間性とは神性の一種ということになるではないか。しかし人間性を強調する人はそうは言わず、考えもしないのである。

今日、人間と人間性といわれるものについて、かつてのように熱く思考することは少なくなったようだ。今やそれらはほとんど自明、考えるべきことはほかにいくらでもあると言わんばかりである。いくらでもあることは確かだが（どんどん増えつつあるともいえる）、肝心の自分のことについてはその中に含まれていないのか。人間という存在はそんなに自明なのか。しかし十九世紀ごろまでの人々は、そうではなかったのである。人間になろうとして必死だった。なろうとしている人間と言うものも、なろうとしている自分も、ともに定かではなかったから、性急なきめつけによって思考停止してしまうこともなかった。現代人はどうやら、人間を自明の存在とみなすことによって、自ら思考停止し、それゆえ身の処し方までも誤ってしまっているようだ。

現代人の価値観はどう見ても人間（自分たち）に片寄りすぎている。その人間も、人類といった全体的なものというより、自分たちといったほんの一部分、いわば仲間内、ごく広くしてもせいぜい一国内にとどまっている。その結果、「一パーセントの〝私たち〟だけが幸せになって、他の九十九パーセントのものたちがみな不幸せになるシステム」がはこびっていはしないのか。地球問題とはそういう問題なのではないか。その地球問題は、結局また人間問題にハネ返ってきて、今や人類の存続を危ぶむ人々を生み出しているわけだが、反省もそこまでで、いわゆる総論賛成各論反対に陥ってしまっていて一向にラチは開かないのである。地球温暖化の阻止というのも、その典型的なものといえるだろう。困るのは人間ばかりではない、白熊もアザラシも困る、人間以上に困るといった想像力が働かない。結局それは、われわれ人間が自分のことを本当には知らない、知ろうともしないところからきているだろう。

2 人間はヒトではない!!――ヒューマニズムにちょっと寄り道して

人間という用語は、自然の一部であることを表わしているヒト(ホモ・サピエンス)、また『ヒト』に対し、それとは一線を画した存在(非自然的存在)として自らを意識し、または無意識のうちにそれを承認した人々によって、至って便利に、都合よく使用されているだろう。まして「人間!!」と声高に叫ぶ人にとってはそれは誇り高い響きを伴っていて、その対極には明らかに自然、諸生物、時にけもの、そして稀ではあるかも知れないがまさにヒトが意識されているのだろう。するとそのとき人は「人間はヒトではない!!」と、自然科学的知見に反することを叫んでいることになる。では何者であると主張するのか?

われわれがこれから主張するのは、「文化である」ということなのだが、それでは飛躍にすぎよう。なぜなら、文化というものは人間の営為のひとつであるが、ここで問われているのは存在だからである。「文化である」となれば、その文化の主体(人間)がふたたび問い直されなければならなくなる。そしてまさにその主体が、われわれの言い分ではヒトなのであって、人間なわけではないのである。では人間はというふたたびの問に対して、その答えはどうなるのか——文化の産出物ということになる。文化的産出物はしばしば文化財といわれるが、すると人間という存在（一応存在ではあるだろう、鉛筆と同じように）はその文化財に相当するものになる。しかしそれは死んでしまった人間にはよく当てはまるだろうが、生きている人間には果たしてどうか？　それで少し言い直せば次のようになる——「人間は存在ではなく、ヒトの知性の営み（そのもの）である」。実在するのはあくまでヒトであって、そのヒトを証しする知性といわれるものが『人間』という観念（ことばと言っても同じことになる）を生み出し、ヒトビトはその観念と共に生きようとし、また実際に生きてもいるのである。人間が生きるとはその運動（自らがその運動そのものである）をしつづけるということに他ならず、運動が止めば人間も終わりになる。そして文化財となって、時に展示されたりもする（レーニンは今も展示されていて、そろそろ埋葬したらどうかと議論になっている）。

飛躍だと言いつつ、飛躍をつづけてしまったが、これらのことについては後に改めて（なるべく飛躍しないように）採り上げる（註1）。ここでは、ヒューマニズムについてちょっと触れておきたいので先走ることになったのである（註2）。

人間という、この一語をどのようなものとして理解するかの重要性については改めて言うまでもないだろう。いわゆる人間らしい暮らしというものは、ほとんど全ての人が希求してやまないものだし、誰もが人間的な人間でありたいと希ってもいるだろう。近代では「人間性の解放」などということがさかんに叫ばれてもいる。そこに人間的自由といった自由が主張されもする。そうであるなら当然、その人間なるものが一点のくもりもないものであることが必要だろう。本当にそうなっているだろうか。ヒューマニストといわれる人々はどう考えているのか。

ここになぜヒューマニズムが出てくるのかというと、つい最近までそれが、人類をめぐる諸問題を考えるとき、さかんに語られてきたからである。古くは人文主義といわれ、古代ギリシャや古代ローマの研究をするなかで、人間存在というものが熱心に検討された。そこではまさに、人間は自然ではないものととらえられ、その優位性が主張されたのである。それが西欧ルネッサンス期になると、人間は神に対して主張する存在となった。〝人間復興〟が旗じるしとなったのである――神はその人間を抑圧してダメにしてきたわけだ。しかし、天の父なる神（イエス・キリストは神のことをそう人々に教えた）が何ゆえに子である人々をダメにするのか？　そして近代になると、近代ヒューマニズムといわれる人間中心主義があらわれ、実態上それは自分（私）中心主義となるのである（その片割れは今も生きている、というより意気盛んである）。その結果、「疎外」（この私が疎外されるのである）という問題が中心的問題ともなった。それは、人間がある他の人間を抑圧したり排除したりするという問題（われわれは今後、これを社会問題と称することにする）である。しかしヒューマニズムは、人間対人間の問題には、無力であった、といわないまでもそれは手に負えない問題である。それは人間が、解放され、自由の身となった今、ムキ出しの〝人間性〟を発揮しはじめたからだ。ではなぜ今、そのヒューマニズムに関心をもつのか。それはひとつには、目下猛威を奮っているアングロ＝サクソニズムがそのヒューマニズムに端を発していただろうことが念頭にあるからである。それ以上にそのマイナス面を言う必要があるからである――「人間」と声高に主張し、その能力を過信し、そのあまり、自然や超自然、ひいては神を否定したり軽視したりしてはこなかったかということだ。「神の存在の証明」に失敗したからといって、それが「神の不存在の証明」になるのか、といったこともある。それでは人間の証明力の過大評価と言われても仕方ないであろう。真実は知力の低下ではないのか。

　ヒューマニズムでは、人間をめぐる諸問題は結局社会問題になってしまっていて、人間と自然、ひいては人間の内なる自然（ヒト性とでもいうべきものである）と人間性とのかかわりに関する問題（これはわれわれのメインテーマで、以後個人問題と称することにする）がなおざりにされてきたようにみえる。社会問題といえば、権力の暴走といった問題も古くて新しいものだが、それも人間疎外とともにヒューマニズムが一貫して取り組んできた問題である。人間疎外は、現代では人間同士の問題というよりは今や物神化した経済対人間の問題の様相を呈している。この意味の疎外は、脱経済といった面から個人問題としても取り組む価値があり、そのようにする予定である。

　近代ヒューマニズムの雄のひとりとされているレフ・トルストイは、人間の理性を深く信じ、そこから「人類」という概念（もちろん、自然科学にいう人類とはほとんど関係がない）を導き、自らをその

「人類の子」と称した。この人類とその子は、イエス・キリストを通じて神につながっていた。したがって人間は神の愛にまもられていたのである。そう信じればこそ、人生の最終盤になって、家を捨て、家族を捨てて、永遠の旅に出立することもできたのだろう。しかしその人類の子を、キリスト教会は破門したのだった。

トルストイのいう「人類」は、われわれがこれからいうところの「第三人類」に近い（そのものではむろんないのだが）。それはわれわれがのちにいう『人間』そのものである。したがって、これまで言ってきたところのヒトの域も出ないが、しかし『ヒト』ではもはや完全にないものである。それは尾てい骨のように第三人類の尻にも付属しているだろうと推測されるだけだ。しかしわれわれが今具有する尾てい骨同様ほとんど何の役にも立たないのである。

（註1）　本章㈡－1、2
（註2）　なおヒューマニズムについては、更に本章㈡－3でも採り上げる。

3　善悪の知識の木――二人の目は開けた、そして恥じた

文化・文明という用語もまた今日、いのち（命）、人間、自然などと同様、大いにそして気楽に使用

されているが、その意味するところは言葉一般と同様で人それぞれの理解によるだろう。しかしごく大雑把にいえば、それは知的いとなみとして、本能のそれと区別されるところのものとされていよう。本能は知ではないのか、ということになればやや問題なわけだが。その問題なところはいずれは問題にしなければならないのである。

とにかく、文化・文明を生み出しているちからのことは知性（知的能力）と一般に考えられているだろう。それは、生物を分類する際に、われわれヒトに特に観察されたところで、ゆえにヒト（現生人類）にはホモ・サピエンス（知性人）なる学名が付与され、旧人類（原始人）を含む他の生物とは一線を画されたのである。そしてそのことによってもわれわれ（誰しも）は、自らを知的存在であると自覚し、それかあらぬか自然から次第に遠ざかり、ついには超自然的性質具有も夢ではないと自分を思わせることにもなった。少なくともそう考えても自らに恥じることはなくなったであろう。

知性というものが、どう考えられてきたかはともかく、その発揮されるところに文化、文明が形成される。双方共通の「文」がその知性を表わしていよう。「文化」は文字通り「文と化す（となる）」で、「文明」はその伝でいけば「文が明るくなる」とでもいうことになるだろう。ここで、文化の文を文字があらわすことばであるとするなら、それはことばのいとなみであるとも言えることになる。文化の核心はことばである、と。文明の方は、その文を明るくする灯火がそれを代表していよう。ややこじつけ的理解ではあるがそちらの方にはさして関心がないのでこの程度でいいだろう。ただし、灯火（ともしび）というもの自体は、イエス・キリストやゴータマ・ブッダがそのようになぞらえられ、また自ら語りもしたところのものなので、これからも登場してもらわなければならないのである。

同じ生の営みであっても、本能による営みのことは文化とも文明ともいわないのがふつうである。それは単に自然、時に自然の営みといわれている。道具を使用したり、特有の通信手段をもったり、独特の社会生活を営む生きものは今日多数観察されていて、ヒト固有というものではなくなった。しかしそれら生きものたちの営みを文化とも文明とも言わないのである。アリ文化とかハチ文明とかというのは、実際には熱心に研究している人もいるが、そうは言わない。言っても比喩的に言うだけのようである。それは暗にヒト以外の生きものの営みが言語に根幹をおくものではないと認識されていることを示していよう。では何にというところで、それらはみな本能といわれるものの力に帰せられている。たしかにクジラ語とか、カラス語とかというものの存在するらしいことは昔から知られていて、明治時代には、百年後にはそれら言語を人間は自分たちのことばに翻訳できるものと予想されていた。残念ながらその予想は未だ実現していないが、部分的には解読されてきているものもあるらしい。暗号の解読のようなものだろう。そこからカラス知とでもいうものが検出されたとすると、興味深いことになるが、果たしてそういうことになるだろうか。なぜなら、ことばは通信手段というだけのものではなく、(ヒトの)知性の核心的要素なわけだから。そこには脳の構造上の問題もからんでこよう。言葉のもつ性質が根本的に異なっているかも知れないのである。

人間の知性というものに戻ると、たしかに他の生きものには観察されず、ただヒトにのみみとめられるというような特徴はある。そのもっとも古い報告は旧約聖書・創世記にあるアダムとイヴの記事だろう(註1)。彼らは（ヘビのそそのかしに遭って）神の園にある〝知の木の実〟を食べたのち、直ちにそれぞれの前を隠したのだった。そのとき使われたというイチジクの葉っぱはそれゆえ人類初の文化財ということになる。彼らのその行為のことを文化的行為とみなすならばのことではあるが。果たしてそうか。それは、彼らが食したというその木の実の知にかかっていよう。その知の性質いかんにかかっているはずだ。聖書はそれを「善悪の知識」とだけ記している。その知識は、アダムたちに善悪の分別を教えるだろう。ここにいう「善悪」は、われわれがよく言う「是非善悪」と同じものと考えられるから、要するにアダムたちは神の禁令を冒すことによって、自分たちの行動原理を得たのだということになるだろう。その行動原理は、彼らを殺すものであった。それゆえにこそ神は彼らに「食べると必ず死んでしまう」から「決して食べてはならない」と教えていたのだった。しかしその理由までは教えなかった。是非善悪の分別がなぜ人を死に至らしめるのか。聖書もその点については何も記していない。神から聞いていなかったのであろう。聖書を読むわれわれが考えるしかないが、そのカギはことばにあるにちがいない。是非善悪もことば、死もことば、そして知識いや知そのものがそもそもことば。これらの点については、それぞれを採り上げるところで改めてよく検討することになろう。今は、それとは別に聖書が報告するひとつのことに興味がそそられる。

アンコウは〝ちょうちん〟を使って食物を得、花はハチやチョウを使って子孫を遺す知恵をもち、一部のアリは〝農耕〟をすら営むが、パンツをはく生きものはただヒトばかりであろう。聖書は、善悪の知識の木の実をとって食べたアダムとイヴが、「二人の目は開け、自分たちが裸であることを知り、二人はイチジクの葉をつづり合せ、腰を覆うものとした」と記している。すると、知性というものはアダムたちがそれぞれに感じた恥の感情と関係があるにちがいない。われわれが今日、衣服を身につけるのも、寒さを凌いでいのちを守るためではなく（その為には、神が彼らを楽園から追放するとき、自ら「皮の衣を作って着せられた」ので心配なかったのである）まさにその恥のせいであろう。ではその恥、恥じるこころ（感情）とは何のことか。「恥じること」（広辞苑）ではどうにもならない。「面目を失うこと。名誉のけがされること」ならどうか（同、広辞苑）――それなら少しはわかる。ならば、アダムとイヴは面目（名誉）として何をもっていたのか。それは彼らが期せずして「腰を覆」ったのであるから、双方の持ちものを自ら恥（名誉を汚すもの）とみなしたのであろう。何ゆえ自らの持ちものを貶めるような感情を抱いたのか。それは相手と比較してのことであったろう。比較して何らかの点を劣後と判定したからにちがいない。この一連の作業のことを知というなら、彼らは己れを知ったのであるといえよう。辞書（広辞苑）にも恥（恥辱）は第二義として「恥ずべきことを知ること」とある。

何が恥ずべきで、何が誇るべきことなのか。人はそれを比較によって「知る」のである、と聖書は教えているであろう。これを逆にして言えば、人は「知る」ためには比較することが必要で、その最初のペアがアダムとイヴだったのであるということにもなる。人知は相対的なのだ。人は、自らの知のこの相対性に長く悩むことになるだろう。なぜなら、人知はそれ自身、絶対知の存在を知らざるを得ないからである。そして恥じないわけにもゆかない――何しろ相手は絶対なのであるから。しかしもちろん、聖書はこうしたことまで語ってはいない。そのかわり（かどうか定かではないが）「善悪の知識の木」のそばに、もう一本の特別な木のあったことを記している。それは「命の木」というもので、神はこの木をアダムたちから守るために彼らを園から追放し、「命の木に至る道を守るために、エデンの園の東にケルビムと、きらめく剣の炎を置かれた」。すると、知は命（のちにキリストが永遠の命《とこしへのいのち》ということになるものと同じかどうかは定かではないが）を狙うもの、少なくとも相容れないものということになろう。もしスズメが知的存在でないとしたら、彼らは神の命の木にまもられて、少なくとも彼らの命が損われる心配はないということにもなろう。ただアダムとその子孫（われわれのことである）のみが、命の木から隔離されているのである。アダムたちを唆したヘビでさえも、スズメと同じであろう――――ヘビは「主なる神が造られた野の生き物のうちで、最も賢い」存在なので、その命がまもられないわけがない。

天地創造の神が、アダムをそこに置いたエデンの園には果実の稔る多数の木があり、それがアダムたちの食料として与えられていた。その園の中央に、特別な二本の木が生えていて、それが生命の木と善悪の知識の木といわれるものだった。神は、人をそこに住まわせるときに、そのうちの善悪の知識の木の実（だけ）を食べてはならないと申し渡したのだった。その理由をこう言われた――「食べると必ず死んでしまう」。しかしなぜかそのさらなる理由についてまでは明かされなかった。その必要なしと考えられてのことか、禁じてもいずれは食べるであろうことを見越してのことか、単にうっかり忘れただけか。

アダムたちは、原因はともかく、その実を「取って……食べた。」食べたのは実である、知識の木そのものではない。もしその実が、彼らの体に合い、養分をもたらし、そのことによって稔るなら、彼ら自身がいずれは善悪の知識の木そのものとなろう。しかしそうでないなら、消化不良を起こし、「死んでしまう」ことになるかも知れない。神の警告は、するとこの後の方にもとづくものということになる。善悪の知識の木の実とは何であるのか。植物の実一般からいって、それは善悪の知識（の木）をもたらすもの、そのちからということになる。知識をもたらす力のことをわれわれは知力（知的能力）と称しているから、それは知それ自体である。アダムたちが「死んでしまう」その原因は知（知力、知能）である。そしてその隣りには「命の木」が在って、今やアダムたちからは隔離された。神は断固、その実をアダムたちには食べさせないと実力行使をもって示したのである。

楽園追放によってアダムたちは死すべき身となった。それゆえ、のちの世の人々は、彼らによってこの世に死がもたらされたと言うのである。しかし、では楽園に死はなかったのか。追放後の〝この世〟の、アダムたちがやって来るその前には死はなかったのか……もちろんそのようなことはどこであれなかったであろう。自然界がそうであるように。木は実を稔らせ、雀は卵を産み、トラは子トラを生み……自らは枯れたり、〝死んで〟いったであろう。そして全体としては絶滅することなく、神の世も今の世も生き続けている。ますます盛んになってさえいるだろう。アダムの子孫たちはどうか。やはり同じといってよいだろう。ではどこが違うのか（違ってしまったのである、追放されて）。「死」がわれわれを脅かしている、そこが違う。その「死」とは、では何のことか。なぜなら、単なる個体存在の消滅なら全ての生きものに共通の自然の事象で、どんな生きものもそれを脅威とし、それゆえ恐怖しているようには見えないからである。何ゆえ彼らは死をおそれないのか。アダムたちのようには、知の木の実を食べなかったからであろう（あくまで聖書の話である）。その木の実は、アダムたちに死という知識を生え出でさせた。生え出でたのはことばである。「死」という言葉。この言葉によって、彼らは自らが個体存在であることをも「知った」であろう。何しろ、相手の前に自らを隠したわけで。

死は彼らにとって、「死」という言葉であり、知識であるものとなった。彼らにとってこの世に死がもたらされたのではなく、この世の彼らにだけ「死」という言葉がもたらされたのである。ことば（すなわち知）によって。すると、ことばをもたない全ての他の生物たちにとって、人が死とよぶところの事象は何であるのか。おそらくは、全ての運動に共通の一事象、停止ということになるだろう、われわれの言い草によれば。イヌも虫も死を恐れるではないか、殺そうとすれば必ず逃げるではないか、と反論しても無駄である。彼らは、今彼らがそこにいるところの生命の営みが、危機（クライシス）に見舞われることを恐れるのだ。だから直ちに逃げたり、多くは反撃したりする。その為にならば、命を喪うことさえいとわない。毒虫や毒蛇の中には、自らが発動したその毒によって死ぬことすらあるというくらいである。しかし人間は、そのような危機の事実が未だないのに死ぬことを恐れるのである。不死の薬を求めて世界中をさ迷ったりもする。また、人間の死の恐怖は大いに誇張されることが多い。それは、死ということば（観念）のなせるわざ、悪戯といえるだろう。かつて見聞した他者の死のすがたの記憶が感官を刺激するのだ。ことばは〝接触〟の代わりをもつとめるのである。ゆえにこそ、詩も成り立とうというものだ。

知性と今日われわれが一般にいうところのものは、感情・感覚といわれるものよりは、もっと何か高級な心の働きとされているだろう。感情・感覚のうちにも、先にとりあげた恥（恥いるこころ）のように知性（知的な趣き）を感じさせるものもあるが、多くはそうは扱われていない。それを抑制することが知的とされている。すると、裸であることを恥じないらしいヌーディストの方々は知的な人々ということになろう。逆に、ローマ法王の様に輝かしい衣装に身を包んだ人は知性が欠如しているのではないかとも言わねばならなくなる。

それはともかく、知性の発露または有り処となるとふつうは右の抑制のほか、論理的な思考とかそれを駆使した推理推論といったものが挙げられるだろう。それあればこそ、われわれは直接の経験を超えてものごとを理解することもできるのである。また、数字やいろ・かたちを言語にかえて用いる知性もある。しかし、音楽や絵画といえども知性という観点からみると、やはりその音やいろ・かたちの最深部にはことばがあるのである。ことばとは何のかかわりもないかのような数学者の数式もこれと大差ないであろう。異なるのはそれらを用いる感性である。今ここでそれを探求している暇はないので先を急ぐが、とにかく知性というも知的感性というも、それらは一般には単なる感覚・感情よりは何か高級なものとみなされ、それあればこそわれわれはホモ・サピエンスと命名され、自然のなかでも特別な存在とされてきたのである。そして今日の文化・文明が生まれた。とすると、その大元であり、萌芽であるアダムとイヴの食した木の実の知力は大したものだということになる。とても「死んでしまう」しろものとは思えない。現にわれわれ人類は、今や八十億人もに増え、エデンの園どころかこの地球全体までをも〝わがもの〟とするまでに繁栄しているではないか。そればかりではない、われわれは遠からず、神が案じた死をさえ克服するであろう。死の原因を細胞の老化現象と捉え、その解明が急速に進んでいる。遺伝子の改変技術がその老化を克服するだろう。他方では、身体の多数の部分が、機械部品に代替され、いずれは脳の機能もコンピューター脳に引き継がれてゆくことになろう。人知は、こうした技術面で有能さを発揮するものらしい。その技術が、究極的に成し遂げることは何か――いうまでもなく、生命体の創造である（一部の人々は、宇宙誕生の再現を挙げるであろう。しかし宇宙に地球類似の星が作り出せないなら結局は生命創造に帰することになろう）。

とにかく、人知の未来は洋々としている。こんなにいいものを神はなぜアダムたちに禁じたのか。それがたとえ、当時のアダムたちを死なせないための親ごころ（造物主は、イエス・キリストによって〝天の父なる神〟と明かされたのである）であったとして、ではなぜ禁犯を発見した神は直ちに生命の木の実を与えて彼らを救わなかったのか。神はそのかわりに彼らを追放し、そのうえ生命の木まで食べられてしまわないようにそれを守ったのである。善悪と生命は神の専管事項にして権威であるからというのがふつうの理解だろうが、それでは神は、その辺にいくらもいる俗な権力亡者と何らかわりがないではないか。そもそも全知全能にして万物の創造者である神が、ものを出し惜しみするわけがない。与えたものが無くなったら、また作ればいいだけのことだ。

天地創造の神は、六日目に人（アダム）を創られ、これを最後として全てを見回されたのち、これでよしとされ「第七の日に、神は御自分の仕事を完成され、第七の日に、神は御自分の仕事を離れ、安息なさった」。このとき、神はすでにアダムに神の園を与えられ、管理することを命じていたのである（聖書では「支配せよ」とあるが、この〝支配〟の意味するところは、園丁がする庭の管理とかわらないであろう。少なくとも、私有物とすることではない。なぜなら、神が造った世界に「私」なる存在は存在しなかったこと明らかだからである。この点はのちにゆっくり検討する）。ならば当然に、アダムには神の知が（少なくとも園を所管するに必要な分だけは）約束されていたにちがいない。だとして、その知は、アダムたちが盗み食いした知とどう違うのか。同じ知とはいっても、神の知と人知とではどこかが違うとは考えなければならない——そうでなければ自然と人間の違い（違うとしてのことではあるが、〝ホモ・サピエンス〟がそう主張しているであろう）というのも生じなかったであろう。またたとえば、人知を足し合わせれば、神知に到達するのかといったこともある（〝三人寄れば文殊の智慧〟ということがあるように）。もし人知が、その本来の力（例の木の実のもつ力である）によって、または小さくとも数の力によって、神の知となりうる（または代わりうる）ならば、われわれは何も心配することはないことになる。たとえこの私が死んでも、私の子孫は皆救われよう。その間、われわれはただわれわれの知力の充実にのみ努めればいいわけだ。〝最後の審判〟の日は、場合によっては（交渉で）延期してもらうことだ。「待った」は、どこの世界でも一度ぐらいは許されているはずだ。

（註1）　以下引用は旧約聖書『創世記』天地の創造1～3、日本聖書協会発行・聖書新共同訳による。

4　知の主体——誰が知るのか

われわれ人類は、ホモ・サピエンスと名づけられた動物である。和名はヒト。その名のとおり、われわれヒトの内には知的能力が宿っており、誕生以来日々はたらいていてその精励の結果、文化・文明は今日のすがたとなっている。ということになれば、その知性の持ち主、知の主体は当然われわれヒト、そのひとりひとりということになる。そのうちのひとりがこの私であるならば、私は（が）知をもっているということにもなる。ふつうこの逆のことは言わない。しかし今日の脳科学はまさにその逆のことをいうのである——知が私をもっているのだ、と（註1）。これは、私とは誰のことかという問いから生じた知識である。ここにいう知とは、もちろん脳のことである、つまりヒトの身体のことだ。科学者のいうことなのだからそれはきっとその通りなのであろう。しかしそうではあってもなお、その脳、そして脳のはたらきである知は誰がもっているのかとはふたたび問わねばならないのである。知のもとは脳、脳のもとは……身体、身体のもとは……というわけだが、ここに進化論的解説が入ってくると（くるのは必定であろう）われわれの問題もそれまでとなってしまうのである。万事進化で説明するのが科学というわけで。

その科学は、知を技術と結びつけて取り扱う傾向があり（いわゆる知能として）、その場合にはそれは何かが「できる」ということになる。「できない」ことが「できる」ようになったことは一般に進歩（した）といわれている。「わからない」ことが、「わかる」ようになることも進歩。したがって、学校で勉強中の子どもたちは日々進歩を目指し、実際にも進歩していよう。そして彼らはしばしばチンパンジー然として扱われている。子どもや幼児の行動の研究にチンパンジーさらにはモルモットの類いがつかわれてもいる。ではそうした科学者たちは、人間の尊厳ということばをどうとらえているのか。それは、より多くのことが「できる」というところに帰しているにちがいない。われわれは、チンパンジーより優れているのだ、と。すると、そのわれわれ（この私を含むであろう）が、チンパンジーより優れた知能（したがって知力）を有していると信じられていることになる。脳科学者とは逆（つまりわれわれ一般人と同じ）である。それは彼らが（われわれふつう人もまた）、われわれ、私という存在を疑っていないからである。身体がそこに在るのと同じように、私もそこに居ると信じて疑わないからだ。しかし本当にそうなのか、と問う人々もまたいるのである。昔からいた。そして今日では科学のおかげで、自分の手でつまめる自分の身体すらが、消滅しかかっている。すでに自然のところで触れたように、万物は素粒子にまで解体され、星座のごときもの（それは〝名称形態〟にすぎないものである）と化しているのだ。もし、われわれの具有する知というものとそのはたらきも、そのように科学的に解体しうるとすると、それは物質の化学反応や素粒子のある種の運動に帰するにちがいない。したがって、それらの運動法則（があるとしてのことではあるが）に逆らうことは、何びともなし得ないことにもなるだろう。しかし、そのようなことを人が望んだらどういうことになるのか(註2)。それ以前に、一体何者がそれを望むのか。この望みを「意志」というとすると、その意志とは何のことかということになる。誰が、何のために、どこからどうしてそれをもってくる（生じさせる）のか。この意志というものこそは、さきほどの「人間の尊厳」というものと深い関係にあるもの、尊厳そのものとさえいえるものである。人は、自然の支配から逃れるために〝尊厳死〟を望んだりする。意志を、その主体である自分（私）をまもろうとするのだ。

尊厳死の選択は、究極的ともいえる知の営みである。それはふつう、自然死に対応させられている（註3）。したがって自然の営みではないものだ。では誰がその知的営みを行っているのか。それは、それによって人がまもろうとしている者、すなわち自分自身であろう。だがその〝自分〟とは一体何者なのか、どこに居るのか。それを人はどうやって「知る」のか。どうやって知るにしてもそのとき、その知の主体はそこにはいないはずである。なぜなら、知は主体（知る者）と客体（知られるもの）あってのことだからである。その客体（知の対象、未知なるもの）が存在しないことになれば当然、知ははたらくことがない。知能はあっても、存在理由はないということになる。ではその客体が知自らであったらどうか。それが今ここでしていることである。知は、自分自身を知らない、知りうるものでもないという知のすがたがここにある。それは、人がよくいう自分で自分のことは分からない、鏡が必要だというのにも似ている。それはまた遠い日のアダムとイヴの記憶にまで遡ることができよう。彼らは、互いに相手を見て自分を知ったのである。

はなしは堂々巡りに入っているようだが、改めて問おう——知の主体（持ち主ともいえる）は誰か。それはそもそもいるのかいないのか。現に知とよばれるはたらきが作動しているのなら、少なくとも「いない」とは言えないだろう。それが一見自己運動のように見えるとしても、当初の起動までもがそうであったとは考えにくい。起動させた者がその主体であると考えられる。

「われ思う、ゆえにわれあり」という近代自我を拓いたとされる有名なことばがある。それは、〝われ〟

への疑念を〝思う〟というこころのはたらきのうちに解消しようというのである。何であるかが分かっていなかったとしても、思いつづけているかぎりは〝われ〟は確かに存在する、と。この〝思う〟（疑う）は、われわれのいう知のはたらきであり、〝われ〟はその主体、いわゆる自分というものである。何も思わない、知ろうともしないというのは〝われ〟ではない。あえて言えばそれは自然である。しかしいかに人がその持てる知性を働かせたとしても、それによって確かに、〝われ〟は存在すると言えるだろうか。かなり怪しいというほかないだろう——なぜなら、人はたいてい自分自身の主人ではないからである。それはそもそも、知というものが誰のものでもないからなのではないか。しかしこの点は、自然に知はないのか、そもそも知とは何のことかという問題に直結しており、ここではこれ以上のことはいうことができない。ただ、知にも種類があるかも知れないと推測しているだけである——チンパンジーやモルモットにもあるできる知（知能）と「われ思う」に想定されているであろう〝われ〟（をわれたらしめる）知と。それらの一方は自然に属し、他方はわれわれ（人間）に属している、そこから進化論的に説明できる部分とそうでない部分も生じていよう。そして、前者を技術知、後者を認識知とでもいうとすると文明と文化の違いの説明にもなるだろう。こうした分類は、序章、言葉についてで挙げた暗黙知や集合知などというものとは趣の異なるものである。いわば観点の相違だ。

アダムとイヴは、知の木の実を食して互いに自分が裸であることを恥じ、イチジクの葉をつづり合わせて「腰を覆うものとした」。彼らはまず認識知を得て恥の感情を生じ、それによって技術知が作動し、イチジクの葉製腰巻という人類初の文化財を生み出したのだった。その後技術知は〝進歩〟し、今日の多種多様の衣服装着品がつくり出された。しかし、恥の方はそのときから一向に変わることなく、ただ一握りのヌーディストたちを生み出しただけであった。あえて言えば、今日一般的には羞恥心というこころのはたらきは退化しつつあるのではないかと疑われるくらいである。われわれはここで、イチジクの葉っぱの衣裳などに興味はない。衣裳もたしかに文化をなしているものだが、それはさまざまなる文化というもので、それにもさしたる関心はないのである。文化の元、それも大元にある。それは、その大元が、われわれを自然から引き離し、自然へと戻る道を閉ざしているにちがいないと考えているからである。大元とは、これまでの議論からいえば文化・文明のその「文」のこと、ことばのことである。そしてさらに言えば、われわれの〝われ〟という意識のことだ。この意識が、アダムたちに生じた、その瞬間(は、今日の科学でも証明できていない)彼らは神の国から追放され、子孫たるわれわれは自然から離脱して生きている。文化・文明を誇ってはいるが、その実こころの内は穏やかではないのである。いわば仲間外れの悲哀をかこっている。それだけならまだいい、我慢すれば済むことだ。しかし、その際唯一頼りとすべき〝われ〟(自分)に一点の疑念もあってはならないのは当然であろう。果たしてそうか。その疑念は大昔からあった。そのうえ最近では、頼りの科学までがそれを突きつけているのである。

「われ思う」というが、その思っているところの〝われ〟とは誰のことか。思っているとして、その思っている者が〝われ〟であるとはどうしてそうと「分かる」のか。それが分かるためには、その思いを自分自身に向ける必要があるだろう。多くの人がそう考えた。それが玉ネギの皮剥きに等しいことについてはすでに触れた。〝われ〟という蕊はないと分かるだけだ、と。すると、〝思う〟ことによって明らかになる〝在る〟というのは、一種の運動であって、〝存在〟とはいえないのではないかということである。運動がつづいているあいだだけ、その運動が〝在る〟(運動している)、運動が止めば、そこには何も無い。これはミリンダ王の問いに対するナーガセーナの返答そのもの、そしてゴータマ・ブッダの「非我である」そのものでもある。すると〝われ〟とは、運動エネルギーのようなものともいえることになるだろう。それも素粒子であるとすると、結局〝われ〟は物質であるということにもなる。「われ思う」人が考えていたかも知れない存在の〝われ〟とはかなり違っているにちがいない。「ゆえにわれあり」など、威張って言う程のことでもないことになろう。いや、問題は「思う」中味なのだという反論はあるかも知れない。「思う」と一口に言っても、人の「思い」はさまざまなのだからそれはもっともである。疑うのも信ずるのも、共に「思い」であることにかわりはない。高貴な思いも、下品な思いも思いは思いだ。高貴な方は自分ので、下品な方は他人やけだもののやつだと言うわけにもゆかない。しかもそれらさまざまな思いは、よくよく見れば本当は誰が思っているのか定かではないのが常である。えらそうな哲学をブツ人も、いつの日にかかじった他人の哲学をチョイ借りしているだけなどということすらある。たしかにこれこそは自分だと思える思いは、むしろ感覚・感情のなかにあるだろう。それはごまかせないと誰でも知っている。ごまかせるものならごまかしたいと思ってそうしたことがあるのである。そして失敗した。「自分に素直でいよう」とそのときその人は思う。しかしそれにも成功する人は極めて少ないのである。ひとたびそう思ってしまった人は、仮想の自分から逃れることは困難なのだ。ますます意識することになってしまうからである。やがてその人の自我は破綻することになろう。

そもそも、自分が自分のことを思うというのは、思ってみれば奇妙なことで、不自然である。それは、思う自分にとって思われる自分というものが未知、またはよくは分かっていないということだ。では、その未知である（またはよくは分かっていない）ということをその人はどうして知ったのか。同じことになるが、すでに知っている自分というものを、その人はどうして知ったのか。なぜなら未知は既知あってのものだからである。どちらか一方だけで知は成り立たない。いや稼動しはしないだろう。

この疑問に答えるためにはどうしても、知（の主体）を、自分の外に置かなければならなくなる。知の由来を、外部に求めざるを得ない。それならはなしは至ってカンタンなものになる——教えてもらえばいいだけのことだ。ことあるごとに、コレは私かと尋ねればよい。しかしそれでは「知」の方はどうするのか。自分で自分がわかる、わかっているからこそ人間はそれを誇りとし、自分たちのアイデンティティともしてきたのではなかったか。ここは意地でも知力を信ずるしかないだろう。そうはいっても、その知力が信ずるに値するものなのかどうかは確かめないわけにはゆかないのである。それも知のうちであるから。「知」は、自分がどこから来て、どのようにして人に〝宿った〟（と言うよりも今のところは仕方ないであろう）のかを知らないらしいのである。これは、意識についても意志についても言われるのと同じである。何らかの相互関係もこれらのあいだにはあるにちがいない。それにしても、人がしばしば「他人のことは分かっても、自分のことは分からない」と言って嘆くのはもっともなことである。この「分かる」は「見える」で、目は元来外に向かって付いているものだからである。原初のアダムとイヴも「おまえ、裸じゃないか」、「あなたこそ裸よ」などと言い合ったにちがいない。それでようやく自分（たち）が裸であるとそれぞれが納得したのだろう。裸ならそれで分かった。しかし唯一無二である（ことを誰しもが希い、そうと信じてもいるだろう）自分という存在についてはどうなのか。目は反転内向きに付け替えなければならないだろう。それ以外の感官全ても内向きに。そうでなければあとは感触で想像するしかない。それで「見た」ことにするのだ。しかし、ことにするで知は納得するのか。たしかに想像力もまた知的能力のひとつではあるのだが。もし人が、言うように「自分のことは分からない」のならば、「他人のことならよく分かる」というのも実は怪しいということになろう。そこで言われている「分かる」、「分からない」は、自分がすでに知っていることについて言われているにすぎないだろうからである。しかしそれはきわめて少なく、しかも肝心の自分自身に至っては「分からない」のだ。一方で「他人は自分を映す鏡」ともよく言われる。人が、他人のうちに見ているものは実は自分である、と。「分かった」のはその自分自身のことだ。その「分かった」が、同化によろうと、異化によろうと同じことだ。いずれにしても、はじめに自分自身をよく知っていないかぎり、「分かる」ことなどありそうもない。せいぜい、忘れていたものを思い出したり、知りたくなかったことを否応なく知らされたりすることがあるだけだろう。

子どもは、「なぜ?」という問いを飽くことなく発しつづけるのが常である。「なに?(何なの?)」でも同じだ。そうした問いに、はじめはにこにこ答えていた大人も、やがては真顔になり、ついには業を煮やして「いいかげんにしろ!!」と怒り出すことになる。彼の知らないところへ到達してしまったのである。そういうとき、怒り出すかわりに〝ア・プリオリ〟だとか、〝自明〟だとかと言ってごまかす人もいる。それはしかし、すでに述べた原初の知識が何であるかを知らない、忘れてしまったということにほかならないだろう。子どもの追求はその原初の知に向かって突き進んでゆくのである。なぜなら、子どもはそれを知らずして、次なる知の地平へとおもむくことができないからである。大人のように、知ったことにして済ませてしまうには無垢なのだ。しかし大人は原初の知を問うことなく、広大な知の空中楼閣を築き上げて悦に入っている。すると、人知の根源は嘘であると言われても仕方のないことになろう。

子どももやや長じてくると、問いは具体的になってくる。そのうちには自らの由来というのもある。私は、いつ、どこで、どのようにしてこの世に生を享けたのか。それはなぜあなたは私の父であり母であるのかと問うのと同じである。どうして子どもはそれを知らないのか。生まれてくるいきさつも、生まれた瞬間も、その後この問いを発する日までの営みも、忘れてしまったからであろう。でなければ親が故意に隠してしまったか。しかし親というものは、たとえ子が問わなくても、そうしたことは子に伝えようとするものである。それゆえ、人類の親たちも、その子どもたちのためにアダムとイヴのいきさつを書き遺したのであろう。その人類の祖先は、天地創造の神によって、この世につくり出されたのだった。そう聖書は記している。にもかかわらず、多くの人々は昔も今も自らの由来を問いつづけている。近代に至っても画家ゴーギャンは、その絵の題として「われわれは何者か、どこから来て、どこへ行くのか」といった問いを掲げている。古代ユダヤ人も、近代ヨーロッパ人も、彼らの聖書を信じていないらしい。それは彼らの記憶が失われてしまっているか、思い出したくないかしているためにちがいない。その間に、そうした人々のためにイエス・キリストが現れて、汝らはみな天の父なる神の子である、ゆえにわれら全ては（そのなかには当のイエスも当然含まれていたのである）兄弟なのだと教えたのだったが。その教えのとおり、われわれの〝父〟が神であったなら、われわれの知も神のものであるだろう。われわれが〝子〟であるならどうして、父なる神がその知を子に与えないわけがあるだろうか。イエスもまたこう語った――子がパンを欲しているのに、どうして石を与えるだろうか、と。

しかし子どもはなおもその問いをやめない。現代なら父（母）に向かって「父（母）である証拠を示せ」とさえ迫りかねない。ふつうこの場合ならＤＮＡ鑑定という手段があるから、決着は容易であろう。そのＤＮＡ鑑定を疑えば別だが。そしてまさにその技術知の極致も時に誤ることがあるのである。誤りによってえん罪の被害を受けた人さえいる。一般に裁判では相対的真実といわれる真実が採用されている。絶対的真実は、何者にも知り難いとしてはじめから放棄されているのである。したがって手続きのみが問題なのだ。子どものように際限もなく「なぜ、なに」がつづけられていては裁判はもたない。誤審は覚悟の上。決着優先である。それはそれで社会的意味はあるだろう。しかしそのような意味など関知しないイエスは（絶対知は神だけのものゆえ）「裁くなかれ」と教えるのである。

話が外れた。飽くことなき子どもの問いは、ふつう知の欲求といわれる。それは欲求一般と同様、欲望のひとつで、大人になってもそれをしつづける人は〝知りたがり屋〟として軽蔑されている。DNA鑑定（技術的決着）も裁判（社会的決着）もものかは。さすがに学者は、いくら知りたがっても尊敬されはしても軽蔑まではされないが、それは一種の役得とでもいうべきものだろう。一般には知的欲求も劣情のうちである。すると、その欲求はどこから生じ、何ゆえに生じているのかが問題にならざるを得ない。知の主体と欲求（欲望）の主体は同一か、とも。しかしこの問いは重く、ここではこれ以上扱えない。いずれ独立の項をもって検討する。（本章㊂）

この項の副題、「誰が知るのか」について。それはもちろん知識の持ち主のことではない。知識は転々流通するもので、今日では情報といわれているものとさしてかわるところはない。カネを払えばいくらでも入手できるとさえいえるものだ。したがってそのカネを払った者が当面の持ち主とされている。持ち主は何人いてもこの場合差し支えない。それは、共通の知識とか情報の共有とかといわれる。われわれがここでいう「誰」は、そのような持ち主のことではなく、「知る」という行為の主体のことである。「知る」は、知ろうという意志のもとに発動されることもあれば、特段意志しなくても知ってしまうということもある。知りたくないのに知ってしまうというようなことになれば問題だ。この「誰」を当然のように「私」とするのは更に問題である。後者ではその「私」が、知によって無視されていることになってしまう。この私の中に、もうひとり別の私がいて、それが勝手に持てる知力を発動させていることになり、それゆえ問題だということになるのである。それは一般に欲望といわれているものの問題とまったく同じである。そのうえここでは別の問題も呈示した——知の対象をその私（自分）にしたとき、それは可能なことなのかということである。「汝自身を知れ」というが、それは知の自殺と同じことになるだろう。いわゆる混同（法律用語で、債権者と債務者が同一人に帰することである）と同じで「知る」ということの意味がなくなる。「汝自身」を限りなく他人にしてしまうこと必定で、それでは「汝」は存続できるわけがない。

「知れ」と言うなら、知るべきは「汝」ではなく、大昔から言われてきた「真理」というものであろう。しかしこのことばには、他の全てのことばと異なり、内容が無い。これが真理だというものは、何千年にもわたって、数知れぬ人々が主張してきたが、そうであればこそ、これといった内容はないとしか言いようはないのである。あたかも、さまざまな色の光線が一ヶ所に集中すれば全ての色が消滅して、ただ明るくなっているようなものだ。内容（いろ・かたち・意味）は無い。しかし明るさはある。「真理とは何か」というピラトの問いに、キリストはただ無言だった。それを、無言をもって答えたと知るなら、その意味は、無いとは言えないだろう。意味とは、「この自分（キリスト）こそは、その真理である」ということになるはずである。そのことばも真理、存在も真理。それはあたかも、長老ナーガセーナが、ミリンダ王の問いに答えた「真理とは、ゴータマ・ブッダのことである」というのに似ている（註4）。ナーガセーナは、ゴータマ・ブッダがかつて実在した証拠を示せと王に迫られたのだが、今もこの世に真理が存在するということがその証拠であると言ったのである。もしゴータマやイエスが、この世に実在しなかったのなら、真理も存在することはなかったであろう。もしゴータマやイエスが、現在は存在しないのなら、現在には真理はもはや存在しないのである。するとそのような現在に在るわれわれはどういうことになっているのか——盲人に導かれる盲人、無明の闇をさ迷う者。

「われわれはどこから来たのか、何者か、どこへ行くのか」という例のゴーギャンの問いは、その無明の中から叫び出されたにちがいない。このときゴーギャンは、〝この世でもっとも悲惨な男〟ゴッホを目のあたりにして訣別し、南海の孤島タヒチに流れついていたのである。そこに「真理」はいただろうか、そこにいたものたちは真理であったか。

（註1）前出『心の脳科学』（坂井克之著・中公新書）二七〇ページ

（註2） ドストエフスキーは、小説『地下生活者の手記』において主人公に「ニニんが四は死だ」と叫ばしめている。

（註3） 尊厳死については本文の（追記）として記した。ふつうには人工的生存へのアンチテーゼであろう。

（註4） 『ミリンダ王の問い』（前出）第一編第五章第四「真理を見る者はブッダを見る」（中村元訳）時空を超えた「真理」（また、ブッダ、イエス、ひいては神）は、それにとらわれている人知に直接知りうるものではない。人知が知りうるのはそこから現れ出ている眼前の事象だけであり、それを「よく見る」（正見）ことによって間接的に知りうるのである。修行すれば。この「修行」のかわりに目前に迫る死というのもある。われわれはのちに年若くして死にゆく一人の少年の口を通じて、時空を超える知のすがたを見ることになろう（第三章(四)－4「すべての人に対して罪がある。」）

（追記） 尊厳死について

いわゆる尊厳死についてチョット触れた。それは人工的生存（ならば、死もいずれ人工的を免れないであろう）を拒否して、〝自然な死〟を願望するもので、尊厳なるものはその願望のうちにあるというのである。この願望のことを知の営みとしてとらえた。自然そのものは、こうした願望など抱くわけがない、自然そのものなわけだから。必要がないのである。この願望を意志というとすると、それは自分の意志ということで、自分の生死を他人に左右されたくないという気持ちになるだろう。要するに尊厳とは、かけがえのない自分（この私）のこのかけがえのなさのことである。

尊厳死に似たことばに自死というのもある。こうなると、気持ちは完全にその「自」に向かっていよう。自殺と言わないのは、「死」の方にも多分な思い入れがあるからであろう。

要するに「俺に構うな」ということで、やや傲岸のにおいはする。「自殺」では、何だか追い詰められたようで、プライドが許さないというわけだろう。しかし結局は、どちらにしたところで、統計では「自殺者」にカウントされてしまうのである。自己満足のにおいが多分にする用語というほかない。

尊厳死とは、死の尊厳を護って死ぬということである。死は厳粛なものであるからもてあそんではならないということだ。それは、生の厳粛に由来していよう。死は生の帰結、完結だからである。大切なことは、生きて、堂々死を迎えるということだ。しかし大方の人は、その死というものを知っているのか、知らないのか。どちらでもあるように見える。いってみれば、死という現象一般は見聞して知っているが、自分の死という現象は経験していないので知らない、または、死という現象じたいは知っているが、その意味は知らないなどということになろう。とはいえ、死の尊厳を知らないで尊厳死を希求（願望）するというわけにはゆかないだろうから、少なくとも尊厳死を言う人は、それらをいずれにしても「知っている」といわねばならないだろう。ならばそのような人は、いざというときにも堂々と死んでゆけるにちがいない。「なすべきことはなし終えた。思い残すことはもはや何もない」と言って。しかし自然はそのような大仰なことは言わず、ただ黙って死んでゆくのである。ごく当たり前に。したがって、本文に触れた尊厳死と自然死との関係で言えば、所詮尊厳死なるものは（自殺同様）不自然な死と言う外ないものである。自然より不自然（すなわち文化）を愛する人のものだ。

(二)『人間』のいとなみ

――「人間性」、「解放」、「自由」……、これらの言葉で、人は何を語ってきたのか

1「人間性」?

今日ほとんどの人は、自分たちのことを人間であるとして、そこにさしたる疑いを抱くことなく、その「人間」という言葉を気軽に使っている。また多くの人は、人間とはこの私のことだと堂々、または密かに思っているであろう。すると当然のことながら、その人間という言葉の意味するところも百人百様となっているにちがいない。ということは、誰しもが、私は彼らとは違うと思って生きているはずだということにもなろう。とはいっても、全然違うというのでも困る。そこで人間というくくりがものをいうことになっているわけだ。ただのくくりだけなら、生きもの、動物でもよさそうだが、それではくくりが大きすぎて役に立たない。では、生物学者がいうヒト(ホモ・サピエンス)ならどうか。それではたちまち、そのヒトのヒトたるゆえんのサピエンス(知性)が問題になってしまおう。知性は、是非善悪のもとであり、それからは悪人も生まれるのである。悪人と一緒にされてはかなわない。それゆえにかあらぬか定かではないが、誰も自分のことをヒトなどとは言わず、思いも(ふつうには)せず、人間と言っている。そして知性(サピエンス)のかわりに、「人間性」を具有した存在であると心得てもいる。きわめて形式的な理解だが、「人間とは、人間性をもった存在(生きもの)である」というわけだ。

そしてその「人間性」というのは、いわく言い難いものだが、何かしら秀でた、尊い性質とされているのである。それはたとえば「品性（品格）」といったかたちで人の表に現れ、人と人との、姿・形を超えた違いともなっている（と信じられていよう）。この信念あればこそ、人は人間であるということに疑いを抱くことなく、堂々と日々を過ごせているのである。したがって、その「人間性」と知性との関係について問うようなことはない。それどころか、なるべくそれには触れないようにしているように見える。もし人間性が知性の別称であったり、知性に立脚していたりすれば、容易ならざることになるとでも（暗黙知で）知っているかのようだ。というのはもちろん、ヒト具有の（とされているその）知性というものに不安を感じているからだろう。さらに（あえて）言えば、ヒトであることに自信がないのだ。そこで近代に至っては、「理性」という言葉がさかんに用いられるようになった。それこそが、知性の中の知性、人間が具有するに価するもの、人間性に一段の磨きをかけるものと主張されたのである。そうであれば、人間はばかなことも、わるいこともしない。するはずもない、するのは理性が足りない奴ばかりであるということになった。しかし、馬鹿では悪事は働けないのである。道化は馬鹿ではできない。それがいずれも知性の仕業と知ってのことであろう。だからホモ（ヒト）の誇るサピエンス（知性）は理性にスリ替えられてしまった。そしてその理性は、悪をも道化をも制御可能な力とされたのである。果たしてそうであったか――は、いわずもがなであろう。近代の歴史が雄弁にそれを語っているわけだから。

「人間性」とともに、しばしば「人間的」という言葉も用いられる（主に話しことばとして）。人がこのことばを口にするときの多くにはその裏に、人は完全無欠ではありえない、したがって多少の失敗はいたしかたがない、むしろその方が好ましいではないかという感情が流れている。場合によっては反感にさえなっているかも知れない。何への反感か――古くから尊重されてきた〝人倫の道〟もそれには含まれていよう。その「道」を人々に説いたり、研究したりする人を〝道学者〟と呼んであからさまに馬鹿にするような人もいる。明治には、女のやわ肌をちらちらさせて〝道を説く君〟をからかう歌人すらあらわれたのである。しかしその結果戦争になって子どもを戦場に送らなければならなくなると一転、反戦詩をものしたりしている。なるほど、〝人間的〟なわけだ。誘惑に抗しきれないのも人間的、子どもの命を奪う戦争に反対するのも人間的、ならば、戦争を引き起したり遂行したりするのも人間的なことと言わざるを得ないであろう。それとこれとははなしが違うという言い分はありうる。〝やわ肌〟に触れて愉しむのは善良な庶民で、戦争するのはどこぞのえらい人というわけだ。庶民は、多少道を踏み外しても許せる、許せ、しかしえらい人がそれでは困る、許せない、そういう庶民的感情は昔も今もある。東にも西にもある。そして西でも東でも、今や「道」は廃れ、イエス・キリストやゴータマ・ブッダの教えは忘れ去られ、それらとはほぼ真逆のことが堂々行われ、それが人間的であるとされているのである。したがって当然のことながら、上に立つ者とされる人々も庶民の方にさや寄せされている。「徳」ももう必要なくなったのである。民主主義下ではそれはもはや必要ない、ただ人間的でかつ多少理性的、できればやや〝知的〟であって欲しいなどということになっている。それはわれわれがここまで使ってきた言葉でいえば『人間』の今日のすがたである。ということは、その『人間』の性質である人間性（『人間』性である）というものもそうしたものということになる。一口に言って「人間的であること」、と。そこでは不完全な人間性、時に道を逸脱したり、徳に傷をつけかねない人の心や行動が手厚く弁護されている。そうした自らの心や行動に深く悩み、悩みつつ理性に最後の希みを託し、ついには齢八十にして家出まで敢行したトルストイ翁などは、今日ではかわゆいということになろう。

「人間性」に戻ろう。それはもちろん人間がつくり出した言葉である。すでにみたとおり、実に都合のいい言葉で、ふつうは水戸黄門所持の例の印ろうよろしく使用されている。

人が「人間性」云々というとき、たいていその裏には非人間性を含意することば、「動物的」とか、「ケダモノ」、「アニマル」だとかという言葉が意識されていよう。しかも多少の敵意さえともなわれて。それらは、自然と自然性を言いかえたものであろうから、するとその「人間性」は非自然または反自然性を言っていることになる。当然、人間とは非自然の存在であると考えていることにもなる。同時にそこでは、知性、というよりその営為である文化・文明も意識されているはずである。ならば、そのとき人は文化・文明の源泉である知性というものがほかならぬヒト具有であることを忘れているか、故意に無視していることになろう。何しろその知性は、しばしば自然や自然的なものを尊重し、不自然を嫌うのである。そもそも、いうところの人間性の発露も自然であるのがよしとされている。知性は、さりげなく顕れてこその知性というものだ。でなければただの嫌味。

もし、われわれが誇るこの知性というものが、ヒト、すなわち自然由来ではなく、霊魂といった非自然または超自然的存在に由来するものならば、いうところの人間性もまた自然性をまぬかれることになるだろう。そうであれば、自然（性）をよしとするもしないも勝手ということになる。人間は、自然と自然性のうちに、自分たちが人間性と考えるところに相性のいい部分とわるい部分を見い出し、自然を二分することができる。そして一方を味方とし、他方を敵とみなすのである。イヌ・ネコ、小鳥は人間の友だが、ネズミは仇敵だ式。したがって、「ケダモノ・アニマル」呼ばわりも随意である。実に無遠慮というほかはないが。しかしどのような生きものも、動物であれ、植物であれ、人間を敵とは（少なくとも一義的には）みなしていないにちがいないのである。ほとんど眼中にもないかも知れないほどである。人間が、いうところの人間性をもって、自然や自然性を蔑視したり、非難がましく言ったりすることは、それほど根拠のあることなのだろうか。その根拠は、それほど確かなものなのか。ではこのことを図式的に整理してみよう。

〘『ヒト《ホモ》』（すなわち自然）＋知性（サピエンス）＝ヒト（ホモ・サピエンス）〙＋人間性＝人間

果たして右の通りであるかを疑っているのである。〘〙の中はすでに十分に検討した。実質的にはここでは人間性というものを疑っている、したがって当然人間というものも疑っている。また、人がふつうにいう「人間」というものも疑っている。もちろん、「人間はヒトではない」などというのは論外であろう。ヒトではあるが、『ヒト』ではないなどというのも怪しい。いずれにしてもそれらは科学的知見に反している。

2 『人間』――文化は死なず、ただ終了あるのみ

「われわれはどこから来たのか、何者か、どこへ行くのか」――ポール・ゴーギャンの大作の画題ともなったこの古典的、というより人間永遠の問いに、誰しも簡単には答えられないのはいたし方がないとして、その試みを止めるわけにもゆかないのである。ここにいわれる「われわれ」というのは、人々が「人間」と自称している存在のことで、かつ「人間」という言葉のことでもあると考えられる。すると言葉一般の例にもれず、その意味するところは百人百様であっておかしくはない。実際にもその通りのことになっているであろう。それは言葉を使用するヒトの勝手とも言えるのだが、その結果、影響が広く他人他者に及ぶということになればそうも言ってはいられない。気安く「われわれ」などと言ってくれるなという人もいるだろう。

ではその「われわれ」が含意する「人間」というものの定義を試みてみよう、そのための材料はすでに出そろったのである。もっともそうは言っても、これまでのその議論自体、仮説や推測ばかりで、確

かなことはいくらもなかったわけだから、定義はおろか、仮説というもおこがましいのではある。しかしそうではあってても、全然やらないよりはマシであろう、と思う。

「人間とは、ヒトに付け加えられた文化（のこと）である」――この「ヒトに付け加えられた」という、少々イヤ味な一句をカッコでくくってしまえば、「人間とは文化である」ということになる。人間＝文化。その文化は、これまでの考察によって、ヒトの知性の営為であるといえるものだから、すると「人間とは、ヒトの知性の営為である」と言いかえられることになる。営為は、なすところ、いとなみである。一種の運動であって、エネルギーの所作だ。要は、それはことばのふつうの意味で存在（するもの）ではないということである。いわば、あるといえばあるもの、ないといえばないものだ。少なくとも指でつまんで「コレがそれだ」とは言いにくいもの。

それが存在することとなるのは、その営みが終了したときだけである。そのとき、人間は、そのむかしアダムとイヴがイチジクの葉っぱを綴り合わせて作った腰巻のようなものになる。すなわち文化財である。それらは、彼らが知の木の実を食べて獲得した知性の産物であった。その意味で人間も、彼らの子孫であるヒトの産生物である（制作中なのではあるが、多くは）。

しかし大多数の人は、こうした言い草には納得しないだろう。「私は、人間として、現にここにこうして居るではないか」と言って。運動などしていなくても人間は人間だとも言うかも知れない。しかしそれは、何度も言うように人間という言葉のマジックに類するものなのである。まさにその「存在する人間」が何者であるのか分からないというところから問題は発しているのだ。それでわれわれは、人間をヒトと『人間』とに分解し、それぞれを表記してきたのである。したがって、人間という存在はここでは元々存在しない。存在するのはヒト（自然人類学上の種の名称）であって、ヒトのみ。「自然は、存在ではない」とまたまた反論を受けそうだが、われわれはそうした「存在論」には興味がないのである。お好きな方々はどうぞというしかない。こうしたことで、われわれの〝定義〟は結局『人間』（と表記した言葉、用語）について付したものということになる。それが目的なのではない。われわれの目的は倫理（いかに生くべきか）を考えるところにあるからである。それには、主体たるべきものをできるだけ正確に把握しておくことが不可欠なのだ。

その主体（とわれわれが思い込んでいる〝存在〟）たる『人間』は、言うならばヒトの頭（脳）の中から歩き出した疑似存在である。しかしこの『人間』は歩き出すや、自らを生み出したヒトを逆に言葉となし、それをもってヒトを疑似存在とみなすのである。生物学者も、それにかかわる人々も、「われわれ」のことをカタカナ表記するほどにも。

先程「ヒトに付け加えられた」（もっと言えば『ヒト』に付着したとでもいうことになる）といささかイヤ味に言ったのは、こうした主客転倒があったからである。『人間』は、ヒトの被造物である。どこか、よそから飛来したなどというものではない。しかも被造物といっても、未だ制作途上にあるもので、文化財となるほど完全なものでも確かなものでもないのである。それに該当するのはただすでに滅びてしまった人々、たとえばケルト人といった人々だけだ。この人々は、ただ文化（財）としてのみ今にその名を残しているだけなのである。

「付け加えられた」には、もっとまじめな意味もある。知の主体であるヒトは、不可避的に『人間』を生み出さなければならなかったからである。ヒトに、この文化が無かったなら、ヒトはヒトとして存続しえなかったかも知れないということだ。「知」の由来はどうあれ、それにいわば取り憑かれてしまった以上、その運動に無関係というわけにもゆかないだろう。今更『ヒト』に還れなどということになっても困る。「自然に還れ!!」など、言うは易く行うは難しである。とはいえ、「ヒトは人間である必要などあるのか」という思いはある。この思いの湧くところでは、ヒトが具有することとなった「知」なるものがいっそうとましいものにも感じられる。言葉を、ぜんぶ忘れてしまったなら、どんなにさっぱりするだろうかと思うのとさして変わらない。

『人間』は、ヒト以上に自らが被造物であるなどと言われることを好まない。『人間』であるわれこそがヒトを造ったのだと言わんばかり。ヒトは、たしかに言葉であるのだから、その命名者としてはもっともな主張といえなくもない。しかしヒトというのは、言葉以前に存在するのである。それは、宇宙が人間以前に存在するのとほとんど同じことであろう。一般に、自然は、人間以前、言葉以前に存在するものだ。自然は存在であり、存在は自然である（この点はのちにもう一度別の角度から点検する、自由ということで）。言葉以後に、言葉によって〝存在〟させられた（または生み出された）自然は、以前に述べたいわゆる花鳥風月である。もちろんそれは代表的なものとして言っているので、その類いはほかにもたくさんある。それは一口に言って全て文化である。したがって、いずれは文化財ともなるものだ。しかし現実の自然は、自然そのものとして、人間などとはかかわりもなく厳然として在り、人類消滅後であってもありつづけるであろうものである。

『人間』は、花鳥風月と同じく文化である。この文化の特徴は、つねに何ものかであろうと志し、また実際にもつねに何ものかを生み出しつつ運動して止まないところにある。少しもじっとしていない。その運動、いや活動を、人は「創造」などと言いたがるが、もちろんそれは純然たる創造、無から有を生み出す神の創造と同じものではない。それは、知というものの（すでに述べた）性質から来ている。それは原初の知に依存するものだが、人はそれを知らないのである。それこそは、冒頭のゴーギャンの画題の意味である。〝ルーツ探し〟をいくらやっても無駄な原因でもある。

『人間』は、忙しく、活発に活動しているが、それはいわば自転車操業をしているようなものである。人間は『人間』であり、文化であり、知的運動であり、自然に非ざるものであり、したがって存在ではないものである。『人間』は、ヒトの知的運動の結果として絶えず生み出されているものであり、運動が止めば『人間』も止み（その場合は、イチジクの葉っぱ然としたもの、文化財となる）、運動が曲れば『人間』も曲り、急速になれば『人間』もコロコロ変わり、変転常無きありさまを呈することになる。一般に、変転常なきは自然であるとされているが、それはそうであったとしても、その変転の具合は『人間』のそれほどのもののようには見えない。人間はそのうえ、蜃気楼のように儚いのである。文化は、絶え間もなく文化財をそうして生み出しているが、『人間』はその代表的なものとも言えよう――なかには生きたまま文化財になっている人さえいる、人間国宝とか。

もちろん、人工的に発生させられた新種の植物やペットも人知の文化財である。すると、近い将来登場するといわれるロボット人間もクローン人間も同じということになる。それらは、ヒトと機械との中間《あいだ》にあるものといえる。しかしそもそも、ロボットと『人間』との間にさしたる違いなどはないのである。それらとヒトとの間にこそそれはある。それが知性の具有ということである。ここで問題になるのは、とくに意識の有無ということだ。なぜなら、意識とふつうにいわれるものは、結局（潜在的にも）ことばとともにあるものらしいからである。それはたとえば意識を失い、回復に向かった人が最初に「ここはどこ、今はいつ、私はだれ」と問うとされていることからもわかる。そうでなくても単に何かを問う、または疑問に思うというだけでも十分だろう、その裏には必ずや発せられるべき、また答えられるべきことばが貼りついていよう。ことばは記憶とともにある、というよりは記憶の一形態（態様）ともいうべきもので、それはまた〝自己〟（われ）を保証するものである。それゆえ右のような問いを発するにいたった人のことは「われにかえった」ともいわれるのである。われ（我）にかえるとは、自己の同一性を認識するということ、それは只今現在認識したものとかつて認識されていたものとを「われ」（自己）

として統合することである。この統合に失敗している人のことは〝分裂症〟という病にかかっている人とか、一時的に記憶（過去の自分のである）を喪失している人とか、いろいろいるといわれている。さらにそこまでもゆかず、意識そのものが無いという人もいる。ふつうに〝植物人間〟などといわれている人だ。しかしこちらにもいろいろな人がいるであろうことはその〝植物〟という比較によって容易に想像されうる。植物の多くは（というより、そのほとんどは）何らかの外的内的刺激には反応するのである。その反応を人はしばしばそれが「生きている」しるしであるとしている。このしるしに、意識といわれるものの存否は含意されていない。生きているかどうかが肝心なのであって、意識があるかどうかなどさしたる問題とはされていないのである。したがって、〝植物人間〟（つまり、われをわすれている人）から、移植のための臓器を取り出すことは結果的に殺人となる。罪にも問われる。しかしついでにいえば、われをわすれている人が、ふつうの人を殺害しても、殺人には当然なるが、罪（殺人罪）に問われるということはない。問われても有罪で服役するなどということはないのである。このとき、運命を分けるのは、われという意識の存在であるが、それがなぜ問題になるのか。それは、刑法という社会規範がそのように定めているからである。

社会問題は、われわれの関心事ではないので先を急ごう。人はいつ「私」となるのか。それはよくいわれる「ものごころついた時」にであろう。「もの」ということばも古くから便利に使われているもののひとつで「もののあはれ」などともいう。それではあまりに漠然としているではないか、というのももっともであるということになれば、人が「私」を強く意識し、「私」という第一人称用語をさかんに使用しはじめたときというのはどうか。個人差は相当あるが、たいていはいわゆる思春期のある時ということになっている。それは自他の弁別ということをし始めた時ともいえる。この弁別というのは、同化というより異化、違いを際立たせる知的作業である。するとそれに先立つ「ものごころついた時」の方は、時間的・空間的に自分を位置づけしようとする意識一般の作用（はたらき）ということになろう。この作用の結果が、記憶となり、そこに同一性（アイデンティティ）が見い出されることになれば、「私」（ということば）の誕生ということになるのであろう。以後、カレまたはカノジョは、自分のことを「私」と称することになる。そしてこれを称するのは、人間ばかりなのである。昆虫も、けものも、自他の弁別、いや識別はよくするが、第一人称で自分を称したりはしないであろう。しかしこうした点は、生物学者の研究に任せておけばよい。われわれはここで、ヒトの被造物である『人間』なる〝存在〟が、「私」ということばと不可避的に結びついたものであることが言えればよいだけである。それは、ともにヒト知性の産物だからということである。それゆえ次のようなせりふも言えることになる――「人間とは、この私のことだ」。したがって、人間（あくまで『人間』である）が持ち上がれば、この私も持ち上がることになる。それゆえ、「私」は以後、ひたすらに（ひたむきにと言ってもよいだろう）『人間』を磨き上げようと努力するのである。そこからまさに人間の迷走は始まる。そして、私として生きているあいだ中、ずっと続く。「人間は迷妄とともにある」と昔からよくいわれるが、それを言うのなら「『人間』

は迷妄である」と言うべきであろう。文化といわれるものは、だいたいにおいてその迷妄である。しかしこのように言えば、人間はバーチャル存在である、被造物であると言ったとき以上に人の反撥を買うこと必至であろう。買ってもそう言わざるを得ないである――何しろ、われわれはもうずい分と経験を積んできた。その経験は「歴史」となって眼前に積み上がっている。この「歴史」（『人間』史である）を栄光とみるか、悲惨とみるか、それは歴史家の筆にもよるだろうが、われわれ今を、いやこれからを生きようとしている者にはそれは、どう見ても反面教師のようにしか見えないのである。しかしこの議論は今はこれ以上はできない。真の知性、真の人間のすがたがもうすこし具体的に示されなければならないからである。

ともかく、人間は『人間』であり、それは花鳥風月と同じ文化である。その文化とはヒトの知性の営為のことである。その営為の特徴は「文」にある。また、知性はヒトが具有するものであり、したがってその主体はあくまでヒトである。そのヒトは、かつて『ヒト』（自然そのもの）として、また現在でも一方では身体として自然につらなる存在でありつづけている。この間の事情についてはすでに述べた。『ヒト』とヒトとの間に連続性はあるのか、それは自然人類学的、考古学的、またダーウィン氏の問題で、われわれにはさしたる影響はないのである。身体が自然であるかどうか（あるだろう）だけが問題である。

たとえば心理学という学問があるが、それはヒトの心、ヒトの魂、ヒトの精神、そこから生じるさまざまなヒトの行動や反応を理解する学問である。そこからヒトのを取り去ってしまえばそれは科学としては成り立ちえないだろう。人間のともなれば、成り立つのは神秘的な、あるいは怪し気な言説にすぎないものとなってしまうにちがいない。人間（じつは『人間』）という研究対象がそもそも怪し気なのである。自然と文化がごちゃごちゃになってしまっている。そこへ比較の対象にサルやチンパンジーをもってきてもしょうがない。彼らにはいい迷惑だろう。何しろ常に人間どもの風下に置かれてしまうわけだから。しかしキリストは、彼らに「学べ」と教えたのである。

人間とは文化である。肝心なことは、人間は存在ではなく営為であるというところにある。この理解は、人間について言われるあることの理解に役立つものである。そのあることというのは「人間は何者かではなく、何者かになろうとしている者である」といったようなことだ（註1）。この「何者かに」が問題の核心である。それはこれまで言ってきたところの『人間』なる疑似存在である。そして、なろうとしているのはヒトという存在のことだ。決して人間自身であるわけがない。すでにそうである者が、それになろうとするわけもないからである。ところが近代ではそれがそうでもないことになっている――『人間』ではなく、いわば正反対の「自己自身」というものがくる。その「自己」こそは近代の迷妄、われわれが長年にわたって迷走することになってしまった原因である。いかにももっともらしくその言葉は耳に響いたのだった。今ここに現にいる自分は、本当の自分ではない、本当の自分の姿を外れたものだ、ということをそれは含意していた。この本当の（自分）が、われわれの自尊心をくすぐったので、それは心地よい考えだったのである。それゆえ、それこそが迷妄なのだなどとは考えなかった。真に自己自身になるということは、何者にもなろうとしないことであり、したがってすでに自己自身であるということにほかならないのである。それは、文化運動をしないということであり、もっといえば「生きない」ということである。なぜなら、ヒトは「なろうとする」自らの活動を「生きる」ことと同義とみなしているからである。

ふつうに人がいうところの人間は、『人間』という言葉であり、その人が理解したところの人のこと。同様に自己自身というときのその自己というのもやはり言葉。「私」とさしてかわらぬものだ。人は、人が自ら生み出したそうした言葉に惑わされ、翻弄されて迷走のやむなきに至っているのである。

われわれの言い方で言えば「人間とは、『人間』になろうとしているヒトである」ということになる。すると当然、人は百パーセントの『人間』ではありえないであろう。いつかはそうなりうると期待されるとしても、ヒト、『人間』の双方に制御不能の部分が幾らかは残ることになるにちがいない。それはいわば双方ともに己れ自身のことを完全には知りえないからということである。また別の言い方をすることもできる――「ヒトは、人間になりつつある存在である」。この人間とは、すなわち『人間』である。それがどのようなものであるにもせよ、未だ遠い先にあるものである。存在しているのはヒトであって、そのようなあてどのない人間などではない。それでも、ヒトが人間になったあかつきには、ではどういうことになるのか。そのときヒトは、死んでいるか〝生ける屍〟となっているかのいずれかであろう。「なった」のならば、ヒトの知性の営為はそこで終了しているはずだからである。それゆえヒトは、生きているかぎり、人間にはなりえないはずのものである。死ねば確かに何かが確定することになるとしても、その何かが人間である確証はまずない。全然当人が思ってもみなかった者としてソコにあることになるかも知れないのである。『人間』は営為であり、観念（思い込みもこのうちになろう）であり、または広い意味で目標や期待のようなものであるから、その主体の消滅とともに消滅するのが定めというものだ。

ところで「生きる」と人がふつうに言うところのことは、右の言い方でゆけば、知的営為の始まりから終わりの間のことを言っていることになろう。ヒトの誕生から死滅の間のことでは必ずしもない。ハムレットは、「生きる、死ぬ、それが問題だ」とひとりごつが、そこにいう「生きる」は、ことさらに生きるということであって、したがって文化としての生である。昆虫の生ではない。昆虫は、今すでに生きているものであり、それゆえ生きようとすることも、「生きる」ということを言うのも無用のはずである。『ヒト』にもそれは無縁だったであろう。聖書は、アダムとイヴとともにこの世に死がもたらされたと指摘するが、もっともなことである。死は、死ということばにほかならないのであるから。もし彼らがはじめにいた神の国で死ぬことができていたら、それは夏の終わり、路上に転がるセミのようなすがたであったにちがいない。

最後に、「なろうとしている」という議論には、もうひとつのタイプがあることに触れておきたい。「なろう」などとしなくとも、勝手に「なってしまう」というものである。しかも、当人の望みとはまったく相反するものになってしまうことすらあるというのだ。死んでヒキガエルになるとか。これはいわゆる生まれかわりの思想である。古代インドの輪廻思想もこのうちだろう。輪廻の場合には、〝次の世〟ばかりでなく〝前の世《さき》〟も問題になる。お前が現在かくあるのは、前世の報いだなどということになる。人は、前世・現世・来世を通じて生きているというのだ。ただ、現世においてはふつうは前世の記憶がなく、来世についての確たる見通しもない。それゆえ、それを教えてやろうなどという者も現れる。教えてもらうのではない、自分で知るのだというのがゴータマ・ブッダの教えである。人は、修行すれば、〝三明知〟とよばれる神通力によって過去・現在・未来を知ることが可能になるという(註2)。これはそれぞれ、宿命通・漏尽通・天眼通とよばれているが、こうした力を必要とするのは、人が『業』によって支配されないがためである。『業』とは、要するに人の営為のことだ。人は全て、その為したるところに応じて、それに相応する存在となる(なっている)というのである。しかし、にもかかわらず、人はその(己れの)『業』を知らないのである。なかでも最も問題になるのは現在だろう。前業にしたがって現在の自分があり、その自分の現在の営為によって〝次の世〟の自分があることになっているが、その肝心の現在の営為というのが一番わからない。それゆえ、気がついてみたらカエルになっていたなどということになる。未来が、人の自由には決してならないのは、それは人が只今現在していることの本当の意味を知らないところから来ていよう。現在というものはあるような、ないような時なのである。過去となってはじめて「そうだったのか」というかたちでやっと現れる。だとすると先の「人間になりつつある（存在）」というのもかなり怪しいということになる。人はどうして自分が人間になりつつある者であると知るのか。いや、自分ばかりではない、人一般でもその点は同じである。人は、せっかく人として生まれつきながら、人以外のものになりつつあるかも知れないのだ。このことは、人知の限界としてすでに知の問題のところで触れた。

しかしこうしたことにもかかわらず、ある種の人々は、この人間以外のものになりうるものと信じてやまない。真人（アラハント）とか神人とか、人神（註3）とか、超人とか。真人には修行によって、神人には信仰によって、超人には意志によって、人神には科学によって、それぞれなりうるものとされているのだが、果たしてどうか？　これらのうち、真人と神人だけにはすでに前例があり、信ずるに足るであろう。ゴータマ・ブッダとイエス・キリストである。

人は、では死ぬとどうなるのか。気恥ずかしくなるような単純な疑問だが、大昔から論議されてきたわりには今もってこれという確たる答えがないのが実情であろう。ガイコツと髪の毛のみを遺して蒸発するというのから、〝千の風になって〟なつかしい人々のまわりを吹くというのまで、いろいろある。これはおそらく、「どうなるか」というところに関心が集中してしまっているために、肝心の人間と死との関係が十分には考察されてこなかったからにちがいない。そもそも人間は死ぬのかといったようなことである。「どうなる」以前のはなしだ。人間にもこれまで述べてきたとおり、いろいろあるし、死にもまたそれに劣らずいろいろあることになっている。ならばその組み合せにもいろいろありうるであろう。「どうなるか」はそれによってかなり影響を受けるにちがいない。まずはもって、死とは何のことかがとりあげられなければならないわけだが、それについてはごく最近、わが国では法律によって死が定義されたので参考になると同時に無視するというわけにもゆかないことになっている。それは「脳死」を人の死とするというもので、脳が発する微弱な電波がストップすることである。すると、その瞬間を待ち構えていた人々が、まだ暖かいうちにと死者となったその人の臓器を取り出すのである。この臓器は、明らかに人間を構成する部品である。いや、部品であったもので、近々また部品となる見込みのものだ。しかしこのあたりのことは、すでに前章㈣（部分と全体）のところで述べた。

死の定義には全く別の観点からのものもむろんある。そのひとつは分子生物学からのもので、それは生きているとき激しく運動していた（エントロピーといわれる）細胞（の構成分子）が、その動きをやめて整列状態になることである。しかしそれでは、人のどこの細胞がそうなればいいのか。単細胞生物なら、何となくわかるような気もするその定義も、ヒトのような複雑化した生きものではなかなか納得はし難いのである。部分的に死んでいるとか、死んだとかという人も少なくないと思われるからである。「生命」の死の定義ではあるかも知れないが、人の死となるといかがなものか。その他についてはいわずもがなであろう。関係の方にいこう。一口に「人の死」というが、もちろんその「人」にもこれまで述べてきたように『ヒト』、『人間』、ヒト、「私」、社会人などなどいろいるのである。世の中では昔から、生物として死んでも、人間としてはそれによっては必ずしも死ぬわけではないと固く信じられてきている。肉体は滅びても、魂は永遠だと信ずる人はなお多い。その多くは、肉体と魂の二元論である。それは、同時併行的に肉体と魂が存在しているというものだ。死はこのうち肉体に固有の現象ということになっている。

その点、ここまでわれわれが言ってきた『人間』は、いわばヒトの一元論である。存在するのはヒトのみであり、『人間』はヒトの消滅とともに消滅するものである。そしてこうも言ってきた——『人間』は、死ぬのではない、終了するのである、と。それは、ヒトが人間であろうとする営みを、その死によって終了するところから来ている。死とは、ヒトが死ぬことである。そのヒトの死をどう〝定義〟するかは学問的、また社会的問題であり、その方面の専門家の方々に任せるしかない。実際に、人が死亡したかどうか、その判定は生命科学者や医療従事者の所見に従うのが適当だろう。しかし文化としての死となるとそうはいかないのである。それは、「死」という言葉なので、人の数ほども死はあるのだ。すでに〝生ける屍〟となっていても、いや私は生きていると主張する人に死はない。逆に、未だちゃんと生きているしるしを示していても、いや俺はもう死んだと言い張る人を生かすすべもない。それは、死ぬのが人間ということになっているからである。その人間が、たとえバーチャルであっても存在であるということにでもなれば余計やっかいだ。もし人間というその存在が、霊魂といった別の存在の仮の姿ということにでもなれば、死もまた仮の事象ということにならざるを得ない。かつてはこうして、全世界の森羅万象が仮の事象であると主張する人々もいたのである。では、死の尊厳はどういうことになるのか。その裏返し（表返しとでもいうべきか）である生の尊厳、生の一回性といったことはどうなるのか。二元論では、生が限りなく重く、死は限りなく軽く扱われる傾向がある。大昔から「人は死ぬのが定め」といわれつづけているが、それが受け入れられない人は自分はヒトではないと言い張ってきた。自分は魂（霊魂）である、それゆえ決して死にはしないのだ、と。それは見えすいた嘘であっただろう。ならばなぜ、そのような人は死を異常なまでに恐れてきたのか。昆虫もその他全ての生きものも、彼らほどには死を恐れていないにちがいない。「恐れはしない」、とまた言い張るがその体は震えているではないか。『カルメル会修道院』のド・クロワッシー院長（プーランクの歌劇）もそうして病死を前に錯乱に陥ったのだった。彼女は、のちに修道女たち全員が狂信のかどで死刑となったほどの厳格なキリスト者たちの長だったのである。その修道女たちがギロチン台に登るとき死を恐れなかったのは、それが殉教であると信じられたからだった。そのなかにただひとり、殉教とはかかわりなく死を恐れない修道女コンスタンスがいた。彼女は、死刑囚たちを運ぶ荷車から、元気に朗らかに飛び降りるのだ。ならば彼女はたしかに人間であったといえるだろう。しかしその人間は、すでに（彼女がこの世に生まれ出る前から）神のものだったのである。それゆえ、彼女は死に就くのではなく、父の元へと帰ってゆくだけなのである。

（註1）本章末尾の補記㊂も参照されたい
（註2）ふつうには、「三界」（天上・地上・地下）を知ることのできる明知とされていようが。いずれ大差はない。
（註3）直訳で「ホモ・デウス」。すでに十九世紀、ドストエフスキーの小説『悪霊』に予言的に登場する。

3　ヒューマニズム――『人間』性のデモンストレーション

十四、五世紀イタリアに発したいわゆるルネサンスは、野火のように西欧全域に伝播、そこから今日に至る「近代」といわれる人類史の一時代が築かれることになった。それは、われわれのことばで言う『人間』の一大デモンストレーションであった。『人間』がヒトに対して行い、今も行いつづけているデモ。しかし一般的にはそれは、自由な文化活動という内的欲求に突き動かされた人々が、世俗化したキリスト教とその教会による人間性圧迫に抗した運動とされている。運動とはいっても、それは革命に至るような政治的運動だったわけではなく、表立ってキリスト教会とコトを構える宗教改革だったわけでもなかった。それらはルネサンスののちに確かに現れるとしても。それかあらぬか、ルネサンスはしばしば文芸復興と訳される。運動（というより、自然なことの成り行き、世の流れといったところだった）が目指したのは、ギリシャ・ローマの古典文芸を通じた人間性の復興というものだった。ここにいうところの人間とは、ギリシャ・ローマの大いに理想化された人間、すなわち『人間』のことである。現実のギリシャ人、ローマ人とはほとんど一致するようなものではなかったろう。どんなに晴朗に見えても、古代は古代だったにちがいない。しかしその古代が、イタリア・ルネサンスを興した人々には理想に見えたのだった。それだけ、キリスト教会を中心に営まれていた中世イタリアの人々の心は死にかけていたということになるだろう。死にかけてはいなくとも、何か新しいものを求めはじめていた。それだけ人々の知性は成熟してきていたともいえよう。子どもであることにも、いわゆる善男善女であることにも飽き足りなくなってきた。真理は、ひょっとしたら教会の外にこそあるのかも知れない、冒険がしてみたい……それは（ヒトの）内的欲求である。知（人知）本来のすがたともいえる。したがって、教会や王族とことを構える切迫した事情になかったのは当然だったのである。

　ルネサンスは、人類がはじめて行った『人間』によるヒトへの一大デモンストレーションだった。したがって、それは、自分で自分に行ったデモなのである。言いかえれば、『人間』誕生宣言とでもいうべきものだ。イエス・キリストの教えや、教会によって安眠していたヒトビトの耳元でラッパが吹き鳴らされた。誰が鳴らしたのか。もちろん天使ではなく、ヒトの内なるヒト、知性自身が目覚めて吹いたのだ。そのラッパの音色は「なぜ？」というものだった。そしてあらゆる「なぜ？」がそうであるように、当時のそれも一度発せられるやとどまるところがなかった。したがってそれは教会の前でも吹き鳴らされることになったのである。なぜわれわれはかくのごとき存在なのか、それを知るためには、自分の身を切り刻むことも辞さないという勢い。なかなか狂暴な『人間』の誕生だったのだ。そののち、やがて人々は芸術と科学を信奉し、イエス・キリストの教えも教会も捨ててしまった。それゆえ教会は、今日では結婚式キリスト教と揶揄され、うわさでは天の父なる神もすでに殺害されてしまっているという。

しかし人がイエス・キリストを捨てたというのは何も今に始まったことではなく、イエス時代のユダヤ人たちによって、彼は神を冒瀆した罪によって死刑に処せられている。それは、彼がキリストを名乗ったからというよりは、ボロを着て、裸足で人々の前に現れたからであっただろう。ユダヤ人たちの神が、彼らに約束した栄光を、そのボロで汚したというわけだったにちがいなかった。彼らの本領は、信仰より拝金にあったのである。その点は、シェイクスピアの時代も、今日でもさして変わっていないにちがいない。しかしこう言えば偏見のそしりは免れないであろうから話を戻せば、『人間』はルネサンスによって呱々の声をあげたのである。そして人間性、いや『人間』性を高らかに叫び出した。ということは、ギリシャ・ローマの理想（それこそが人間的であるとして）が、キリスト教によって圧殺されていたからルネサンスが生じたというわけではないことになろう。そもそもキリスト教が陽の目を見たのは、ローマ帝国がそれを国教と定めたからなのである。迫害から解放されたキリスト者たちは、喜び勇んで神とイエスを讃え、布教活動にまい進した。それは、イエス・キリストの理想を伝導する活動だったはずである（多少誤解・曲解が生じたにしても）。しかも中世を通じてそれはつづいた。中世が暗い時代だったか、そうでもなかったか、歴史家は今も議論しつづけているが、いずれにしてもキリスト教、ましてやイエス・キリストがその主たる原因だったというのはかなり怪しいというべきだろう。

イエスは、人々の前に現れるなりまずは「悔悟せよ」と呼びかけた。悔い改めて、天の父なる神を信じよと言ったのである。したがって、当時のユダヤ人たちの暮らしや文化のありようを否認した。彼らの信仰もまた偽善であるとして非難した。そして『山上の垂訓』をもって、父なる神を信ずるとはどういうことか、具体的に示した。それは、当時の人々にも、現代のわれわれにも受け容れ難いほどの知性の極み、文化の精髄というべきものだった。それはイエスが、知の泥沼にはまった人々を救うにはまさにその知によってしか道はないと知ってのことだったからであろう。知をもって知を制する道を示したのである。

しかし人々は〝人の子〟イエスをはりつけに処した。「殺せ、殺せ」という怒濤の叫びがどこから発せられているのか、ピラトはもとより、彼ら自身にもおそらくは分かっていなかったにちがいなかった。神に守られ、約束されているはずの身を、「悔悟せよ」などと迫られて逆上したのだろうが、なぜそう迫られなければならなかったのかをまともに考えようとはしなかった。ユダヤ人たちは、今も昔も信仰篤く、それによって多くの苦難に耐えて生きている（た）のである。そしてその苦難に神がいつ応えてくれるのか、その日を待ち望んでいるのだ。しかしその日、彼らがみたのはイエスだった。キリストを自称し、悔悟を迫る男だったのである。

イエスが具体的に非難したのは、律法学者やファリサイびと、要するに自己中心の偽善者だけである。

もっと言えば利己主義的な人々一般をということになる。そしてまさにこの人々こそは、人知の信奉者にして担い手、ゆえにかつてイエスを荒野で試したあの悪魔（サタン）に列なる者たちだったのである。要するに地上の幸福、私（だけ）の幸福を希求する者。すぐそこに近づいた天国に彼らを入れるわけにはいかない、だから「悔悟せよ」なのだった。悔悟して、できもしないことまでをも「せよ」と迫ったわけではなかった。それでは偽善を推奨していることになってしまう。できないならできないでよい、そのときは父なる神に「祈れ」と教えた。何もできないのなら、何もせず、ただひたすら祈りつづければよい。その正直さ、謙虚さをこそ父は愛するというのだ。すると、〝山上の垂訓〟は実行不可能と断じて放棄するなど心得違いということになる。むしろ信仰を深める契機としなければならないのである。信仰とは己れを見つめることでもあるのだ。『修行』と同じである。

イエスは、俗人どもの生のいとなみを非難したのではなかった。憐れんだのである。その全てを憐れんだ。それゆえ、強盗も娼婦もその憐れみを受けた。なぜ憐れんだのか。全てそれらの人々は、被害者だったからである。その被害者の中には、加害者という被害者も当然に含まれていた。したがって、イエスを十字架に掛けて殺した人々もそのうちなのである。憐れみとは、主なる神に赦しが乞われるということである。被害者であるのになぜ赦しが乞われなければならないのか。それらの人々は、神に与えられた自己を喪失していたのだったからである。自己とは何か。神のまなざしのもとにあるということである。言いかえれば、人知に惑わされないで在るということ。「殺せ、殺せ」と叫んだ人々は、要するに自己を喪っていたのだ。それゆえイエスは父に祈った――「父よ、彼らを赦し給へ、その為す所を知らざればなり」(ルカ伝、第二三章、三四)

イエスは賢しらな人知のいとなみを否定したが、人々の自然性までをもそうしたわけではなかった。それは幼な児が天国への無条件有資格者とされたことによってわかる。そもそも、創造主である天の父なる神の子であるイエスが、自然や自然性を否定したりするわけがないのである。したがって、人の内なる自然と自然性も、それがどのようなものであれ、問題にするわけもない。問題は、広く人間性というときの、その非自然性、それは大てい人知のなせるわざであるからその人知そのものにあったと考えられる。悔悟を迫られた、当時の人々の生活や文化はその点、神にとってはすでに耐え難い程の人知の極みであったのであろう。ノアの方舟当時のように。例の木の実の毒が回ったのである。この毒の実態は、それこそがかつてイエスに向けられた荒野における悪魔の三つの誘惑だった。それはイエスを貶めんがため、イエス自身に向けられたものではあったが、裏を返せばそこには悪魔が愚者とみなす全ての人々がいるのである。人々が、悪魔にとって騙しやすい愚者であるのは、その人知ゆえなのだ。それをもたない自然や幼な児を、したがって悪魔は欺けない。ここでは、知者と愚者は逆転している。

イエスは、大人になった人々(知の木の実が成熟したのである)のほぼ全てが、毒に冒されているのを見た。その毒のことはまた、広く欲望といわれている、それがまん延していた。冒されているのは自然と自然性、また、父なる神がかつて一度は人に授けようとしたかも知れない神知の可能性だったというべきだろう。いや、もし自然にそれが与えられているとしたら、少なくとも自然万物に神知の光がゆきわたっているのだとしたら、冒されているのはその光である。神が不快に思われないわけがない。そうと察知すればこそイエスは、「悔悟せよ」と迫り、一方では「野の百合・空の鳥に学べ」と教えることもできたのだろう。それを「学ぶ」ことのできる知性、それこそは最高の知性というべきだった。

しかし人々はなおも自分たちの神（すでに偶像以外のものではなかった）を信じ、イエス・キリストを信ぜず、したがって天の父なる神の怒りも嘆きも、それ以上にまた愛も思うことはなかったのである。彼らが思っていたのは、この世の自分たちだけだった。

ギリシャ・ローマの〝人文〟に憧れたルネサンスの人々が（一種の錯覚だったといえよう）、人間と人間性の解放を求めて教会に抗した（表立って争ったというわけでもなかったろうが、そうだとしたらおかど違いといえよう）というのは、それだけ人知が発達したということで、子どもが大人になるのと同じく喜ばしいことというべきかも知れない。しかし大人というものは、えてして悪事を楽しむもので、そのうえ多くの悩みごとを抱え込んでいる存在でもある。（誰にも心当たりがあるだろう）。その元が、われわれのいう人知。しかしそれにもかかわらず、昔も今も、人はその人知を磨き上げることに余念なく、その問題点を考えることには関心をもたなかった。であればこそ、ルネサンスという花も開き、今日の科学・技術の隆盛も成ったのである。それならそれでよいともいえるが、万々歳というには程遠いとも言わざるを得ないのである。ルネサンスの花は、見かけだけはキレイだが、見かけ倒れといった面もあったのだ。ルネサンスは光と影の文化としばしばいわれるが、それは中世にはなかったかたちで人々の内面を蝕むものだった。文学も芸術も、それをこそ糧として花開いたのだとさえいわれる。それゆえ、この文化の担い手たちは、芸術家もそのパトロンも、誰ひとりとして、安眠するということができなかった。〝渇望〟がそれを許さなくなったのである。父なる神というゆりかごも、聖母マリアというかいな（腕）も、願望としてしかもはやなかった。ないから、それは芸術となり得たのである。天文学は、地球が動いていることを〝発見〟したが、それによっても人々は眠れなくなった。脱線転覆する恐れのない場合にしか、人は動くものの上では眠れないのだから当然である。

今日、われわれはみな、このルネサンス人の子孫である。洋の東西など、ほとんど関係ない。それは、いわゆる自分に目覚めた人間、人間であることを自覚するに至った人間ということだが、しかし肝心のその自分、すなわち人間というものが何であるのかについては、むしろ分からなくなってしまったという奇妙な人々のことをいうのである。迷宮に踏み入ってしまった人々ともいえる。すると自覚したとか目覚めたとかということも実はあやしいということにもなるだろう。「自」とは誰のことなのか、「覚」とは何がどうなることなのか、ともに定かではないのだ。夢の中で自覚しても仕様がないだろう。人々は、あてどのない旅に出たのだ。出ざるをえなくなった。それは今日でも〝自分探し〟の旅としてつづいている。見つけたといっては、これは違うと言って捨て、その果てしない繰り返しである。しかしその間にも、人知が得意とする科学技術は錬磨され、それによってある種の解放ということは行われてきた。病苦（その一部にとどまるものではあるが）からの解放とか、貧困からの、奴隷制からの、社会的・政治的解放とか。それには、いわゆるヒューマニズムなる思想運動が預かって力を発揮した。それはヒューマン（またはヒューマニティ）という概念を価値、普遍的価値と信ずるもので、人間性の解放ということを運動として目指したのである。そこにいう「人間性」というものが何であるのかについてはすでに触れた。われわれの言葉でいえば『人間』性で、自然性に対立するもののこと、知性を基盤とする有り様のことである。当然、知性というものについてはきわめて楽天的で、それゆえその楽天性をわれわれは批判、というより揶揄してきたのである。知性はそれほどのん気なものではないのだ、と（この点は、これからさらに具体的になってゆくだろう）。

人間性の解放、それはまた「自由」ともいわれる。社会的（または経済的）自由、政治的自由、精神的自由、いろいろな「自由」が叫ばれ、希求されてきた。要するにそれらは、何らかの経緯と事由によって、誰かに奪われてきたというのだ。単に忘却していたというのではなく、それで「復興」とか「回復」とか「解放」とかが必要となった。はじめにはキリスト教会という格好の相手がいた。それから圧政者や、それがいなくなると全体主義などが現れた。それもいなくなると（すなわち今日では）一体誰に向かって解放（自由）を叫んでいるのか判然としないことになってきた。人によっては、『経済』という物神化したモンスター然としたものがそれだという。しかし経済というものの中味は、われわれの欲望、それにもとづく需要というものなのであるから、つまりわれわれ自身、いわば人間性そのものともいうべきなのである。すると今日では、自由といい、解放というも、それは自分自身からの解放・自由ということになってしまおう。ならばもはやカンタン、自分であることをやめればよいだけのこと。革命など無用、運動も無用。しかし、答えはそうでも、言うは易し、行うは難しなのである。そのうえ、「自分」をやめては元も子も無くなってしまうではないか。

われわれの今日的希いは、ともかく「自由にさせてくれ」、「したいようにさせてくれ」というものである。場面によって使うセリフはいずれともなるが、気持ちはほとんど同じである。すると、「自由」と「したい」もほぼ同義ということにもなる。「したい」のことはふつう欲求といわれるから、自由とはこの場合、欲求どおりになることを意味していよう。

では、誰も妨げはしない、御自由にどうぞ。すると望みの叶った人の多くは日ならずしてブクブク太ってくることになるであろう。食い過ぎ、運動不足、悩みごと（ストレス）なし、などによって。その結果はきわめて自然な現象で、科学的ですらある。しかし見たところはきわめて不自然で、とても人間らしい姿のようには見えない。見ようもない。とても人が希求するところとは思われないだろう。

そうではない、われわれが「自由（したいよう）にさせてくれ」というのは、さまざまな人為的な制約をとり払って、自然にふるまいたいということなのだと言う人もいるだろう。箸のとり方などどうでもいいではないか、手づかみで口に放り込む式が一番なのだ、などと言うかも知れない。ならばどうぞ御自由に、誰も妨げはしない。すると、希みの叶った人々は、裸で歩き回り、手づかみでものを口にし、その結果、日ならずして体は傷だらけ、手も口も汚れて醜い姿を曝すことになるであろう。栄養失調状態に陥っているかも知れない。とても自然な姿とも見えないだろう。そもそも自然なふるまいをする人(自然とともに生きている人と言っても大差ないであろう)というのは、好き勝手なことはしないものであるから、見た目も柳のようにしなやかなはずである。

「自由にさせろ」と言う人と、すでに「自由にしている」という人とは似ていないばかりか、むしろ相反し、時に鋭く対立してさえいるかも知れない。その対立は(あるとすれば)自然と文化との対立、いや文化と文化との対立を反映していよう。それはたとえば次のようなことである。「七十而従心所欲不踰矩」――人間七十にもなれば、心のおもむくままにふるまっても、決して規範を犯すようなことはないものだ。有名な孔子のことばであるが、もちろんこれは孔子の願望であり決意でもある。人間一般のありようのことではない。心の欲するところに従うというのが、われわれの願望であり、それを制約するのが世の規範である。それが対立することなく、むしろ当然のように結果していることが理想だというのである。そのカギは、いうまでもなく「心」にある。孔子が説くところの心。それは、七十年にも渡って練磨されてきた心のことである。そのような心が欲するところとはどのようなものか。おそらくそれは何も欲しない、ことさらには欲しないということのことであろう。するとここにいう「欲」は、欲望とは何の関係もない、むしろその反対のものということになる。それこそはまさに自然である。また、「不踰矩」の矩というのは、社会規範などではなく、それをも含む人倫の道のことであろうが、それとても七十年もの間見つめられつづけてきたところの道、老子やゴータマ・ブッダにも通じている道、すなわち真の自由のことだろう。要するに孔子は、心の練磨によって、齢七十を迎えるころには真の自由を享受する身となっていることを望んだのである。しかしこの真の自由ということについては次に項を改めてふたたび採り上げる。

㈢ 欲望

1 誰が、何を求めるのか

人間（『人間』）とは、ヒトに付け加えられた文化である。ヒト具有の知性の営為のこと。それゆえ、人間などという存在はない。あるとしても、それがあることとなるのはいつか遠い先のことというほかないものだ。しかし知性は、その日を目指して自らの運動に精出ししてやまない。しかも知性は、その目指すところが遠く、厳しく、大きいほどよいと心得ているらしいのである。したがって、ヒトはいつになっても人間になることができず、なろうとすることをやめるということもできない。それは、人がことばを放棄することができないのとほとんど同じである。人間とはその言葉である。

しかしその知性が、もっぱらいい人間を生み出す方向で活動してくれるなら、それとともにあるというのも問題はないだろう。人はよろこんで知性の活動に邁進し、倦むところもないはずである。ところがそうでもない。知性は、賢愚善悪のもとなのである。それゆえ当然、賢人、愚人、善人、悪人を生み出して止まない。ひとりの人間が、時に応じて（なぜか）そうした幾種もの人間になるなど珍しいことではない。そのいずれか一種になるというのは、社会がそのようなレッテルを貼ったときであることが多い。社会は、その性格上単純なものが好きだからである。善人でありかつ悪人であるなどというのはもとより、善人にして賢人などというのも都合がわるい。それでは付き合いにくい。善人は愚人であるのが気安い、等々。

右にいう人というのは、もちろんヒトであって『人間』なわけはない。なぜなら、どのような人も、愚人や悪人であることを目指すわけもないからである。知性は、一方ではそのもとである愚悪を好むものではない。だからこそ、賢愚善悪を弁別し、一方をよしとし、他方をよからぬものと判定するのである。しかしその判定基準は必ずしも定かではない。知性の性向（くせ）とでもいうほかはない。すると、善人より悪人の方をよしとするような考え方は知性のなせるわざではないかも知れないということになる。「善人なおもって往生をとぐ、いはんや悪人をや」というようなことは知的理解をもってしては理解不能といわざるを得ない。天国は、善人の行くところではない、罪人の行くところであるなどというのも同じだ。それでは、極楽や天国に行くためには悪事をはたらかねばならないことになろうなどと言うことになる。知性はそういう浅薄さも持ち合わせているのである。まさにそこにこそ、知性というものに取り憑かれたヒトの苦しみもあるのである。たしかに人は昔から、賢者善人をめざして精進してきたかもしれないが、そのもとである知性は表向き人々の努力を支持しつつ、その裏ではこっそり嘲笑うのである。すると人々の努力は賽の河原の石積みと何らかわらないものとなる。

人間が、存在ではなく営為であるということに承服しかねるという人のために、われわれは疑似存在という用語を充てることにした。「人間（『人間』）は、ヒト内部に（または心の中に）知性によって設立された疑似存在（バーチャルな主体）である」、と。またこの主体のことを人は「私」と呼んできたのだ、とも述べた。なぜそのようなことをする必要があるのか。それは、知性の活躍にもかかわらず、人がヒトとして自然の一部であることをやめようとしないからである。なぜやめようとしないのか。身体であることがやめられないからか。それもあるだろうが、そこにはもっと深い理由があるだろう。それはおそらく、自然のうちに、知のもとである原初の知を、したがって人間としての原初の自分を、全存在をもって感得しているからにちがいない。それを、ヒトの暗黙知と言ってもいいかも知れないが、そのようなことこそ〝ことばの遊び〟といわれもしよう。とにかく、人は自然から遠ざかりつつ、それでもなお自然から離れようとはしないのである。しかし知性は、こちらも頑固に己を主張してやまない。それゆえ、知性は自らの主人を自然以外のところに立てようと企てるのである。できれば全くの外部にそれを立てたいところだろうが（そうすれば胸を張って自然に対抗できよう）、さすがに自らがヒトの具有するところであるという事実は曲げられないとも知るので、やむなく自らも関与するヒトの中にそれを設立しようとするのである。そしてヒトからの全権白紙委任の取り付けをめざす。それは欲望である——知性の欲望、『人間』の欲望だ。それが充足されたあかつきには、『人間』は僭称者といわれることになろう。

欲望とは何か。それは擬制主体であるところの人間（すなわち『人間』）が発する諸要求のことである。それは、すでに述べた身体の諸要求とは内容が異なるのみならず、大ていは身体には無用なもの、時に害悪とさえなるものである。身体の要求は、そのとき身体が置かれた状況からして、身体がその改善を要求するもの、ほとんど全ての生きものが発するもので「生きる」こととほぼ同義となっているものである。この「生きる」は、人がいうところのものではなく、生きものが命をつなぐというほどの意味のことで、生きものが「生きている」ということ、何らかの身体的要求に応えている状態のことである。しかし、欲望の要求、すなわち欲求に応える、それを満足させるということは、ほとんどの場合、生きつづけるということには関係がないか、あっても極めて微弱である。通常はそれを満足させなかったからといって死ぬなどということはなく、せいぜいがっかりする程度のことである。「あきらめた」とひと言いえばそれで終り。しかし身体的要求は、そうはいかないのである。命が懸っている。逆にいえば、命が懸っていないような要求を身体が発することはまずないのである。身体というものはきわめて精緻にできており、したがって複雑な活動を始終なく行っているものなのでそのような暇はないのだ。空腹でたまらない、何か食わせろというとき、言葉のかわりに腹がグーと鳴る。それは胃袋の、というより胃袋を通じた命の要求である。これを長期に放置すれば人は死に至る（放置するのは人間ばかりであろう、当然）。これに対して、何かうまいものを食わせろというのは、同じ身体であっても脳髄の要求であって、胃袋のあずかり知らぬところ。これをさらに言えば、脳内部に知性が設立した疑似主体たる人間の要求ということになるのである。この疑似主体のことをふつう人は「私」と言っている。「私は要求する」というわけだが、これもふつうには「私はコレコレがしたい」と言明している。この要求、いや願望もしくは希望を長いこと放置していると人は悩乱するに至る。いわゆる欲求不満の諸症状を呈することになるのである。しかし、死ぬことはない。稀に、絶望のあまり首をくくるというようなことはあるとしても。それは死んでも、死の名にあたいするものではない。運動の停止とでもいうほかないことだ。人間の文化活動が終了するだけのことである。投げ出しで。

それにしても脳は、何ゆえに、また誰に対して、このような要求を発するのか。それは、疑似主体である人間、「私」というもののエネルギーがその欲望だからである。人間が動く、その動機であり、目的であるからともいえよう。人がしばしば、「生きること」、「生き甲斐」などというものも、実態は「うまいもの」とさして変わらぬもので、それを希求することは欲望と言われうる。この要求はもちろん、ヒトに対して突きつけられるのである、時にあてつけがましいほどにも。それは、自分が勤める会社の社長に従業員として突きつける諸要求のようなものだ。強行、無理強いすれば、小さなオーナー会社ならあえなく潰れてしまうことになる。ただし、欲望は、従業員組合などとは違って、ほとんどの場合会社（ヒト）全体のことなど配慮したりはしないのである。そういうタガがはまっていないものだ。

ではそれがなぜ脳髄であるのか。欲望は記憶を源泉とするものであり、脳はその記憶を担う中枢器官だからである。脳の担う記憶は、ヒトにあっては長期間に及び、そのために脳にはその長期化した記憶を保存する部位があることが知られている。ヒトの全ての経験は、短期のある期間を経て、その長期保存部位に移管され、ある一定の方法によって分類・整理されると「観念」とよばれるところの一種の知識が形成されることになる。この観念にラベルのような見出標が貼られると、それが言葉というものになる。新たな経験が短期的記憶に照合されて、身体が必要とする行動指令が発せられたのちは、それが長期的記憶保管部署へ送付され、その見出標にふれると、思い出しという現象が起こる。この思い出しが言葉という形であらわれるのである。したがって、言葉とふつうにいわれるものの全てには、こうして人の過去の経験、記憶となった経験が貼りついているのだ。この場合、経験は自分が実際にしたことには限らない。共有された他者のそれも有効である。言葉がその彼我を取りもつ。社会化するのである。以上は、大半が推測である。全てが脳科学上実証されたというまでに至っているものではない。しかし脳の構造の解明は相当に進んでいて、それがいずれ言語の発生の解明に至ることだろう。ただし、この言語発生のプロセスは、従来いうところのそれとは大きく異なっている。従来のは、通信手段（コミュニケーション・ツール）としての言語についてのものであって、それは人と人との間で交わされる合図の音声から生じたというのである。文字も同様に、そうした場合の記号から生じたであろう。耳の合図と目の記号は同源というわけか。

通信手段としての言語にわれわれの関心はないので先を急ごう。言葉（言語より狭い感じの意味で）に関する脳内プロセスが、われわれの憶測のとおりであるとするなら、欲望の源泉はことば、ことばが担っているところの観念、観念のもとであり本質である記憶（長期的記憶）ということになるはずである。ゆえにこそ、欲望に類する諸要求（欲求）は必ずや観念（この場合はイメージとなってあらわれる）

や言葉が喚起するのである。経験に乏しい若者や身体の老化に直面した男たちが猥談に走るのを思えばよい。一般に、いなか育ちの素朴な子どもには欲望は縁がない。ジークフリートやパルジファルにもそれは縁のないものだった。それゆえジークフリートは、欲望の権化となって宝物を守るファーフナーを難なく倒し、パルジファルは「マイネ　ムッター」(「お母さん!!」)というただの一句でクンドリーの誘惑を退けるのである。体が覚えているという種類の欲望もあるとはされているが、それは言い草の問題であろう。体には、記憶という機能は備わっていないとされているからである。備わっていたとしても、それは体の一部でもある脳髄のシステムを通じてのことになるだろう。このシステムにある記憶は、脳をもつ生きものに共通する短期的記憶に相違なく、身体各部に所要の指令を下すに足るかぎりの質と量を有するだけにちがいない。だから、ケシ粒ほどの脳でも用が足りているわけだ。こういう言い方はしたくないのだが、ヒトの脳というのは身体と心(または精神)の双方に関与し、いわば股にかけて奔走しているのである。そして時に対立を煽ることも辞さない。

欲望のもとがことばであるということになれば、ことばはまた文化の中枢であるから、結局、欲望は文化の核心である。いや文化そのものであるといっても過言ではないことになろう。しかしたしかに、文化にはその欲望を抑制しようというはたらきもみられる。それを称して〝精神的〟などと言うという こともある。その場合その〝精神〟は、欲望に対立、対抗するもの(心のはたらき)とみなされているわけだが、その背後には欲望は自然のものという決めつけがあるであろう。ゆえにこそ、ケダモノ・アニマルの類いののしり言葉もでてこようというものだ。それが決めつけであると決めつけるのは、精神も欲望も同じ心のはたらき、すなわち知性のあらわれだからである。自然に属するものではない。したがって、ケダモノ・アニマルのなかに、いくら人の欲望に類するものを見い出そうとしてもまず成功することはないのである。シマウマの群れに襲いかかるライオンのすがたをケダモノと言うのは濡れ衣というものだ。

特に空腹というわけでもないのに、何かうまいものが食いたい、食わせろというのは、「うまいもの」という言葉が誘発する心の要求（願望）である。そういう言葉を直接発しなくても、その「うまいもの」の影が目先にチラついても同じことだ。言葉は観念だからである。その要求は、脳髄が自分自身に向けて発信しているもので、それはかつて食べものを食べた際に感じた「うまかった」という感想が記憶となって保存され、何らかの契機を得て思い出されたのである。「うまいもの」という言葉はその経験（記憶）の蓄積から生じているはずのものだ。その経験は、必ずしも自分でする必要はない。他人がして、それを（ことばとして）伝達しても同じことが起きる。「（どこその何々は）美味である」という評判が流布されれば生じうる。

うまいものとまずいものとを食にあたって識別するだけなら、そのはたらきは大ていの生きものには備わっている。脳力はカラスにもある。しかもカラスの方が記憶力はむしろヒトよりいいという実験報告もある。彼らは、まずいものは絶対食わない。するとそのカラスの知（識）とヒトのそれとの相違はどこにあるか。欲望の形成力とでもいうしかないだろう。それこそが言葉（観念の形式）のもつ力である。それはヒトに思い出し能力を圧倒的に賦与するもので、思い出したのではない、創造したのだとしばしば本人を錯覚させるほどのものだ。言葉は時に、他人の経験までをも思い出すことを可能にする。記憶力のいいカラスにそれはできるだろうか。

身体的要求も欲望も、脳髄に対する何らかの刺激によって生ずるものにはちがいないだろう。ただ、両者は感覚器官の〝接触〟という具体的刺激を要する（ことが多い）のに対し、後者はそれが必ずしも必要ではない、記憶、なかんずく言葉さえ刺激を受ければ（言葉によって記憶が喚起されれば）直ちに発するようなものであるところが大いに異なる。とはいえ、欲望というのはパブロフの犬の唾液のようなものではない。単なる身体反応なのではなく、それをいうなら精神反応とでもいうべきものである。いずれ身体反応を喚起するとしても、一担は脳の精神回路（そのような回路があるとしてのことではあるが）で、いわばろ過されるのである。このろ過のことを「知」ということもできる。

欲望のもとは言葉である。このもとというのは、いろいろな意味がありうるが（すでに述べた）、そのほか重要な点をひとつ落とすわけにはゆかない。欲望の運動は、言葉のそれと同様、果てしもなくつづくという点である。言葉が言葉を生むといわれるように、欲望は欲望を生んで果てしがない。それはバーチャル経験が積み上がるということである。この運動に巻き込まれると人は妄想・妄念の世界に閉じ込められ、出られなくなってしまう。出ようとしなくても、いずれ身心ともに疲労困憊し、悪くすれば死んでしまうことにもなろう。しかしこれは、心の渇きという問題としていずれ改めて採りあげることにしよう。ここでは言葉が欲望の引き金、身体器官（感官）の代わりをつとめていることが言えればよい。そして言葉は文化の核心なのであるから、欲望は何より文化とともにあるものであることが。それで文化財といわれるものは欲望刺激剤の詰まった箱のようなものとも言えるのである。

さてこうしたことのために、人が何かをしたい（註1）と欲し、自分や他人にそれを要求するとき（単に心中に思うだけでも）、それが身体の要求するところであるのか、欲望であるのかはその都度慎重に検討する必要があるのである。なぜなら、身体要求の多くは悪とはほとんどかかわりのないものであるが（理由はのちに「悪」を論じるところで明らかにしたい）欲望はきわめて容易に、かつ速やかに悪に馴染む性質のものだからである。それは、欲望の主体が「私」だからである。「私」とは、ヒトの知性が、自らも住する脳の内に設立した擬似的存在（知性の主人）の私的名称のことだ。「私は……」と人が口にするとき、その裏には必ずや「自然ではない」、「ヒトなどではない」、ましてや「カラスなぞではない」という主張が貼りついている。それらの上に立つ者である、と。その上に立つ、立っているという無意識的意識は、多くの場合、結果として下にさせられた者たちを損なうのである。それを避けるために、上に立つ者には常に「責任」ということが問われることになっているのであるが、実際はどうなっているか。「私」であることの責任というはなしはあまり聞いたことがない。

　それはともかく、ここで改めて触れておかなければならないのはいわゆる煩悩というもののことである。むしろそのためにこそ、ふたつの要求（一括して、ふつうには欲求とよばれている）は分解されたのである。「煩悩」はふつう百八ツあるとされているが、それが多いか少ないかはともかく、その中には単純な身体要求までもが含まれているらしいからだ。それが一括して否定的な扱いを受けているとなると（「子煩悩」など、むしろ好感をもたれているものもありはするが）問題ではないか。それだけではない、そのうえそれが八万四千もあるなどということになれば（昔はそのようにいわれていたのである）それを〝止滅〟するなど、たしかに至難のわざ、ほとんど不可能ということになってしまおう。しかしその煩悩の止滅こそは、仏道修行の目的とされてきたのである。それでは修行者は生きてゆけないではないか。何の罪もない（はずである）身体的欲求（「生きている」ことの証しである）までもが撲滅されてしまうのでは、不当とさえ非難されよう。「修行」の道を拓いたゴータマ・ブッダは、たしかに「生きるな」とは教えたが、「死んでしまえ」と教えたわけではなかった。そのようなことはひとことも言わなかったかわりに次のように語った——「なすべきことをなしつくして、最後の身体をまもる者となれ」。この「なすべきこと」がほかならぬ煩悩を滅ぼすことなのだが、それ以前に体をこわしてしまったのでは成るべき修行も成らなくなってしまうではないか。修行の道を示した〝八正道〟のうちにも「正命」というのがあり、それは命を大切にする、したがって身体を正しく養うということなのである。ゴータマが出家ののち最初に取り組んだ古来の〝苦行〟こそはその逆だった。原始キリスト教の修道士たちが陥った身体をいたずらに痛めつけるのと同じで、逆効果なのである。「するな」と言われればしたくなるのが人間のさがというものだ。穿った言い方をすれば、人々が煩悩を百八ツ、いや八万四千も数え上げたのは、まさにそれと闘えというブッダの教えが不可能であることを、人にも自分自身にも（ブッダに対しては皮肉として）言わんがためであったのではないか？　するとそれは、イエス・キリストの『山上の垂訓』の実行不可能を言わんがために、人々が「人間性」を高々と掲げたのとさしてかわらぬものといえよう。果たして、今日では大ていの人は欲望を人間的なものとして、また欲望に屈するのは大いに人間味あることとして、自分にも他人にも容認している。そのうえ（反動といえるかどうかはともかくとして）身体要求、広く自然が発する諸要求を下等なものとして軽く扱っている。欲望は、人生を豊かなものにしてくれるが、煩悩（この場合は、自然的要求のことを念頭に置いていよう）はそれを貧しいものにするとでも思っているのだろうか。欲望といい、煩悩（この中に、元々はわれわれが今日いうところの欲望もその一部として含まれていたのである）というも、それをもって「苦である」と言う人は今や稀であろう。

　こうして、自分が人間であると信じて疑わない今日のわれわれの間では、まさにその「苦」と、さきにちょっと触れた「悪」とが、個人的にも社会的にも欠落してしまっているのである。もちろん、かわりに「楽」と「罪」とが心を領している。ただしこの後の方のは、いずれ深く考えることになるものとはまったく異なるもので、法律上の罪人（ザイニン）となるか、ならないかという問題にすぎないものである。それを裏返せば、法律上の罪に問われなければ何をしてもいいのだということになるはずのものだ。

ゴータマ・ブッダは、出家（単に城をとび出しただけではあったが）して数年ののちに、当時の修行の典型であった苦行というものの無益をさとった。身体を痛めつければ、精神世界に目覚める（つまりブッダとなる）など妄想だと悟ったのだろう。そしてあらたに「修行」と称せられる悟りへの道を拓いた。それがいわゆる八正（聖）道で、八項目から成る修行の方法論である。そこでは、制せられるべきは人の心、すなわち欲望の溜池であってそれと関連あるかぎりにおいてのみ身体もまた制せられるのである。心を満たす塵を払う、その塵とは妄想・妄念、記憶の産物にして欲望の源泉、端的に言って言葉を制し、それを極限にまで縮小するのである。そのために、修行においてはものごとを正しく見、見たところにもとづいて正しく思考し、考えたところのことを正しく語り、そして日々の営みが正しくなされるように精進が重ねられてゆく。その日々の営みの中心をなすのが瞑想である。それは、言葉を棄てて、天地万物（もちろんそのうちには自分自らが含まれている）の声に耳を澄まし、心を傾けること。言いかえれば、「知」の本性である「わがものという思い」を去る、「私」であることをやめるということだ。それはまた謙虚であるということにほかならない。この点で、ゴータマの「修行」はイエスの「祈り」と同質、同等のものといえる。ともに、人の心にひそむ慢心や傲慢を諸悪の根源、不幸の源とみなしていた。それゆえ、「修行」に依ろうと、「祈り」に依ろうと、もたらされる結果も同じなのである。

親が、子を思うこころは、生きもの全てに共通する自然性の発露である。しかし、子どもをペットのように猫っかわいがりする親の心は、ペットを欲するように子どもを欲する人の欲求同様、明らかに欲望に汚されている。そのような人々の脳の中には、「子ども」という言葉とそのイメージ（妄想の類である）がでんと居座っているはずだ。そこには、ゴータマが「捨てよ」と教えつづけた「わがものという思い」が、わがもの顔をしているはずでもある。親というものに当然あるべき無私のこころがない。わが子を強くするために、獅子はカレを千尋の谷底へ突き落とすといった話をどこかで聞きつけてきて、子に過重な負担を強いるのは煩悩、いや欲望というべきだろう。それが、自然なことか、不自然なことかはこの場合、親の心のありようにかかっている。一般に、それが自然であるか、欲望であるかは、当人の心次第である。自分で自分の心の内をよく見て判断するしかない。『人間』に染まりきっている人が、鳥や獣のように晴朗なこころを保持するためには、絶えざる反省という、もうひとつの知力を奮い立たせる必要がある。彼らが難なくしていることが人間にはもはやできない、ゆえにこそ「修行」が要るのである。それは要するに知をもって知を制するということにほかならない。知をもって自然を制するということでは断じてない。それでは死んでしまう。少なくとも傲慢のそしりは免れないだろう。それをいうのならむしろ「知をもって自然を興す」とでも言うべきである。かのアダムとイヴも、神の国の園丁として、そのようなことを神に期待されていたにちがいない。しかし近代人は、そのためにはすでに感受性の相当な劣化を来してしまっている。共感力、同化力がなければ「興す」どころではない。仲間外れにならないともかぎらないのである。では、人工物をもってその補助・補填をすればいいのか。本来具備の身体能力を回復しなければ、事態は悪化するだけであろう。にもかかわらず人々は、新技術の開発に熱中していて、こうした懸念をかえり見ない。すると、ホモ・サピエンスはいずれ、十九世紀の人々が空想した例のタコのお化け、〝火星人〟のようになってゆくにちがいない。そのうえ、全身に多数の補助機器を着物のように身にまとって。

欲望にかんしては、なお言うべきは多数あるが、なかでも最も重要なことはそれが〝渇き〟というかたちとなって身心に及ぼす悪影響のことだろう。それはイエス・キリストが指摘したことであって、心の医師としてのイエスが癒やそうとした病の正体である。そして最終的にはイエス自らが、この病の毒の解毒剤ともなったのだった。それゆえ、生けるイエスは常々、人々にこう呼びかけていた――「私に来る者は、決して渇くことがない」(註2) それは、イエス・キリストのもとにあっては誰しも、「私」ではなくなるからである。「私」である必要がない。神が、全ての人の希いを全てすでに知っているように(そうイエスは教えた)、イエスもまた全ての人を知っているからである。それはイエスが無私だからである。「私」というバリヤーが無いので、いつでも誰でも出入り自由だからである。ならばそこで人は、嘘をついたり、身心を飾り立てたりする必要もないであろう。何しろ全てが受け入れられるのである。そのかわりにイエスはただひとつのことを人々に要求する――「悔い改めて、ただひたすら天の父なる神に祈れ」、と。その祈り方までをもこまごまと教えたのである。

修行と祈り（信仰）とは、二千年以上の昔から今日にいたるまで、人間にとって避けて通ることのできない唯ふたつ（どちらかでいいのだからひとつともいえる）の道である。その他は全て破滅へ通じる道である。科学技術信仰がそのうちでなければよいのだが……。

（註1）欲望には「ほしがる」（自分のものにする）という意味があるが「したい」はその内と考えている。

（註2）ヨハネ伝福音書第四章十三～十四「わが與ふる水を飲む者は、永遠《とこしへ》に渇くことなし」。しかし、そのイエス自身が十字架上で発した最後の言葉は「われ渇く」というものだった。（同書第十九章二八）その死こそは、イエスが人々に与え尽した「永遠の生命《いのち》の水」だったからであろう。それゆえ「視よ、我は世の終まで常に汝らと偕に在るなり」（マタイ伝福音書第二八章二〇－マタイ伝最終行）なのだった。

2　自由の希求と欲望

ルネサンス以来、今日にいたるまで、人類的規模で希求されつづけてきた自由というのは、もっといえば私の自由というものである。私あってのものだ。したがってその希求とは、「私」というものの希求と表裏一体のものである。というより、「私」の保証として自由を希求してきたのである。

しかしその結果、当の「私」は自由の進展とともに、より確かなものになったのか。むしろ「私」なぞどこかへ消えてしまっているのではないか。なぜなら、今日大手を振って「私」のかわりに街を跋扈しているのは欲望という怪物だからである。いや、それが奇怪な姿をしていたのは、ルネサンス期ばかりであって、その後はごく当たり前の姿として、当たり前にわれわれと生活を共にしてきているのである。ヒエロニムス・ボッスやペーテル・ブリューゲルがその奇怪な姿を絵にした。描かれたのは、人の心の奇型である。画家は、それを批判したり、揶揄したり、時には楽しんだりしてさえいた。まだそれだけ余裕があったわけだ。しかしそれが近代のゴヤとなると、様相は一変。狂暴化する欲望の前で、人も画家も凍りつかんばかりである（註1）。

欲望とは何か。これまでに述べてきたところに従って早口にいえば、それは身体の自然的要求（身体が、生命維持のために発する諸要求、「腹が減った、何か食わせろ」の類）とは似て非なる人間の心の要求（その中には、先に述べた自由の希求といったものも含まれる）である。したがってそれは、人間の文化であり、同じことだがヒト具有の知性の営為であり、また人間（『人間』）の主たるエネルギーであり、悪の源泉にして恥のもとでもあるものである。この欲望（という心のはたらき）のゆえに、むかしも今も、人は走らされ、翻弄されてきた。そのありさまは、主客が転倒しているようである。「私」が、欲望を持っているのではない、欲望が私を持っているのだとでもいった様相を呈している。「私」というのは今や、その欲望の対象と化してさえいるのである。果たして、というべきだろう。それが予見されていたからこそ昔の人々は、己が心のあからさまな解放には慎重すぎるほどの対応をとってきたのだ。こころせよ、全てのものごとは心によって心に生ずとゴータマ・ブッダも教え、警告した。しかしルネサンスの申し子であるわれわれ（現代人）は今やその心を、したがって欲望を全開状態にし、それでも足りないとサルやチンパンジーにまで推奨している。それでいて、その欲望のままにふるまう人に対しては「ケダモノ!!」と言ってののしるのである。かつてわれわれ日本人も、「エコノミック・アニマル」のレッテルを貼られ嫌われたのだった。しかしそのように言う人は、そのケダモノやアニマルたちが一体に紳士淑女的であることを知らないらしい。彼らは、少なくとも人間のようには破廉恥なことはしないし、タガが外れてもいないのである。何より悪事をはたらかない。何と言われても彼らは弁明も抗議もしないが、それをいいことに人間はその逆であると決めつけ、それによってちゃっかり自分たちの言い逃れをしている。ただしそうはいっても、自分たちに不都合な悪に対しては厳罰をもって臨んではいる。それはおそらく、欲望というものが必ずやもたらす悪の数々を制する内的規範を欠くものであることを知っているからだろう。イエス・キリストもゴータマ・ブッダも、もはやいない。消してしまったのだと知るからでもあるだろう。ゴータマは、「心」を戒めるとともに、「悪をなすな、人をしてなさしめるな」とも教えていたのである。イエスについては言わずもがなであろう。

欲望を制することは、洋の東西を問わず、古代にまで遡るわれわれ人間の主要な精神課題だった。それは、欲望という心の作用が、もうひとつの人間の悲願ともいうべき「私」（自我）の確立に悪影響を及ぼすと察知されていたからだろう。要するに「私」のコントロールを破るものと認識されていた、その最たるものがほかならぬ欲望だったのだ。敵は、〝獅子身中の虫〟と心得ていた。そこから、いわゆる倫理というものも確立されてきたのだろう。欲望は結局、「私」の内に留まる（「何かうまいものが食いたい」式に）ものでなく、必ずや支配・占有に及ぶものとも知るからであったにちがいない。それは「知」（人知）本来の性質に由来しよう。すると、人々が叫んだ人間解放とは結局、「私」の欲望の解放を通じた倫理の拒否とでもいうべきことになるであろう。人間の倫理性の拒否、だ。倫理的人間はもはや『人間』の部類には入れないことにしたとも言える。

かくして、今やわれわれ（現代人）の前から欲望、ひいては「心」の制御という古代以来の精神課題は消滅した。いや欠落したのだといっても同じである。「私」と「自由」と「欲望」との間に存在した壁は取り除かれた。もはやそれらはごちゃごちゃになって、どれを求めても結果は満足されるように思いなしている（だろう）。文化というものが世界的規模で〝ジャリタレ化〟しているというのもむべなるかなである。子どもは自己制御など考えないものであるし、自分のこと以外思わないものでもあるからである。

今日的課題、それは個人的にも、社会的にも、いかにして欲望を煽り立てるかということである。政府も、実業家も、学者もその点ゆるぎなく一致している。ただ用いる言葉が多少違っているだけだ。経済学者ならそれを「需要の喚起」と言うようなものである。しかしそれによって、人の心がどうなるかなどは考えない。それは経済学の取り組むべき課題ではないというわけだ。したがって当然に、人の欲望をかき立てるどのような人々の動きに対しても責任はおろか、罪悪感なども微塵も覚えない。自分たちは「需要」を考えているのであって、「欲望」を考えているわけではないというのだろう。しかしそれは、欲望というものを知らないか、故意に知らないことにしているだけであろう。

欲望に似たことばに煩悩というのがあり、それは昔から知られていたが、そのわりには誰もよくはわからなかった。それかあらぬか、昔の人はその煩悩を百八ツも数え上げていた。細かく数えればそれどころではない、何万もあるのである。しかしその中には、今日いうところの欲望もあれば、単なる身体的要求（心の作用ではないという意味で）にすぎないものも多数含まれているのである。身体的要求というのは、いのちを守るために不可避的に発生するもので、全てが正当なものなのである。正当な要求を否認したり、拒否したりすることは正当なこととはいえないが、それがかつてはひっくるめて否定されていたのだ。それは結局、諸要求の主体である人間というものが、その人間に固有である知というものが、ひいてはその営為である文化が、何であるか理解されていなかったことに帰するであろう。同じことだが、人間の心というものが分かっていなかった。自然の営みである心もあれば（ウシも涙を流す、と殺されるときには）、妄想・妄念である心というのもある。

しつこいようだが、欲望（という人の心のはたらき）の正体は人間の知性、したがって文化（そのもの）であり、ゆえに自然や自然性に由来するものではなく、人間に固有であり、『ヒト』やアニマル・ケダモノなどには無縁のものである。彼らには断固存在しないとここで宣言したいくらいのものだ。ここでそれを言うというのは、このことを忘れていては、人間と自由の問題、はては悩みからの解放という、いわゆる救済の問題は決して解消しえない、取り組むことすら覚束ないからである。

しかし大方は、自由の希求にかまけていて、まさにその希求こそが人間最大の苦しみであることを忘れている。自由は、希求すればするほど、人を愚弄するものである。幸福と同じく。自由が苦しみであると言うのではない（それならすでに『大審問官』が言った）自由の希求が苦の根源なのである。では何を希求すべきであるのか。それはこの次の問題である。しかしそこには「何も希うな、何も望むな」というゴータマ・ブッダの教えが待ち構えているのである。

（註1）　エッチング集『ロス・カプリチョス』また『戦争の惨禍』にみられる。

（補足一）

「何も希うな、何も望むな」というのはひとりゴータマだけの教えではなく、イエス・キリストも同じことを説いた。何を望み、何を人が希おうとも、それによっては何事もなし得るものではない、と。髪の毛一筋だに白くも黒くもできない。そうではない、天の父なる神は、人間が必要とするものは全て知っており、しかもそれらはすでに与えられているというのだ。それゆえ人間は、庭の雀同様、それをただ受け取っていさえすればよいのである。「何を食い、何を着んとて思い煩うな」、求めるのであれば「ただ父の御国を求めよ」ということになる。しかもその御国もまたすでに眼前にあるのである。ただ欲望に曇ったわれわれにはそれが見えないだけ。しかしこのあたりのことについては、別に改めて取り上げることにする（註1）。

（註1）　直接的には第三章(四)－4「すべての人に対して罪がある」

（補足二）

ここで論議しているのは人間性というもののことについてであって、その本性を欲望であるとしているのである。したがってよく言われる人間味といったもののことではない。それはどちらかというと自然性のあらわれをもっていうことばなのである。人間性豊かな人が、人間味にあふれているかといえば必ずしもそうとも言えないし、人間味のある人が人間性を完備しているかといえばさらにそうでもない。彼我のあいだには、肝心の「人間」についての認識の相違、というより言葉を使用する際の無意識的な変換があるのである。

人間味ということばは、主に情感の有無強弱を背景にして語られる。親子の情に引きずられ、我を忘れるごとき人の所業はその人間味のひとつのあらわれである。子どもを虐待する親の所業は、明らかに人間性に由来している。人間以外の生きものは決してそのようなことはしないからである。

(二)、(三)要約)

人間性、解放、自由……これらの言葉で、人は何を言ってきたのか――これら麗々しい言葉で人は自分を過大評価し、動物ひいては自然を貶め、自由・解放によって自らをダメにして来たのである。自然の眼をもって見れば、人間はタガの外れた樽のようなものにしか見えないであろう。そして今やバラバラになりかけているのである。

㈣　悪、罪と罰――「七度を七十倍するまで、赦される」のはいずれか？（註1）

1　悪について

今日われわれが、自由を求め、解放を叫ぶとき、実際問題としてそれは、何を主張し、何を叫んでいることになっているのか。というのは、人が何かを求めたり、叫んだりしていても、その求めるものや主張するところを本当に分かっているということはむしろ稀だからである。自由の希求と一口に言っても、その自由というものは多義的であり、希求ということがこれまたわからない。両者合わせてひとつのこととして理解するというのは、したがって尚のこと分からない。人間（性）の解放を叫んでも、事態はまったくかわらない。人間性というものがどのようなものであるかについてはすでに述べたが、それも理解の外となっているかも知れない。よい人間性もあれば、わるい人間性もあること、賢者も愚者・痴者も人間であることに何らかわりがないのと同じである。それもともに人間性だ。自然性とはぜんぜん異なることである。善良なカブト虫、性悪なカラス、それらは人間がそのことばをもってつくり出したもので、自然には実在しない。カラスは今や、種播く権べのうしろで、それをほじくるだけではなく、ナショナルサッカーチームの守護神となっているようなものだ。しかし自然は決して花鳥風月なわけではないのである。

たしかに文化は人間性の証しである。アリやハチが、いかに精密なすまいを作り、社会生活を営んでいても、それらは本能や習性のなせるわざとされ、アリ文化、ハチ文明などとはいわれない。いや研究家のうちには、そのように言う人もいるかも知れないが、しかしそうはいっても、それらがヒトの知性の営みと同じものだとまでは考えていないにちがいない。するとそれは比喩的表現の一種ということにならざるを得ないだろう。ヒト知性の営みである文化・文明は、言葉を中核とするもので、その点欲望と同源、しかも「私」意識とも深い関係にある。そのうえ、これら全てが「悪」と深く、固い結びつきのうちにあるのである。悪は文化であり、文化は悪である、といった具合にまでなっている。両者を結びつけているのはほかならぬ「私」である。欲望の主体であり、知の擬制主体である「私」。

その「私」において、欲望の大半は悪であり、悪そのものである。しかしこれを言う前にここでもういちど「私」というものについて思い出しておきたい。イチジクの葉っぱでそれぞれの前を隠したあのアダムとイヴのことである。そのとき彼らは、知の木の実の霊力によって、それぞれに己を自覚したのだったが、その己とは、それぞれの脳裏に投影された自分というもののすがただった。相手方が互いにその光を発したのである。その己が、恥ずかしいから前を隠せと自分自身に命じたのであった。そのとき己はなぜ己自身を恥ずかしいと思ったのか。それは単に、相手と比較して、それぞれの持ちものが異なるというだけのことではなかったであろう。なぜなら、もしそれだけのことであったなら、それぞれはむしろ己が持ちものを相手に対して誇示し、恥じ入って隠すなどということはしなかったはずだからである。事実、自然のままな生きもののほとんどは、そのようにしているであろう。動物といわず植物といわず。そのすがたは、しばしばこっけいなまでに、まじめで、ひたむきでさえある。すると、ヒト知性についてはその特異な性格としてこのようにも言えることになる――知性とは、己を愧じるこころのことである、と。たしかに、己を愧じて、それゆえ慎み深くしている人に会えば、誰でもその人に知性の輝きの宿っていることを感ずるのである。

いうまでもなく、聖書のアダムとイヴは、われわれ誰しもの遠い日のすがた、いやついこの間の私のすがたである。ちょっと忘れていただけのものだ。それをこうして思い出せば、誰でもなつかしく、いとおしくなってくるだろう。そしてそのとき、恥ずかしさとともに感じていたかすかな劣等感が、今もって心の奥底にひそんでいることも〝発見〟できるだろう。

イチジクの葉っぱを綴り合わせた腰巻で身を包んだアダムとイヴは、それによって直ちに己が恥ずかしさをも包み隠しえたであろう。以来彼らは二人三脚の身ともなった。相互に相手が自分というものを写し出す鏡となったからである。そののち、彼らはそれぞれに、別の何らかの鏡を手にすることになったかも知れないが、当初のものほどそれらは強力かつ有効なものであっただろうか。男にとっての女、女にとっての男ほどに。楽園のアダムとイヴ、創造主がその最後に創造したのは、単なるパートナー（アダムの慰めにして共働者としてのイヴ）であった。それゆえ、楽園追放後の彼らふたりは、その関係という点でも大きく変わったのである。それは今日もつづいていよう。

悪について論じようとしているのに、なぜこのようなズレたはなしをするのか。それは、悪というものがどこに最初に生じたのかを推測してみたかったからである。ではその「悪」の定義——「悪とは、己が利を図って、他者を害することである」（以後、この定義的悪は『悪』と表記することにする）（註2）。

この定義によると、己（「私」、われ）でない者に『悪』はありえず、利（己を有利にみちびく全てのもの・こと）の意図のないところにもそれはなく、もちろん他者を害せんとする意思のない場合にも『悪』はありようがないのである。この最後のものについては、はじめの二点を考慮すれば、実害を与えたという外形的事実は要しない、心の中で思っただけでも立派な『悪』ということになる。また〝利〟については、今日的にはいずれ経済的利益につながっていようが、しかしそれが現実にもたらされたかどうか、それも直接かかわりはないのである。単に、己（自分）にとって都合がよいと思われた、たとえそれが思い込みにすぎなかったとしてもその思いが生じていたというだけで十分である。そして何より、一番肝心なことは、無私の存在に『悪』は無縁だということである。逆にいえば、「私」である者には全て、ほとんど常に（いつでもどこでも）『悪』であることの脅威がつきまとっているということになる。ひとことでも「私は……」と言いかければ、もうそこには途端に『悪』の影が忍び寄って来ているはずである。しかし大ていは当人はそのことに気づいていないであろう。むしろ、己が善意を信じてさえいるかも知れない。そうなると、『悪』を自ら、未然に防ぐことは極めて困難ということにならざるを得ない。

こうして、今や無邪気な悪というものがそこいら中にはびこっているのである。

自然は、われわれが「私…」と切り出しかけるや否や、すみやかに災難の至るを察知して身構える。

そして逃げ出す。こうして「私」は、そもそも自ら自然からの離脱を望んで唱えられたのではあったが、それ以上に自然の方がその「私」から去ってゆくのである。その結果、今日では両者の距離は測り難いまでにも広がってしまった。このもっとも包括的な現れのことは地球問題と称されている。それは、環境問題や資源問題といったもっぱら人間の都合を云々する問題を超えて、地球という星そのものの存続の問題、すなわち海や陸や森や虫や鳥けものたちの存続の問題である[註3]。この問題の中心におり、それを引き起こし、責任を問われているのが、われわれ人間存在（人類）なのだ。これがここにいう悪の問題であり、その核心は「私」にある。人類が「私」化したのか、「私」が人類化したのか、その辺は定かでない。しかし地球が今や私物化（人類の私物）していることは確かである。それもゴミ箱同然の私物化だ。その代表的な例は核のゴミの処分場を地中深く設けるというものである。それはガラスの中に封じ込められた放射能をもつ原子炉の燃えかすを、十万年以上もそこで〝保管〟するための施設である。人間がそれを燃やさなければ発生することのなかった核物質のかす（人間にとってかすなだけで、人間自らを含む全ての生きものにとって有害となった物質である）が十万年以上もの先々〝保管〟されてゆく、しかもおそらくは漸増しつつ。学者は、施設を包む岩盤が、いずれその間にゴミを完全に封じ込めてしまうので、そのうち人間が管理する必要はなくなるのだと言っているらしい。しかし十万年はおろか、十年先のことも見通せない人知をもって、そのようなことがどうして言えるのか。またこのように言う人もいる——地球は十分でかいので、人間の出すゴミなどは、それがどのようなものであれへっちゃらなのだ、と。川に毒を流しても、水の自浄作用でいずれきれいになるようなものだとでもいうつもりか。しかしその自浄作用というものにも限界があることはよく知られているのである。どんな物質にも、その作用には限界（限度）がある。地球はそうした物質の集合体である。ならば地球自身にも限界はあるであろう。そう考えるのが穏当だ。広大な宇宙にもその限界はある。ゆえにこそ、宇宙の終わりということが研究されてもいる。それが無いというのは、ただ「アナタ」（「私」の裏返しである）にとってのみのことにすぎない。「三十年後のことなど知らない。私はもうそのときは居ないのだから」と言い放つ人は今日少なくない。そのような人は、すでにそのとき〝われを忘れて〟いて、自分の言っていることの意味が自分でわかっていない状態（「非我」である）にあるのである。「私」というものはそれが高じれば必ずや「私」ではないものとなるのである。この点はのちに「罰」ということについて論じるときに改めてとりあげる。

以上のことにもかかわらず、しかし、人が「人間性（ヒューマニティ）」というとき、このようなことを語ろうと意図しはしないだろう。それは『悪』とは縁遠い存在、いや『悪』から守られている存在としての〝人間〟のことを言わんとするだろう。われわれには「善」があるのだ、と。多くのヒューマニストたちがそれを信じ、語ってきた。彼らはいわば性善説の信者である。古代中国の人々とさしてかわるところはない。ただ、その〝性〟のほかに意志というものの力をも信じるところが多少の違いと言えば言えるというわけだ。その意志を動かす理性というものに大いに期待している。それが単なる期待（願望）にすぎなかったことを自ら証明したのがレフ・トルストイだった。彼は人の心の闇を知り尽し、肝心の理性に裏切られつづけてきたのだったが、それでも「善」ということばの魔力に抗することはできなかった。人間（すなわち「私」）でありつつ、「善」であることが可能であると信じたかった。理性によって信じられないのならば、信仰によってとばかり、ついにはただひとり〝家出〟し、シベリヤの寒駅で果てることになった。追い詰められて、ほかに道はもうなかったのであるから、それを「出家」ということはもちろんできなかったのである。しかし、「国を捨て、家を捨て、家族を捨て、全ての愛するものを捨てて、ただひとり（瞑想して）生きる」という「出家」の原初的定義にはぴったり合致している。ただ、出家にはそのあとに「修行」という積極的行動がついているのだが、もはや彼にはその力も意志もなかったのである。だから〝家出〟をもって己が「善」の証明に最後の賭けをするしかなかった。

「善」とは、では何のことか。もしそれが『悪』の反対語であるとするなら、「善とは、他者の利を図って、己を害することである」ということになるだろう。たしかに、この意味での善人は昔から、少数ではあるが実際に存在した。仮に、実在しはしなかったとしても、少なくとも希望・願望としてはあったといえるだろう。かの良寛さんもそれを長歌「月の兎」をもって表明した。兎は、旅の老人（実は天帝）のために、自ら火の中へ身を投じて老人の飢えを癒やしたのである。兎ならぬ仔羊イエス・キリストも、業火にくべられようとしている人々のために、自ら十字架を背負って果てた。その血と肉は、今も人々によって感謝とともに食されつづけている。となると――『善』とは何と困難なことだろうといわざるを得ないであろう。己＝私というものでありながら、その己の利をかえりみず、かえってこれを自ら害するのである。こうした行為はふつう利他主義（の行為）といわれてきた。しかし近代になってダーウィン氏は、「自然には利他主義（的行動）は存在しない」と断言して、その不自然さを暗に批判している。では、利己主義は存在するのか。というと、そのあたりはダーウィン氏はかならずしも明らかにはしていないのである。全て、いのちあるものは、おのがいのちをまもることに懸命である。だからといって、それが利己主義（的である）と直ちにきめつけるわけにもゆかないのである。そうと知ってのことであろう。この正解は、自然には、利己も利他も存在しないということである。なぜなら自然は、それを構成するいかなる存在も（ただし人間《ヒト》のみ除いて）「私」ではない存在だからである。それを、あるいは非我であるといってもいいかも知れないが、「非我」にはまた少々別の含意もあるので、ここでは、自然は「私」ならざる存在であるからというのである。そのうえ、主義・主張はことばであるから、自然にはなおかかわりがないのだ。

ともかく、月の兎やイエス・キリストの行為は（兎は自然の一部であり、キリストは完全無私の存在である）ふつうの人であるわれわれには極めて困難である。それは、われわれが己＝「私」であることをやめないまま、そのような行為を考えるからである。敢行すれば、まず失敗する。成功したというはなしはほとんど聞かれない。その失敗のことはふつう「偽善」といわれている。「私は…志す」という、もうその段階で、その偽善の影はしのび寄って来ている。「私は…」と切り出すことがすでに偽善なのである。「志す」なら、黙って志せばよいのだ。天の父なる神も、月の天帝も、全てを見、全てを知っている。それゆえイエスが「汝ら祈るとき、偽善者のようにすな」と教えたのはもっともなのである。偽善者は、己を誇示するために人々の前で声を大きくして祈る。かの兎は、ただ黙って（天帝の老人に何もしてあげられないのを悲しみ）身を火に投じたのだった。この兎はもちろん〝花鳥風月〟の兎である。ダーウィン氏は心配しなくともよい。

良寛さんは、その偽善を免れ得た稀有な人だった。近代では、宮沢賢治のような人もいた。その善意には一片の偽りも見い出すことができない。詩「雨ニモ負ケズ」の真実性は、詩人の実生活によって完全に担保されている。しかしそれが可能か否かは別問題である。善と悪の違い、本当の違いもそこにある。善は人の切実な願望である。その切実さが真実か、嘘かを決める。しかし悪は現実である。人の願望とはかかわりがない。人が、「私」である以上、免れることのできないものだ。

善について、もうひとつ確認しておかなければならないことがある。それは、どのような偉大な善をもってしても、悪を帳消しにすることはできないということである。たとえキリストの十字架をもってしても。キリストが、われわれの〝悪〟を肩代りして、十字架につけられたのだから、キリストを信仰すればわれわれの悪はもうないのだ、などということはない。それはほとんどいわゆる本願ぼこりと一緒の都合のいい考えにすぎない。キリストの十字架は、われわれの罪の贖いゆえのものであり、その罪が「七たびの七十倍までも」赦されんがためであった。人々には、悔悟を促し、天の父には赦しを乞うというものだった。なんとなれば「その為すところを知らざればなり」。

右のとおりであるならば、キリストもブッダも、善を一切語らず、人々の善行の努力もほとんど無視していたのももっともということになろう。それを求める（他人にである）律法学者やパリサイびとに対し、イエスは偽善者と決めつけ、口を極めて非難したのだった。偽善者となるよりは、善行などしない方がましと言わんばかりであった。イエスが人々に求めたのは、悔悟して、天の父なる神を信じるということ、その証しとしての祈りだけだった。それゆえ、『山上の垂訓』は、良寛の月の兎や賢治の「雨ニモ負ケズ」と同質のもの、すなわち願望の類いである。高く高く掲げられた、全存在を懸けた願望。だから光かがやいている。

ではこの項、冒頭の問いに対する答――それは、「私」の解放、欲望の解放、必然的に『悪』の解放をこそ叫んでいるにほかならないのである。そして自由と言っているのは、それらの解放された状態のことになる。ということは、その自由は、必ずや他者を、私の利のために、傷つけ、損なうであろうということだ。歴史的事実としてみてもこの通りのことになっているはずである。ルネサンス以来、歴史は全て「私」をめぐる出来事の綴り。人間性とは「私」性のこと、自由とは「私」の自由にほかならず、それゆえに決して他のものの解放は望まれてこなかった。むしろ他の全てのものたちは捕えられ、奪われ、損われつづけてきたのである。すなわち、戦いが止むことはなかった。歴史は闘争の歴史以外のものになりようもなかった(註4)。それは、今日只今においても何らかかわるところはない。アメリカは、悪、定義的悪の存在である。「パックス・アメリカーナ」など、悪魔の平和としか言いようはないものだ。

（註1）『マタイ伝福音書』第一八章二二

（註2）広辞苑によると、悪とは①われわれにとって有害な自然および社会の現象などとなっている。②以下省略。しかし悪はすぐれて倫理的問題であって、ヒトの都合のよしあしとはかかわりがない。善についても同じであろう。

（註3）地球という星の生命は地下のマグマにあるのではなく、地表の全生命体にこそあると考えている。

（註4）すると、平和とはそうした〝歴史〟の停止を意味することにもなろう。世界が平和のうちに安定することになれば、歴史家は書くことが何も無くなって困るだろう。

（補記）「悪の報い」ということについて

問い1　一つの悪行は、百の善行によって帳消しになりうるか。

問い2　百の善行も、ただ一つの悪行によって無に帰するか。

善と悪とはしばしば一対の事柄として語られ、それぞれが他の反対語ともされてきている。それかあらぬか、人の行いもしばしばこれらのことばによって分類され、評価される。その結果、世の中では人は、善人か悪人かということになっているのである。しかし人は、一生のあいだには、よいこともすればわるいこともするのがふつうである。どちらか一方だけする人というのはむしろ珍しいだろう。「あの人は善人だ」とか、「あいつは悪者だ」とかいう人の評判は、したがって便宜的なもの、何かの為にするものと考えざるを得ない。その多くは、それを言うその人の「私」の為、「私」の便宜の為である。ということは、誰かを悪人呼ばわりすることは、それ自身すでに『悪』となっている可能性が高いということになろう。「悪人」のレッテルを貼られた人は、たとえそれが真実であったとしても、有形無形の損害を蒙らざるを得ないからである。その結果がどのようになるかは定かでない。善に目覚めて、善行を重ね、ついに「善人」の評判（レッテル）を得ることになるかも知れないし、やむなくさらなる悪行へと突っ走って破滅することになるかも知れない。しかしそれは、レッテルを貼られた人固有の問題である。これに対し、「善人」のレッテルを頂戴した人は、たとえそれが真実でなかったとしても、社会にあっては特段の不利益となることはまずないであろうから、レッテルを貼った人も『悪』を免れているはずである。その「善人」が、その後何をするかは定かではないが、何をしようともその人（だけ）の問題となるだけだ。

右のようなことは、人が社会にあって直面することである。しかし、そもそも人は、善行もし悪行、悪事もはたらくということになれば、またそれをとくに意識するということにでもなれば、たちまちはじめに掲げたような問題に直面することになる（だろう）。善悪は、人と人との関係において生ずることがらであるから、もちろん（悪事を）帳消しにしたり、（善行を）無に帰したりするのは他人である。本人はどうすることもできない。とはいえ、悪行を重ねる者も、善行を積み上げてきた人も心のどこかでは、期待や不安を感じているはずである。それを問いとして表したのが問い1、問い2、である。

しかし残念ながら、どちらにも確たる答えはない。現実は、そうなることもあるし、ならないこともある、というのがほんとうだろう。ただ、行為者の立場からいえることは、すなわち倫理的な観点からの答えは明らかにある。問い1、については「ノー」であり、問い2、については「イエス」である。その理由はひとえに『悪』というもののもつ性質にある。『悪』は、断固してはならないことだからだ。なぜ「してはならない」のか。それは、その人の倫理的基盤だからである。誰かに禁令を受けているとか、社会の掟だとかとは無関係に、ある人の生きゆく覚悟といったものだ。したがって、それに目覚めていない人にはかかわりのないことである。その意味で、『悪』は高度に倫理的なのである。

もうひとつ、「ノー」であり、「イエス」である別の理由がある。それは、善と悪とはそれぞれ別の事であって、相互補完や代替可能な関係にあるわけではないということである。善行によってしては悪行の穴埋めはできない。穴埋め・帳消しは、「報い」を受けつくすことによってしかできない。「報い」とは何のことか。『悪』の当然の帰結、『悪』自身がもたらす結果のことである。この帰結または結果がどのようなものになるか、それは分からないが分かっていることである。一般的に、それがよい結果であるとはほとんど思われていないだろう。ゆえにこそ、古来人は悪を嫌い、それに染むるとを恐れてきたのである。また、それによって人は悪に憑かれることを免れてもきた。

『悪』の当然の帰結、その報いの代表的なものは、報復（復讐）を受けて滅ぼされることであろう。『悪』

は定義上、必ず被害者が存在するからである。しかしこの被害者はしばしば自らではその報復をなしえない。なしえたとしても、時に返り討ちに遭ってさらなる涙を流すことになるかも知れない。無事、復讐を果たしたとしても、今後は自らが復讐を受ける身にならないとも限らない。こうしたことは、昔から事例に事欠くことはなく、芸術的好材料ともなってきた。何より、人間の歴史の中心をなしてきたのである。それゆえ神は、「復讐するは我にあり、我これを報いん」と宣言して、人間から復讐の権利を取り上げてしまったのである。『悪』の「報い」は神自らが司ることとした。以来それは〝天罰〟などといわれ、その下るを恐れる人々は、悪事をなすことから守られてきもしたのである。本当は、『悪』を恐れるべきなのだが、〝罰〟を恐れることでそれに代えてしまった。しかしいずれにしても結果は同じだからいいではないかといえなくもないが、それでは倫理の方はどうなるのか。さらに、ここにはもうひとつ別の問題もひそんでいる。それは、罰というものは罪に対応するもので、『悪』とは直接かかわりがないものだということである。しかしこの点はその罪というものが何であるかをはっきりさせなければ議論にならないので今はさて措く。そのかわりに、『悪』が赦されうる唯一のケースというのをここで確かめておく。『悪』は断固、赦されざるものであるが（神仏も決して赦しはしないであろう）唯ひとりのみ、それを赦す権利を持つ者がいるのである。そのひとりとは、ほかならぬ『悪』の犠牲となった者である。単に被害者と言っても同じことになるが、あえて犠牲と言うのは、その普遍的存在であるイエス・キリストが念頭にあるからである。それはともかく、被害者がひとこと「赦す」と言えば、

『悪』は定義的基礎を喪い、消滅してしまうのである。「害」は、たとえあったとしても、したがって『悪』がひとたびは成立したとしても、「報い」の生ずる余地も、「復讐」の行われる理由もなくなってしまう。そのあと、ではどうなるか。それも定かではない。ケースバイケースだろう。それは一般に社会問題に類し、ここでの関心事ではない。しかしこのように言えば、そもそも『悪』は社会問題なのである。人と人とのかかわりに生ずる問題。それをここでは倫理という個人問題として扱っている。個人問題をいうならむしろ「罪」について先ず語るべきであったかも知れない。しかし今日それはもっぱら社会問題と理解されていよう。その点は「罰」も同様である。そのひとつの原因は、今日では「法」が社会にゆきわたり、先進諸国の大半が法治国家となったからであろう。その法の下で、「罰」は社会が下すものとなり、私的復讐などは禁止されることにもなった。いわゆる罪刑法定主義の世となったのである。罪も法定、刑（罰の具体的なかたちである）も法定、法に定めのない罪も刑ももはやなくなった。いやないことはないがそれらは社会問題としてはとるに足りないものとされたのである。したがって、最低限それを守っていれば、人は罪に問われ、罰を受ける心配がなくなった。大変結構なことになったというべきであろう。しかしここからはひとつ重大な事がストンと抜け落ちてしまったのである。それがここにいう『悪』の問題であり、次にいう予定の『罪』そして『罰』の問題、ひとくちに言って個人問題としてのそれらの問題なのだ。

実際、今日では『悪』は相当に侮られていて、そのうえ、生きゆくためには不可避、どころか不可欠とさえ考えられているらしい。それも堂々とである。国連という人類的機関でさえ、しばしば明らかな『悪』の決議をする程である。国連軍という軍隊さえ組織している。軍隊というのは、そもそもが『悪』の存在であって、善的軍隊などというものは人間界には存在しない。

それはともかく、こうした『悪』に対する人々の侮りはどこから来ているのか。ひとつにはその相対化、たとえば先に述べた罪刑法定主義の類、ひとつには、より本質的なことだが、生きてゆくということの絶対視からもたらされたであろう。これこそは今日の価値観の中心をなすものであり、価値そのものである。「何のために生きるのか」などを問う人は、今日いるにはいるが、すでにかなりの少数者となっているであろう。そういうことをまじめに考えることがばからしくなるような世の中なのだ。

しかし世の中の考えがどうあれ、『悪』というものは侮りを受けて黙っているような柔なものではないのである。悪事が、必ずや「報い」を伴うように、その無視、軽視もまた「報い」を免れるというものではない。『悪』はプライドが高いのだ。その高さ加減は、「私」のそれにちょうど見合っている。そうはいうが、今や悪人が大手を振ってそこいら中闊歩しているではないか。「悪いやつほどよく眠る」ともいうし。たしかにそのようだ。それは、『悪』の力が弱まって、それとともに「報い」のエネルギーも少なくなっているのである。だからこそ、先程「重大な事」と言ったのである。人間同様、人間社会もまた「私」化した。その結果、社会内部にあっては、『悪』は問われる価値が乏しくなった。「赤信号、みんなで渡れば怖くない」式になっているのだ。『悪』が、赤信号であるということすら今や判然としなくなっている。信号は、せいぜいあって黄信号のみということになった。それが「法（法律）を犯さなければ何をやってもいい」ということである。法律が最大規範なのだ。「近代」（すなわち「私」）の〝社会化〟の帰結ともいえる。

今日では、『悪』は侮りをうけて顔色が悪い（しかし、悪人の顔色はよいのである）が、それ以上に「善」もまたほとんど棚の上に挙げられていて、ノミナルなものになってしまっている。少なくともかつてほどにはよい報いというものが期待されなくなってきてはいよう。しかし「善」によい報いが少ないというのは、本来の「善」の性質によるのであって、それでよいのである。最も良質の善は報いられないようにできているであろう。なぜなら「善」は、『悪』とは正反対に、「私」とは何のかかわりもないものだからである。（かかわりあるもののことを「偽善」といっている）。無私とこそ、もっとも深く結びついているものだからだ。したがって、どんな報償とも無縁なのである。無縁であるときに「善」は成立する。言いかえれば、「善」は善行する人のものではない。それは、その善行の恩恵を受ける人のものである。『悪』はまさしくこの逆になっている。結果するところのものは全て悪行をした者に帰属する。いわゆる自業自得というのもそこから来ていよう。そこにいう〝業〟は悪業（行）のことであって、善業（行）は含まれない。「善」の帰結、成果は全てが他者のものである。しかし「私」が主体の今日では、一般的にはこの逆のことになっていよう。そう理解されているはずである。「私」は勘定商いなのだ。

今日それでもたまには『悪』がとりあげられることはある。しかしその際の『悪』は、悪業（行）の影響を蒙る人（被害者）にとっての『悪』であって、その限りで（のみ）『悪』は問題視されるのである。この問題視は、何度もいうようだが社会問題である。冒頭に掲げた問い1、2もこうして生じた。善悪を天秤にかけて、小さな（または少ない）悪は、大きな（または多くの）善によってカバーできるなどと考えることになる。

ゴータマ・ブッダは、「悪をなすな、人をしてなさしめるな」と教えた。ゴータマが、悪について口にしたのはただこれだけである。よいことをすればよい報いがあり、わるいことをすればわるい報いがついてまわるといったようなことはしばしば述べた。それはしかし、ただの当時の常識を口にしたまでのことである。「善をなせ、人をしてなさしめよ」などとは当然、ひと言も語らなかった。その必要がなかったからである。なぜなら、ゴータマは一方で「（世間から）遠ざかり離れておれ」と教えていたからである。「サイの角のように、ただひとり歩め」とも教えた。しかし別に、既に〝善悪の彼岸〟にいたというわけでもなかった。人々の中に居れば誰でも悪をなす可能性があると知り、それゆえその可能性を排除するのである。

可能性は今日、あらゆることのなかにひそんでいる。幸福、自由、平和、等々のなかにも。しかし人は、自分の建てた家が他者の不幸の上に建てられたものであることを知りもせず、思うこともまずない。そういうことを思っていては生きてゆかれないということはよく知っている。人が大都市へ集ってきて暮らすのも、どさくさに紛れて自らの『悪』をカムフラージュするためではないのかと疑うほどである。少なくとも例の赤信号は期待しているであろう。しかし赤信号は無視しつづければ、何人で渡ってもいずれ犠牲者は出るのである。それが赤信号というものだからだ。ならば、他人の不幸の上に築いたマイホームも、いずれ崩壊するにちがいない。その下敷きになって死ぬのはもちろん家の主以外ではないだろう。天に向かって唾する行為というものを人は嘲るが、その最たるものが『悪』行であるとは今や多くの人が忘れている。

2　罪と罰について

善悪とくれば、大ていの人は罪と罰というもう一組の言葉を思い出すことになるだろう。それはどうしてか。必ずしもはっきりしているわけではないが、単なる習慣、いや口ぐせではないとすれば、それは悪と罰との因縁から来ているのだろう。善と罪との関係はふつう問題とされないし（ここでは、これからそれが問題になるのではあるが）、罪罰は、善悪ほど語られることのない言葉でもあるわけだし。(罪人《ザイニン》と刑罰はつきものとはいえるが)。

世の中では、常識的に悪者は刑罰を受ける、受けるべきだということになっているはずである。少なくとも、「悪」が今ほど忘れられていなかった時代には、それに馴染んでしまうことを防ぐ為にも、「罰」は「報い」として必然的に語られ、誇張さえされてきたのである。悪人は地獄に落とされると誰もが信じていた。しかし今日の社会制度では、刑罰を受けるべきは罪人ということになっており、その認定はエンマ大王ではなく、裁判官が行うのである。罪人というのは、法定の罪を犯した者のことをいうのでそのようになっているわけだ。大王の出る幕はない。その者が、悪人であるかどうかは直接には無関係だからである。悪人かどうかの判定は人間にはかなり難しいが（もちろん、善人についてもそれはいえよう）、人間中心社会となった今では、それでは社会運営上困るので、〝罪〟を法律で定義し、その判定を裁判官に任せているのである。その結果、わかりやすくはなった、また、ある日突然犯罪者のらく印を押されて殺されるなどという恐ろしいことも心配しなくてよくなった。その点はよくなったが、一方では司直の目を逃れて、というより堂々とその目をだまくらかして悪事を働くことも可能になったし、善意の人がたまたま法を犯すことになってしまい、刑罰に泣くというようなことが起こることにもなったのである。自分の出世の為に同僚の足を引っ張っても、通常罪に問われることはない（たとえその同僚が自殺に追い込まれたとしても）。この〝出世〟のところを〝愛〟、〝同僚〟のところを恋敵である友ということにすれば、事態は漱石の小説『こころ』に似てくる。その逆のケースはさしずめ鷗外の名作『高瀬舟』といったところか。しかしこれらのことは、法治国家や罪刑法定主義、裁判制度といった社会問題に属し、われわれが今取り組みつつある問題ではないので話はここまでである。

では、われわれがいわんとする「罪」とは何のことか。「罰」とはどのようなことか。

「罪とは、神を信じないことであり、罰とは、それゆえに己が信じられなくなることである」というのがその答えである。つまり、罪といい、罰というも、それは人と人との問題なのではなく、神と人との問題である。神なくば生じようのない問題、したがって今日的ではない問題というほかないもの。

今日的ではない、なら知らないよ。それに神なぞ信じてもいないもの、といえばそれで終わりだが、そうもゆかないのである。今日、知的である人ほどそうはいかない。なぜなら、罪から罰に至る経路には、まさにその知、人知が関わっているからである。人知の素性についてはすでに十分に述べた。ならば罰のいわれについては説明の必要もないだろう。問題はするとその罰が何ゆえ「己が信じられなくなること」なのかに尽きよう。そして、そのような人は今日どこにでもふつうにいるのである。「神は死んだ」といわれる今日でもふつうにいる。ならばその罰は神が下したものなのかどうか、それも問題とはなり得よう。

もし人が、今ここにいる自分というものを信じられなかったり、認めたくなかったならば、人はいずれその自分なる者（何者かということになろう）と闘わざるを得ないことになるであろう。闘いはしても、その相手を互いに他人というわけにはゆかないから（明らかというべきであろう）そのうち何者が、何者と闘っているのか不分明となってくることもあろう。どちらに味方すべきか迷うということにもなるはずである。すると、当人にとって自分とは、その闘いの戦場のようにも思われてこよう。勝敗はいつつくのやら。硝煙の臭い、わけのわからぬ叫び声、そういうものだけがそこ（心の中）に充満することになる。そういうときもし、人がそのような自分のありようを意識することがあったとしたら、それは何者かによって課されている罰のように感じるにちがいない。何者か——それをここでは神というのである。アダムたちが、禁令を犯してその知を盗んだ神。しかし、ユダヤ教の神は、その彼らの盗みに対してこそ、楽園追放という罰を与えたのだった。追放された彼らには、地の苦役が待っていた、その子たちの殺りくもきた。それが罰だというのだ。罰は地にあり、その地をいかに抜け出すかが、以後彼らの課題となった。こうして〝約束の地〟というものも考え出された。しかし本当の課題はそのようなものではなかったのである。彼らが盗んだ「知」そのもののうちにあったのだ。ゆえにこそそれを知る神は「決して食べてはならない、食べると死んでしまう」からと教えたのだった。何者が死ぬのか——食べることによって生まれたのは「自分（私）」というものなのだから、死ぬのはその自分（私）に決まっていよう。「知」は「信」の逆、疑うということをその本質とするものであるから、ならば「知」はその持ち主はおろか、自分自らをも疑うであろう。それが「知」の毒というものだ。現代人は今もその毒に当たっている。

神は万物を創造し、父は、子が必要とするものを全て与えた。身体はもとより、その運命をも。そしてキリストによれば、天の父なる神は子の幸せを何より望まれておられる。キリスト（〝人の子〟）を含む万人がその〝子〟である。その望みは当然のことである——万人が幸せなら、万人が神を褒め讃えるであろうから。神も、この世を創った甲斐があろうというものだ。ゆえにこそキリストは、「祈り」の冒頭に「御名の崇められん事を」もってくるのである。人の子たちの神への感謝の証しとして。

そのために必要なものは（すでに）全て与えた。ないものはない。すると、われわれのすべきことは、神のその〝みこころ（御意）〟を信じ、頼りとし、感謝するということ以外ではないことになる。「祈り」とは、そのような神の〝みわざ（御業）〟が永遠に続くことを神自身に希うことにほかならない。何か足りないものをおねだりすることではもちろんない。それはいわゆる御利益《りやく》宗教のなすことである。キリストはまた、人々におのが証しを信じるように求めた。「われを信じよ」。この「信じよ」は一種の命令である。「信じて欲しい」と言ったわけではない。しかし人々は、キリストにまずキリストである証拠を示せと迫ったのだった。〝人の子〟であると言って現れたイエスが、神の言葉を話すわけがないと疑った。そのとき神はすでに彼らの神、彼らのことばとしての神、同じことだが偶像である神になっていたからである。彼らの知力をもってしては人の子すなわち神の子、万人すなわち天の父なる神の子というイエスの明しが理解できなかったのだといっても同じことになる。

「罪」とは、一般的にいえば、「してはならない」と定められ（または命じられ）たことを犯すことである。禁令を破ること。この「してはならない」の裏側は「せよ（すべし）」である。したがって「せよ」と命じられたことをその通りにしないことも当然「罪」に該当する。それゆえ、神の禁令を破ったかのアダムとイヴの行為も、イエス・キリストのことばを信じなかったユダヤ人たちも、ともに「罪」の人である。しかしそのユダヤ人たちは、イエスをキリストとは認めず、したがってイエスのことばを権威あるものとはみなさなかったのだった。権威はユダヤ教の司祭や律法学者たちに所在した。神のことば(の意味)は、彼らの口を通じてしか語られ得ないと信じていたのである。要するにイエスはキリストの僭称者、ゆえに死刑に値する者でしかなかった。イエスのことば(『山上の垂訓』)は、彼らにはまったく不都合なことばかりだったのである。彼らには、足りないものばかりがあった。〝野の百合・空の鳥〟のようなわけには断固いかなかった。この土地では満足に暮らしてゆけない、もっと豊かで快適な土地を与えてもらいたい。神はそう約束されたではないか、それをいずれ与えると。約束は果たしてもらわねば困る、等々というわけだった。感謝は要求が果たされてのちのことと思っていたであろう。しかし要求はむしろ神がしているのである——悔悟して、わが元へ戻って来い、と。それをイエスが人の言葉を話さない神に代って人々に告げた。神が、禁令を破ったアダムたちをその園から追放したとき、「皮の衣を作って着せられた」のは、その意(こころ)のあらわれであっただろう。全知全能の神は、禁令を与えたとき、人がそれを破るであろうことはもとより、追放された彼らが尾羽うち枯らしていずれは戻って来るであろうこともすでに承知されていたにちがいない。神と人との絆はそのとき、他の全てのものとの絆以上に強固なものとなっていることが期待されていたかも知れない。いや、そのためにこそ神は父として子を労苦の世に〝追放〟されたのかも知れないのである。悔悟、そして「イエス・キリスト」はその転換点にある。それは、人知が真の知に転換しうるかどうかの問題である。

こうしたことで、われわれがここで罪といい、罰というも、それは元来キリスト教的問題なのである。ゴータマ・ブッダのあずかり知らぬこと。ブッダの教えには、単に用語としても罪や罰はまったく登場しないのである。それはもちろん、ブッダにあっては、〝天の父なる神〟というものが存在していなかったからである。天の神々なら、ゴータマが生まれるはるか以前から多数存在していたが、それら神々は全て〝父〟ではなかった。それゆえブッダは、ただ悪についてのみに、それもたったひとことだけ言及したのであった。「悪をなすな、人をしてなさしめるな」、と。たしかにそのさい、悪いことをすれば悪いところに生まれかわるなど、罰を思わせるようなことは語ったが、それは単に因果関係を述べたにすぎず、または当時の人々の間に流布していた考えを援用したにすぎなかった。もちろん〝因果応報〟などというのは、のちの人々の説くところであったし、儒教的倫理観も当時の西北インドでは無縁だったにちがいない。

キリスト教的罪の観念といえばすぐ「原罪」ということばを思い出そう。われわれは誰しもが生まれながらにして罪の存在であり、それは「原罪」のせいだというのである。それは、われわれがみな原初の人、アダムとイヴの子孫であり、「原罪」とはそのアダムとイヴが犯した例の〝罪〟のこと、知の木の実を盗んで食ったということなのである。われわれが知の存在（すなわち、ホモ・サピエンス）だという意味でなら、そのかぎりにおいてはそれはもっともといえよう。「知」が遺伝するものなのか、伝承によって保持されるものなのか、そこは判然としないが、それでもわれわれとアダムたちとの間には疑いを容れない関係がみとめられよう。しかし罪というものは、人の行為にかんして言われることなのである。地位や身分にかんして言われることなわけではない。アダムとイヴが（罰として）追放されたのは盗みを働いたからであって、知の人となったがゆえというわけではなかっただろう。神はそれゆえ、アダムたちを楽園から追放したが、彼らがそのうち歩むであろう苦難（もちろん、「知」のゆえである）を思い、せめてもの父の気持ちとして彼らに皮のころも（衣）をつくって着せてやったのだった。これもきわめてもっともなことというべきであろう。しかしそれがなぜわれわれの罪であるのか。父が、まして先祖が、ザイニンであったからといって、何ゆえ子や子孫がザイニンとして扱われなければならないのか、不可解というしかないだろう。「親の因果が子に報い」などということはあるが、それは「宿命」や〝前世の業〟といったものを信じる人々の間での話である。

罪をめぐる親子のかかわりということで、今日のわれわれが理解できることといえば、子の犯した罪を親が負うということだけであろう（否定する人がいてもおかしくはないのだが）。それは一般に「親の責任」といわれている。「責任」とは、ある関係性にもとづいて、他者のなした行為の結果の責めを自らが負うということである。社員がなした行為の結果の責めを、社長が負うようなもの。それは社長が、その社員を雇用したという契約上の事実にもとづくのである。その関係性が親子というものであるなら、それは親によって生じたのであるから、子の責任は親に所在するのである。ついでにいえば、今はやりの「自己責任」ということばは、定義的に言って実に奇妙というほかないものだ。それは、自己が分裂していることを前提にしてのみ成り立とう。しかしこうした責任論は社会問題としての側面がつよく、今のわれわれの関心事ではない。それは今日、他人に問われるという形でしか問題にされていないからである。自らに問うという人もたまには見かけるが、それもよく見れば大ていは他者を慮ってのことであって、自らの生き方としてのことではないのがふつうである。

さて、今日のわれわれがみなアダムとイヴの子孫であるというなら（多少疑う余地もないではないが）、〝原罪〟のはなしは右の責任論からいえばまるっきりあべこべということになる。子（孫）が親（祖先）の責任を問われるいわれはない。唯一、理解できるとすれば、それは先に触れた宿命と言った観点からだけであろう。それは、アダムとイヴが、いわばわれわれの尾てい骨ででもあるかのように尻にくっついて離れないということである。尾てい骨が、そのむかしはサルであったというわれわれの痕跡であるように、アダムとイヴはわれわれの精神の痕跡、しかもこの場合は生きたそれであるとでも考えるしかない。盲腸のようには、手術で簡単に取り除くというわけにもゆかないものだ。何しろ脳髄の構造にかかわりのあるものなので。もし〝原罪〟ということを、われわれについていうのであれば、それはまさしく今日只今、誰彼となく犯しつつある、同種同一の罪というのでなければならないはずである。すなわち、普遍的な罪。すると、原初アダムとイヴが食したというその知の木の実は、今もって神の目を盗んでわれわれも食しつづけているということになり、その結果、「生命の木の実」は永久にわれわれには手に入らぬものとなっているのである。それが、今日にいたるまでの人の苦しみの最たるもの、永遠の生命（の希求）という〝渇き〟である。この〝渇き〟は、追放という神の罰を受けて以後、われわれの心を寒々としたものになした。それを知るからこそ天の父は、皮のころもを着せてアダムたちを送り出したのであろう。いつの日にか、尾羽うち枯らしてでも、戻って来る日が期待されているのだ。しかし、罰はすでに述べた通り、断固赦され得ないものなのである。それには、全知全能の神の尊厳が懸かっている。だから人々が、キリスト（救世主）に一縷の望みを託したのももっともであった。そしてイエスがそのキリストとして人々の前にあらわれ、罰をではなく、その大元である罪の赦しを乞えと教えたのももっともだったのである。その方策はただひとつ、悔悟ということであった。神の前に貢ぎ物をしたり、善行を積み上げても無駄。なすべきことは、悔悟の証しとして神に祈るという「祈り」の道ただひとつしかないと教えた。そうすれば神は、「七たびを、七十倍するまでも」人の罪を許されようと保証した。この保証の見返りに、イエスは神の前にその生命を差し出したのである。だから人々が、十字架の前にひざまづくのは、これまたもっともなことであるのだ。その前にあって、人が完全無私、完全無防備となるのであれば。「知」がしてきたことは、全てこの逆のことばかりであった。

キリスト教はともかく、神を信じない、神が信じられない（仏教なら、仏を信じない、仏が信じられないということになろう）(註1)という心の状態は、陰に陽に〝罪の意識〟となって人を脅かすことになっているだろう。それはどこから来るのか。単にうしろめたいという気持ちだけととらえると、それは昔からの、そして大多数の人々の習慣、もっといえば文化のなせるわざということになるだろう。人は、否応なく、ある文化のもとで生を享け、そこで暮らしてゆかざるを得ないので、その文化の基礎となっている神や仏を信ぜざるを得ないことになっているのである。それをあからさまに疑えば、歴史にも社会にも反抗していることになる。だから、本当は疑っているのだが、それを誰にも知られないようにしている、自分自身にすら隠しているなどという人もでてくる。偽《ニセ》信者。

信じられないのではない、信じないのだと堂々と言うのは近代人である。しかしそうはいっても、心の片隅にも〝罪の意識〟を隠さないのかとなるとそこは多少疑問もあるにちがいない。意識というものは、人のコントロール下にはないものだからである。するとそれは一種の強がり、知の強がりとでもいうことになってしまうだろう。ツァラツストラにその強がりが、ほんのわずかでもなかったのかといえば、さてどうか。

ラスコーリニコフ（ドストエフスキーの小説『罪と罰』の主人公）は神を信じなかった。しかし、信じないのか信じられないのか、そこのところは彼自身にも定かではなかった。それゆえ（であろう）のちに彼の後継者となったイワン・カラマーゾフはそこを訂正して言う——神の存在は信じる、しかし神が創ったこの世界を自分は信じないのだ、と(註2)。もちろんこれは小賢しい嘘、ただのレトリックにすぎない。真実はふたりとも（彼らの知性は）〝この世界〟を信ずる（それしかない）がゆえに、それを創った神が信じられないのである。たとえ信じたくても信じられない。それは、己が知性を、たとえ棄てたくとも棄てられないからである。そこのところは、イエス・キリストに対する彼らの姿勢にはっきりとあらわれてくることになる。なぜなら、神は、ひとことたりとも「信ぜよ」などと人に命じたことはなかったが、イエスははっきりと人々に「われを信じよ」と命じたからである、そして「悔悟せよ」、と。イエスはそれができない全ての人々のために十字架を背負ったのだった。彼らは、このイエス・キリストの前に動揺する。せざるを得ない。「知」が限界を露呈するのである。しかし先走るのはこのくらいにしておこう。

今日、知性を誇る人々は、そういう人ほど、神を信ずるなど恥とさえ思っているだろう。しかしそういう人でも心の奥では、なぜ自分はツァラツストラではないのかとは思っているだろう。そう、「ではない」ことを自ら知っているのである（暗黙知によってとでもいうしかない）。ラスコーリニコフも、自分がナポレオンでないことなどとうに分かっていた。彼はこの世で、一介の貧乏学生にすぎなかった。たとえ無事大学を卒業できたとしても一生、一介のサラリーマンで終わるだろう。ならそれでいい、というわけにはいかなかった。いかないのが彼の知性というものなのである。それゆえ彼は、なぜ自分はナポレオンではないのかとひとりごつ。そこから妄想は彼を置き去りにしてどんどん先へ進んだ。自分の運命はナポレオンであるべきだったのだ。いや、事実そうであるはずだ。こうした妄想は今日でも変身願望といわれ、別に珍しいことではない。むしろほとんどの人が、一度や二度は陥ったことのあるものだろう。それは要するに現実の認識とその否定とから成り立っている。

ラスコーリニコフからみて一昔前のアンドレイ・ボルコンスキー（トルストイ『戦争と平和』の主人公）にしてもひとたびは同じだった。彼はナポレオンと現実に戦いつつ、そのナポレオンに憧れたのだった。しかしアンドレイは、すでにロシア一流の大貴族であったし、すぐに己の〝分〟というものをわきまえることができたので（そのためにはアウステルリッツの戦いでひん死の重傷を負わねばならなかったわけだが）、ラスコーリニコフのように、己が妄想に追いかけられ疲れ果ててしまうということがなかった。しかしその反動で一種のニヒリズムに落ち入ってしまったのではあった。それは、ナターシャ・ロストワという娘によって一時回復したのだったが、今度はその娘に裏切られて、ふたたび深刻なニヒリズム様の病にかかってしまった。しかし幸か不幸か、彼はナポレオンとの最後の戦いで、今度はさらなる重傷を負い、ついに死に至るのである。この死こそは彼を、最後のどたん場で救ったのだった。ラスコーリニコフは、自分の〝思想〟が妄想である、それにすぎないことを知っていた。ゆえにこそ、それが棄てられず（自分の「知」が棄てられなかったのである）疲れ果ててしまうのである。彼には戦争がなかった。アンドレイのピエール・ベズーホフのような信頼できる友もいなかった。友はいたが、人がいいだけで、彼の「知」力に見合う友ではなかった。それは、殺人者となったのち、彼に対決する予審判事のうちにのみあった。彼はその予審判事に一矢報いるかのように警察に自首して出る。それゆえ、その自首のセリフは、単純な警察官が喜びそうなものになったのだった――「あれは僕です、あのとき官史の未亡人の婆さんとその妹を斧で殺して、金品を奪ったのは」（傍点作者）。このセリフに付された作者の傍点の意味深長なこと。それはラスコーリニコフが、自分自身を打ち殺す斧の一振り一振りである。彼は、老婆とその妹をもそうして打ち殺したであろうが、そのときはまだ手が震えていたのだった。

ラスコーリニコフには、金貸しの人間も、老婆も、その人間性、その社会的価値、一切が認められなかった。老婆の妹は善良な女だったが、少々頭が弱くてとるに足りなかった。頭もよく、性格もわるくない自分の妹や大学の友人も、やはり彼にはとるに足りなかった。そもそも彼には、人間も、人間性などというものも信じられなかったのである。信ずべきは、己とその〝理論〟だけだった。しかしその唯一信ずべきものが、ともにすでに信じるに値するものではないことが察知されていたのである。いわば、自らの知の落とし穴にはまったのだった。「醜悪だ、何もかも醜悪だ」と叫んで、彼は自らの妄想に斧をふるわざるをえなかった。そしてシベリヤの荒野に凍りついてしまった。

ソーニャは、彼とは正反対だった。苛酷な運命を黙って受け入れ、悲しみに耐えた。ただひたすら祈ることだけが、そのための力だった。それゆえ、ラスコーリニコフについて、流刑地のシベリヤへ行っても、いや行ったからこそ、そこで輝いた。荒くれ者の囚人たちに〝おっ母あ〟と呼ばれる身になったのである。彼女には幸か不幸か、守るべき「私」というものがなかった。守ろうとしても守れる状況もなかった。一家の悲惨な状態がそれをゆるさなかった。それゆえ、〝天の父なる神〟が、彼女を守ったのである（と言うほかはないだろう）。シベリヤの囚人たちをして守らせたのだ。

イワン・カラマーゾフにもまた、守るべき「私」などというものはなかった。しかし、彼にはそれゆえに守るべき他の存在もなかったのである。あったとしても、それは生身の、現実の存在ではなかった。現実の存在は、父フョードルや、長兄ドミートリーや、下男のスメルジャコフといった、彼には唾棄すべき醜怪な存在でしかなかった。ただひとり、彼が信頼（せざるをえなくて）する末弟アリョーシャの前で、彼は虐げられて苦しむ子どもたちの代弁をこころみるが、それは神への抗議のためであって、現実の彼らを愛するためではなかった。現実の人間は、ことごとく彼の愛するに価するものではなかったのである。それをこそ、彼は創造主に抗議するのである。したがってこの意味においてこそ彼はヒューマニストだったわけではない。無神論者でさえなかった。何しろ神の存在は認めないわけにはいかなかったのであるから。神がいないのでは誰に向かって抗議するのかということになろう。悪魔が大いによろこんでやって来て、彼に加勢を申し出た。神の存在が否定されていないのだから、悪魔も否認される心配はないからである。しかし実は、その悪魔が（彼の〝ユークリッド的知性〟には相性がよかったのである）彼を利用して、神を貶めようとしているだけだと気がついたとき、彼は用済みとなった。彼は混乱に陥り、自分で自分が分からないことになってしまった。彼が悪魔なのか、悪魔が彼なのか。しかし真実は、とうに彼が気づいていたように単なる〝青二才〟だったのである。春先の若葉を愛する青二才。悪魔になどなれるわけもなく神への抗議（アリーシャはそれを「反逆」だと言って非難した）といった大それたことをする器量でもなかった。彼は再生を期して、似たような女に恋をする程度なのである。しかしそれは、彼の混乱を神の罰とするなら、神の愛というべきであろう。

イワンは、罪の人間だったが、また悪の人間でもあった。それはスメルジャコフが証明した。彼はイワンの内心を忖度して、彼らの父フョードルを殺害した。彼はイワンの「私」そのものだった。イワンの知性では決して認容できないその「私」。それをカムフラージュするためにも彼は、ゆえなくして虐待される無辜の子供たちを代弁しなければならなかったのである。それしか彼には道がなかった。それが彼の知性の正体。要するに彼は単に〝いい子〟になりたかっただけだったのだ。それがスメルジャコフによって完璧なまでに打ち砕かれてしまった。あとは発狂する以外、どんな始末がありえただろう。

イワンが陥った〝いい子〟の観念は、近代人全てに共通のものである。今日では誰も彼もが、大人も子どもも、いい子ぶっているどころか、本気で自分をいい子だと信じてやまないことになっていよう。その反動または裏返しで、かつては悪い子ぶるというのもいたが、昨今はそれも見かけないほどになってしまった。嘘が、罪や悪ではなくなったために（なくなっているはずである）誰もがそれを堂々、自分自身にもつくことができるのである。そしてみんなが、〝青二才〟、子ども同然の存在となってしまった。何のことはない、自らが否定するその神に気に入られたいというのである。

大人《おとな》とは、ソーニャのような人間のことである。子どもは、自分だけの為に生きている存在で、当面それでよいと認められている者のことだ。大人は、自分の為以上に、その子どもたちの為に生きている者のことをいう。その為になら、身を〝黄色い鑑札（娼婦のしるし）〟に売ることも辞さない存在。それをラスコーリニコフは、「お前は自分自身を殺したのだ」と非難する。誰がそのようなことを喜んでするだろうか。その夜のことを彼に語る彼女の父マルメラードフのことばは悲痛を極めていた。しかし彼女同様、神のしうちを恨んだりすることはなかった。ただ、身近にいたラスコーリニコフに訴えただけだったのである。

社会問題としての罪（と罰）というのももちろんあり、軽視するわけではない。それはすでに触れたように、社会（人間）のオキテ（掟）を破ることである。この掟は、今日では必ず法律に明示されることになっている。そして法律を侵犯した者に対しては、社会が罰を課すことになっており、その罰もやはり法律によって明示され、これらは一括して罪刑法定主義と呼ばれる社会制度となっている。そしてこの罰は、一定の手続きを経て（裁判所が関与するのである）軽減されうるものである。裁判判決時にすでに、情状酌量という形でそれがなされることもある。しかし罪の方は、断固赦されざるものとされている。それでは社会がもたないというわけで。

個人問題としての罪と罰は、すでにみたように、赦しということに関しては、ちょうどこの逆となっている。その理由もすでに述べた。さらに、ここが重要なことになるが、復讐を多少なりとも含むものであるならば、全てのわれわれの刑罰は、それを禁じた神の意思に反することになる。復讐は神の専管事項だからである。刑罰は、法定すればいいというものではない。刑罰の制定に〝民意〟の余地はないのだ。それゆえ、今日の刑罰制度は、第一に犯罪者の更生のためにつくられている。それでは被害者の方はどうしてくれるのだ、ということになるが、それについてはのちに間もなく触れる。そこにこそ、この問題の核心があるからである。しかしそれまではもう少し、回り道をしなければならない。

イエス・キリストは、神の意思を人々に伝えるために降臨したのであるから、罪の赦しを神に乞えと教えた。開口一番「悔悟せよ」と呼びかけたのだった。そして悔悟する者に対しては七たびを七十倍するまでも赦しが与えられることを保証しもした。しかしもちろん、罰の赦しには一口も言及しなかった。赦されるわけがないと知るからである。それゆえ、神が人に罰を与えるために行われる〝審判〟とは、つねに最後の審判なのである。人の世のそれのように再審などというものは用意されていない。復活して天に上げられたイエス・キリストは、神の右に座し、人々を裁くことになっていたが、もちろんそのキリストはすでに神であり、大岡越前であるはずもないから、人に罰を与えるに手心を加えるなどまったく期待できはしない。神は公平にして公正無比でもあるわけで。

十九世紀、インテリたちのあいだではひとつの議論が流行していた。「神がいないのなら、全ては許されている」というのである。「全てが許されている」とはいっても、何をしても人の勝手というわけでは必ずしもなかった。なぜなら、同じころ、一方では今日普遍的となった法理論が成熟しつつあったからである。神がたとえ存在しなくとも、社会が決めたルールには従ってもらおうというのがその理論である。たとえツァラツストラといえども従ってもらわねばならない。そして今日民主主義の世では、その社会とは個人である全ての人々のこととなっている。法は、そのようなわれわれが定めるものである。したがってもし「全ては許されている」と言うとするなら、それは、「われわれは、どのようにでも定めることができる」という意味のことになる。そして定めるためには厳格な手続きの定めも定められているのであるから、何でも勝手というわけにはどうあってもゆかないのである。これはいわば神なき人間の自己規律である。誰も他人に殺されたくはないから、殺人を規律しないわけがない。したがって当然、殺人罪とそれに対する極刑を免れる道もない。このとき、すでに触れたが、「私」でなかった者、すなわち自己を喪っていた者は、そもそも罪に問われることがない。それは、定めの裏側に『悪』の論理が貼りついているからである。人は、たとえ神がいなくても、『悪』を許すことはできないのだ。それをもって、人は社会的存在であると言うなら、それはもっともなことである。

「神がいないのなら、全ては許されている」と本当に言いたい人は、社会的存在をやめていなくてはならない。そのうえ、社会が押し寄せてきたとき、それを押し返す力もなければならない。その実力と、それに対する自信とがある人はどうぞ。しかし、そのような存在となったとき、実は、そのときこそ神というものは姿を現わすものであろう。ふつう神は人混みの中には決して現れないものとされているわけだから。頂点（どの頂点にあるにせよ）に立った孤独者の前にのみ現れる。ならば、神に会いたい者はその頂点に立たねばならないであろう。幸・不幸の絶頂、権力の頂点、どん底の頂点、とにかく頂点。すると絶海の孤島に漂着したロビンソンクルーソーは希ってもない機会を得たことになる。神の眼差しのもとで、彼に残された生涯を至高の自由とともに過ごしたにちがいない、フライデーが現れなかったならば。それゆえキリストも、祈るときは誰にも知られないよう祈れと教えた。一対一で、ただ神とのみ対峙するためである。

社会的存在であることをとうにやめてしまったゴータマ・ブッダは、もとより神（天の父なる）もそこにはいなかったので、必然的に、あるいは望み通りに、自己自身と対峙することになった。そこで彼は、全てを自らに許さなかった。ただ修行の道を自ら歩む自由のみを許した。まさにそれは自由の道だった。しかしこの自由については別のところで改めて論ずる（註3）。

話は脱線してばかりであるが、要するに「罪」といい、「罰」というも、それはもっぱらキリスト教、そして西欧近代にかかわることである。そのかぎりで、今日近代人たるわれわれにも多少はかかわりがある問題。われわれのルーツはもはや古事記にあるのではない、創世記にあるのだ。それは近代人としてのわれわれのアイデンティティの問題である。

しかしそうはいっても、われわれ日本人のあいだでは、一千年にもわたって語り継がれてきたひとつの考えが、今もって多少は生きているのである。それは、「十悪五逆の悪人こそが救われる」というもので、いわゆる救済ということに関するものである。それはキリスト教世界ではイエス・キリストによる罪の赦しというものとしてあったのだが、ここでは阿弥陀仏という仏の本願として登場したのだった。したがって、宗教上の問題としては、イエス・キリストを信じるかと同様、阿弥陀仏を信じるかというかたちになっている。違いは、イエスが「われを信じよ」と人々に求めたのに対し、阿弥陀仏はそのようなことは何も求めなかったことぐらいであろう。

「悪人正機説」といわれるその説によると、善人が極楽浄土（天国とさしてかわらぬところらしい）に往って生きることができるなら、どうして悪人ができないことがあろうかというのである。なぜなら、世の悪人を救済することを本願とする阿弥陀仏なる仏様が存在するからであるというのだ。この場合、その救済というのは、罪（や罰）の赦しというのではなく、極楽浄土に往生する（往ってそこで生きつづける）ことを指している。結果的に同じことになるから、その辺は気にすることはないらしい。救済というのは、救われたいと希うこころあってのものである。では、いうところの悪人、もっと過激にいって〝十悪五逆の悪人〟にそのこころはあるのか。あるわけがないであろう。ないからこそその悪人のはずである。それがふつうの考えだ。人の手足を切り落しても何ら痛みを感じない。ゆえにこそそれが難なくできる、それが悪人というものだろう。なら悪人は地獄落ちだけがふさわしかろう。そこで、十分に痛みを覚えるがよい。十分に覚えたところで、その叫びが天にまで達すれば、天帝も何とかしようとされるかも知れない。しかし、悪人正機説の論者はそうは考えなかった。阿弥陀仏は慈悲深いので、そのような悪人も極悪浄土に導かれるというのである。それには唯一条件がある――「ナムアミダブツ」と唱えるのである。このウラには、誰も好きこのんで悪人やってるわけではないわいとでもいう考えがかくされていよう。人は、いろいろな事情も都合もあって悪人稼業をすることになっているのだ、と。そのような事情や都合のことは、古くゴータマ・ブッダも「苦である」と一括して言っていた。生きて、この世にいるということそのものが「苦」なのだから、どうして人の救済を志す阿弥陀仏がそれを見過ごそうかというわけだ。なら善人より、悪人の方がその「苦」は大きく深いであろう。ゆえに「正機」なのだ。

「苦」ならわかる。ソーニャ・マルメラードフはその「苦」の底にあえいでいた。しかし彼女は、悪女なわけではなかった。悪女となるための条件である「私」が欠けていた。十悪五逆の悪人はどうか。その「私」の塊であるだろう。たしかに人は、人間であるかぎり、罪も悪も免れ得ないであろう。それは、欲望や煩悩を克服することの困難から来ている。この困難を克服するために、イエスはその教えを説き、ゴータマは修行の道を人々に示したのだった。しかしそれらを今日、近代人はとくに実行不可能と断じ、かわりに〝自由〟を叫んでいるのである。極楽浄土も天国も、今や無用とし、ほかならぬ「苦である」この世をそれらに代えて「楽である」世界に改造しようとしているのである。一種の居直りともいえよう。

近代人が居直る前に、当時の人々のあいだにもこれと似たようなことが起こった。悪人正機なのだから、悪人でいようではないかというようなことである。悪人が好きな阿弥陀様をよろこばせてやろうというのだ。これは〝本願ぼこり〟と言われた。キリスト教徒に当てはめれば、さしずめ〝キリストぼこり〟とでもいうことになる。これらのもとでは、罪、罰、悪といった根本概念がすでに失われているか、変質してしまっていることが容易に見てとれる。その変質がすなわち仏教、キリスト教という宗教となっているのである。逆にいえば、ゴータマ・ブッダの教えやイエス・キリストの教えは、そうした変質なしには宗教として成立しはしなかったであろうということにもなる。

最後に、『悪』と〝赦し〟（救済）との関係を確認しておこう。

『悪』は、何度もいうとおり、これら全てのことをもってしても決して赦され得ないものである。『悪』人を赦すことのできるのは、ただその被害者ひとりあるのみ。被害者に代わって、神やキリストや、ブッダや阿弥陀仏が赦すなどありうることだろうか。それでは『悪』の餌食となって涙を流す被害者はどうなるというのか。被害者は、ただ被害者というだけでは天国にも極楽にも招待されないのである。招待の要件の中にそれは含まれていない。神や仏を信じていれば別だというだけである。その場合は、誰でもが天国または極楽に往くことができよう。かりに、被害者が、優先的に天国・極楽に招待されるとするなら、では加害者（『悪』者）はどうするのか。彼は、心おきなく悪事にいそしむことができることになってしまうではないか。それでいいのだ、十悪五逆の悪人も仏はお救いになるのだからというのでは、われわれの日々の暮らしはどうなってしまうか。

悪人の往くところは地獄でしかない、と信ずることができればこそ、人は悪を免れることができている。「人をして悪をなさしめるな」というゴータマの教えをそのまま効果的に実行するには〝地獄〟を格好の方便とするのがもっとも手っ取り早いであろう(註4)。なら、それがもしないのならつくり出す必要があろう。しかし、人が悪を免れる方策はそれしかないわけではないのである。人の痛みがわかるこころ、他者の痛みを己が痛みとして感受する感性、それこそが本当というべきであろう。イエス・キリストは、それゆえ地獄などというものについては一切言及しなかった。ゴータマ・ブッダにしてもそれは同じで、「わるいことをすれば、わるいところに生まれる」、と言っただけだった。要するにますます悪くなるだけだということである。だからこそ、「ふたたび次の世に生を享ける者となるな」ということにもなる。悪は、今生において根絶されなければならないものなのだ。

しかし不幸にして、人が『悪』にはまってしまったなら、そこには謝罪(実は謝悪)という一筋の道が開けているのである。罪には悔悟という道が用意されているように。罪の赦しというのはもちろんただ神のみ行うことであるが、では悪のは誰がそれをするのか。それが先に述べた被害者なのである。被害者は、己が痛みの代償にそれを行う、その権利も資格も獲得するのだ。したがってそれは誰によって与えられたというのでもない、真に自己自身の心がつかむものである。自由ということをいうなら(のちにいうことになる)この赦しという心と行為とこそがその証しということになろう。そのとき人は、神のすぐそばにいる。なぜなら、神が人を赦すのも、神が完全自由だからである。ではもし、被害者が、謝罪に応じなかったらどういうことになるか。そのときは、神が、その被害者に神の復讐をもって応ずることになろう。神は慈悲深いのであるから。

「悪人こそは救われる」とは、悪に悩む者、もっと具体的にいって加害者となったことに苦しむ者、その者こそは救われるということ以外ではありえない。悪を楽しむ者、悪の成果を享受する者を励ますのはただサタン（悪魔）ばかりである。サタンは、神を辱めることをその存在理由とするからである。すると、十悪五逆の悪人とは、そのサタンに組する者（洋の東西に離れて暮らしてはいるが）のこと以外ではないであろう。彼は、決して自らの悪には悩みも苦しみもしないのである。

人が、『悪』であるのに、その『悪』に悩みも苦しみもしないのはなぜか。というのは今日、多数の人々がそのようであるように見えるからである。それを先に、現代では人にも社会にも『悪』が欠落していると言った。その理由を、そこでは人々の「私」に帰した。「私」が「生きる」こと、生きることの絶対視に帰したのである。しかし、古い仏教界の長老ナーガセーナはそれを知識に帰す（註5）。悪行であることを知らないでそれをするところに帰したのである。彼は、ミリンダ王にこう問われたのである――「尊者ナーガセーナよ、知っていながら悪い行いをする者と、知らないで悪い行いをする者とでは、どちらが禍が大きいですか?」、と。この問いは、悪のもたらす「禍い」の大小についてなされたのではあったが、ナーガセーナの答えの裏にはその大小がもたらされる原因についての認識が隠れている。それを漢訳仏典は明るみに出してこういう――「愚者は悪をなして、自ら悔ゆる能わざるが故に、その殃《わざわ》い大なり、智者は悪をなすも不当の所為なるを知り、日に自ら過ちを悔ゆるが故に、その殃い小なり」。この「不当の所為」の認識がもたらされるところ、それが他者の痛みがわかるこころ、他者の痛みを己が痛みとして感受する感性なのである。そうした感性の持ち主のことをここでは「智者」といっている。するとその「智」とは、そのようなもののことをいっていることになろう。それは、知識というよりは知恵のことである。真の知のことだ。ブッダやキリストが自ら有し、人にも分け与えたそれである。するとナーガセーナの答えは、悪は知をもって制しうる、少なくとも小さなものとはなしうるという意味になろう。


（註1）この「仏」は、ゴータマ・ブッダではなく阿弥陀仏（阿弥陀如来）のことになろう。

（註2）『カラマーゾフの兄弟』第二部第五編（プロとコントラ）3（兄弟親しくなる）

（註3）第四章(二)「自由について」

（註4）実際、ゴータマ自らがそのようにしたのである――『スッタニパータ』第三　大いなる章　一〇、コーカーリヤ（六六〇～六七八）

（註5）『ミリンダ王の問い』第一編第七章第八　中村元訳（東洋文庫　二四六ページ）（同、訳者註一八　二六四ページ）

（補記一）　仏性と神性

他者の痛みがわかるこころの持ち主ならば、悪とその最悪の結果を免れることができよう。しかしそのこころはどのようにして起こるのか。誰に起こるのか。そこを仏教ではふつう、「万人に仏性（ぶっしょう）が宿っているから」と説明していよう。仏性とは、仏（ほとけ）と通じる慈悲のこころのこと、とも。では宿っているのになぜ、それはしばしば発揮されないのか。それは人のこころに〝障り〟があるから、さまざまなものに惑わされてしまっているからである。それが、痛み、苦しむ者（己が痛めつけたのである）を眼前にすることによって、目覚めるわけだ。見なければ目覚めない。それか、あらぬか、ゴータマ・ブッダはその修行の第一に「正見」（よく見よ）ということを掲げた。

イエス・キリストは、人々に汝ら全ては天の父なる神の子であると明かした。したがって、人は全て神の性質、神性を有しているのである。人の子であるイエス自身も何らかわりはない。神性（しんせい）、神の性質とはどのようなものか。「愛」である。したがって全ての人は元々、神の愛を具有し、兄弟姉妹なのだ。なのにどうして、人は殺し合い、兄弟は憎み合うのか。それは、自らについての認識不足があるからである。眼が曇っているからだ。だから大ていの人は、己がなすところのことを知らない。盲滅法生きている。そしてついには、己が兄弟であるイエスまでをも殺してしまった。それゆえイエスは十字架上から神に赦しを乞い、自らも赦したのだった。

神性あり、仏性宿るという考えは、古代中国ではいわゆる性善説として論じられていた。しかし性善といい、性悪というも、それによってはなぜ〝性〟は善なのか、または悪なのかは必ずしも定かではないのである。「性」は何に由来するのか、そこが明確に示されなければならなかった。「善」、「悪」以前のはなしである。そのとき、中国には〝天の父なる神〟も慈悲の〝仏〟も存在しなかったのであるからなおのことであろう。

（註）仏性を、いずれブッダとなる人間の本性、神性を神の超越的な能力などというのも聞かれるが果たしてどうか？　というのは、ゴータマ・ブッダにあっては、怠け者は決してブッダになれないのであるし、イエス・キリストにあっては、人間は皆神人なのではあるが、決して神自身に成ることはないのであるから、神のもつ全知全能を具有できはしないのである。仏性といい、神性というも、それらがたとえ〝性〟（元来具有の本性）であるとしても、それが現実に現れ出でるには相当の努力が必要であろう。なぜなら、人間（という存在）には、全く別の〝性〟もあって、本性が難なく現れることを妨げているのだからである。——人の心には悪魔の子も宿っている。

（補記二）罪の意識ということ

人間は罪深い存在だなどというとき、われわれのあいだではふつう、殺生する、それも平気で過剰にすることを指しているであろう。裏には、自然にはそうした悪癖はないという認識があろう。しかしこの認識についてはのちにゆっくり検討することになるので、今は〝殺生〟ということについて、罪との関係で言及しておく。

生きものをむやみに殺すことは、仏教のみならず、キリスト教その他宗教でも禁止されたり、少なくとも厳しく非難されたりしているはずである。この禁止等がどこから来ているのかはしかし定かではない。モーゼがシナイ山上で神から授けられたという〝十戒〟に「殺すなかれ」というのがあるにはあるが、それは人殺しをするなということであって、地を這う虫一匹すら殺すなというようなことではなかった（註1）。それは、ゴータマが生まれた西インドで古くから伝えられてきた掟であった。ゴータマは、出家修行のうちにそれを体得し、一匹の虫も踏み潰したりはすまいと常に下を向いて歩いた。それゆえ、それを見たマガダ国のビンビサーラ王が立派な修行者としてゴータマを讃え、ついには帰依するというようなことにもなったのである(註2)。

東洋人の罪の意識は一般に、同じ生きものを殺して、食って、それがやめられない、過剰になり勝ちであるという反省にその根があるだろう。誰かの禁令を守らないというようなところにあったわけではないであろう。あえて言えば、その誰かこそは自然そのものであった。しかしその自然は、一方の眼には食い合いで成り立っていると映っていたはずである。すると罪の意識といったものがもしあるとするなら、それはもっぱら(人の)過剰という点にのみあったのだと考えるしかないだろう。

残念なことだがわれわれは誰しも、いのちあるものの、そのいのちを奪うことなくこの世に在るということができない。それを、たとえ「奪う」のではない「頂く」のだなどと言ってみたところで事態は何らかわらない。またたとえ、「魚魂碑」などといった供養碑を建立したり、神として神棚に祭ったとしても同じであろう。失われた生命が、そうしたことでよろこぶわけがないと知るからである。一時の祭る側の心の慰めになるだけだ。

そうであるなら、真になすべきことは何になるか。この私の生が他のものの死であるなら、私にできることはこの生を終わらせるか、他のものの死を極限にまで少なくすることであろう。いずれにしてもやさしいことではないが、検討はしなければならないだろう。そこからは調和とミニマムという一対の概念が導き出されることになる（註3）。そしてその概念のもとで、われわれの罪の意識といったものは消滅しているはずである。

ついでながら、ゴータマ・ブッダは「なまぐさ」ということについて教えを述べている（註4）が、それは肉や魚を食べるなということではなく、何ごとにせよむさぼってそれをするなということであった。いわゆる貪欲《とんよく》に身をゆだねるなということ。そうであれば、肉も魚も口にしてよいのである。ゴータマ自身、しばしば肉も魚もよろこんで食べた。それは、そうしたごちそうをもって彼をもてなそうとした人々の心をこそ大切にしたからである。しかしそうした場合に、ゴータマが腹一杯食って動けなくなったなどという記録はない。

わが良寛さは、そうしたもてなしを受ける機会がしばしばあったのだったが、当時の修行僧にならって、〝なまぐさもの〟は一切口にしなかった。どうしても断りきれない時に、眼をつむり、鼻をつまんで鍋のスープのみを一気に呑んだと記録されている。そのとき彼は、ゴータマ同様、自分の修行よりは人の心を大切にしたのだった。

なお、キリスト教的な「罪の意識」というものについては、こののちふたたびとりあげることになろう。ただし、〝原罪〟といったこととは直接にかかわりないものとして。そこでは、その罪の意識（正しくは罪の認識）こそが、人を無上の幸福へと導くのである。したがってそれは神の賜物である。それは、あるひとりの、若くして亡くなった少年の口から語られる。感謝のことばとともに（註5）。

（註1）ゴータマ・ブッダは次のように語った——「すべての者は暴力におびえ、すべての者は死をおそれる。己が身をひきくらべて、殺してはならぬ、殺さしめてはならぬ」（『ダンマパダ』一二九）

（註2）『スッタニパータ』第三－一一－四〇九～四二四、なお四二一「かれは眼を下に向けて気をつけている。」については中村元氏の註を参照（岩波文庫三三四ページ）。

（註3）調和については第一章㈢、ミニマムについては第三章㈠参照。

（註4）『スッタニパータ』第二－二－二三九～二五二

（註5）第三章㈣－4「すべての人に対して罪がある」

㈤　人知は知か——渋柿も甘くはなるが

1　人知？

天地創造の神は、エデンの地に園を設け、「見るからに好ましく、食べるに良いものをもたらすあらゆる木を地に生えいでさせ」た（『創世記』2－8）。そして、アダムを連れて来て、そこに住まわせ、「そこを耕し、守るようにされた」（同、2－15）。すなわち神の園の園丁とされたのである。では、アダムが守るように命じられ、同時にいくらでも取って食べてよいと許されたあらゆる木の実（例外が二つあったわけだが）とはどのようなものであったか。聖書はその点については何も言及していないので推測するしかないわけだが、このときアダムは死を知らない人であったわけだから当然に彼（ら）の身心を養うに足る全てのもの（の素）ということになるだろう。身体を養うに必要な全ての栄養素と、園丁としての努めを果たすのに必要な全ての知識と知恵。それらを「あらゆる木」の実が彼らに供給してくれることになっていたのだ。

栄養素の方はこのさいさて措くとして、知識と知恵の方は興味深いものがあろう。双方合わせて簡単に「知」というとして、それにはいろいろな種類のものがたくさんあったはずだからである。それらはいわば、これまでわれわれが言ってきた原初の知（知識）に相当するものである。この原初の知は、園に生きとし生けるもの全てに共通であったはずである。なぜなら神は、その園に「あらゆる木」だけではなく、あらゆる生きものを生じさせ、それらはみな同じものを食べて生きていたはずだからである。そこには、のちにアダムたちを唆かすヘビも住んでいた。ならば、今日われわれの知る全ての生きものの祖先たちも当然住んでいたであろう。そして生きて、それぞれの暮らしを営んでいた――鳥は鳴き、獣は吠え、魚は泳ぎ回り。その為に必要な知恵は、必要なだけ十分に与えられていたであろう。なぜなら、それら生きものの子孫は全て（不慮の事故で絶滅してしまったものもないとはいえないが）今日大いに繁栄し、地球は豊かな生命の星となっているからである。（もちろん、このように言えば、直ちに多数の反論がくることは承知している。それについてはのちに十分に対応する予定である。）

ところが神は、アダムに奇妙なことを命じたのだった――「ただし、善悪の知識の木からは、決して食べてはならない。食べると必ず死んでしまう。」（同、2－17）この禁令の奇妙さはもちろん、「善悪の知識」（という木の実）が人に死をもたらす毒物であるという点にあるわけだが（果たしてそうかどうかは、何千年にもわたって、多くの人が研究してきたのでここでわれわれが云々する余地はないだろう）、それ以上に奇妙なのは、そうと知る神が、人（アダム）の父である神が、毒消の力をもつ「命の木」の実（すなわち永遠の生命）を人に与えなかったことである――「人はわれわれの一人のように、善悪を知る者となった。今は、手を伸ばして命の木からも取って食べ、永遠に生きる者となるおそれがある」（同、3－22）神は、アダムたちが、「われわれの一人のように」（すなわち神々のひとりに）なって、善悪の知識と永遠の生命とを有する存在となることを「おそれ」たのである。なぜそのようなことを心配するのか、奇妙としか言いようはない。なぜなら、造物主である神は、すでに全知全能にして永遠の存在なわけで。まさかその神自らが、二本の木の実を常食する必要があったわけでもないだろう。また、神族を養うためにそれらの木の実の不足を心配するわけもない、何しろ造物主なわけで。

神が危惧したのは、アダムたちが「永遠に生きる者となる」ことであった。そうならないように、彼らを園から追放した。以来、人間は労苦と死を免れ得ないこととなった。労苦は、生きることとほぼ同義であるから、人間は要するに生死と引き換えで知識、その源泉である知力を得たのである。神の園のその木の実は、一度食すれば、永遠の霊力をもって、〝善悪の知識〟を供給しつづけるものだったらしい。それは、すでに触れたように、人間の是非善悪を弁別する能力である。この能力は、ことばをもってそれを供給するので、言語能力とほぼ同じものだ。言語は、それが通じる間柄でだけ有効なものであるから、するとこれによってアダムたちはのちのちの大きな火種を抱え込んだことになる。その火が燃え盛れば業火となろう。果たしてその火は、たちまちにして燃え上がった——彼らの子カインとアベルが人間の（殺りくの）歴史を始めるのである。それこそが、神が人間に与えた〝罰〟だと、のちの人々はいう。この〝罰〟に対応する〝罪〟が盗みなのだとも。しかしそれにしても、何ゆえに全知全能、したがって永遠存在の神が、自らは（神族にあっても同じであろう）必要としない二本の木をそれほどまでにして守ろうとしたのか。

エデンの園（これが何であるかには議論の余地があるが、われわれはこれを「自然」とよぶことにしている）の中央には、人が食べられない実をつける二本の木があった。一方は知の木、他方は命の木。一方を人が「食べると必ず死」に、（双方を）食べると人は「永遠に生きる者」となる。それを造物主である神は危惧した。その危惧はもちろん、神が人を愛していたがゆえに生じたのである（この点について議論の余地はまずないであろう）――それゆえ、神は人が「永遠に生きる者」とならないように、その園から追放した。その結果（であろう）人は、永遠に「永遠に生きる者」となることを願望することにもなった（この願望こそが神の下された〝罰〟であったということもできる、なぜならこの願望ゆえに人類は今も苦しんでいるのだから）。それはともかく、園に二本の木があり（あたかも今日われわれが知といい、生命という、また身体といい、精神というそれぞれ対をなす観念そのもののようにである）、人はまず知の木の実を取って（盗ってである、あくまで）食べ、神は命の木の実までもが食べられることを危惧された。それは、知によって、生死の観念（具体的には「生」と「死」という言葉）が人にもたらされ、それによって更に「永遠」（永遠の生）という性《たち》の悪い観念までもが生じるであろうこと、それによって人が永遠に苦しみつづけることになることを惧れたのであろう。なぜなら、神の園に在って人は、神とともに（その園丁、また召使いとして）すでに永遠の存在であったに相違ないからである。また神が、アダムを創造し、神の園に住まわせたとき、人（アダム）の使命をその園の〝支配〟（同、1－26、28）と定めたのであるから、人はすでにそのために必要な知識（知力）を賦与されていたであろう。ならば、知の木の実など盗って食べる必要など全然なかったのである。それは、命の木の実と共に園全体にまんべんなく落ちて、全ての生きもののものとなっていたにちがいない。それゆえ、命あるものには全て必要な知恵も備わっていたであろう。ゆえにこそ神は、創造の仕事を了えたときに満足して「良し」とされたのである。もしそうでなかったなら、神は全てのものたちに、惜しみなく二本の木から実を取って食べるよう命じていただろう。そして、全てのものたちが、その生みの親である神にふさわしい者となることを望まれたにちがいない。少なくとも、天の父なる神の希いは、万物が神の栄光をいや増すような存在でありつづけることであったはずである（逆の存在のことは悪魔《サタン》といわれている）。それゆえ、のちにイエス・キリストもそのように人々に教えた。

すると、アダムたちが盗んで食ったというその〝善悪の木の実〟というのは、いわば渋柿（または未熟の実）のようなものであったにちがいない。その実から直接得られる是非善悪の知識（すなわち言葉であるところの是非善悪）は、神が万物に与えるそれ（事実としてのそれとでもいうほかはない、今のところ）とは似て非なるものであった、ゆえにこそ神は禁令を発していたのであろう。要するに、いのちにとっては渋いものであったのだ。それゆえ「必ず死んでしまう」。（これは、いのちに言葉は無用だと言っているのと同じことになる――柿の渋味のようなものが言葉というものである）。

なぜ、善悪の知識の木の実は有毒なのか。それが有毒であるのは盗って食べるからであるとすると、落ちているのを拾って食べたり、許可を得て食べたりするのであれば無毒、いや大いに美味ということであろう。まさに渋柿の木の実と同じということになる。未熟であったり、渋抜き処理をしていなかったりするものは、食べればフン詰まりになったりして悪くすれば死に至るであろう。その毒素は、すでに述べたことばのもつそれに等しい。未熟なことば、てんでの言葉は、人と社会に誤解・曲解・無理解を通して混乱混迷を必ずやもたらすのである。人間にとって知は言葉であり、言葉が知である。そして言葉はそもそも個別的なものであって、百人百語なのである。まして是非善悪ともなれば、それ自身根源知に近く、それゆえ個別的であることをまぬがれない。誰かが自らの言葉でどうこうできるというものではなく、多数決で決めるというようなものでは更々ない。しかし歴史は、まさにそのようなことをしてきた。今もってしつづけている。はじめはモーセが〝十戒〟をもってそれをした。メソポタミアでも、中国でも、ハンムラビだの孔子だのといった知恵者がやはり同じようなことをした。法典がつくられ、人倫の道が示されたが、歴史はそれらのほぼ全てを無視するかのように混乱と死のみ、それ以外何もないかのようなすがたを今にさらしている。

エデンの園に置かれた人（アダム）には死がなかった。人に先立って置かれた全ての生けるものたちにもそれはなかったであろう。そしてそこには、いかなる混乱も闘争も（もちろん）なかった――何しろ、それを創造した神が「よし」と満足して言ったのだったから。それでも人は、他の生きものたち全てと同様に腹が減るので何か食べる必要はあった。そうと知る神は人に、園の木々全ての実を食物として与えた。ただし、園の中央にあった二本の特別な木のうちの「善悪の知識の木」の実だけは取って食べることを禁じた。それはほかならぬ人のためを思ってのことであった。では何ゆえに、人には善悪の知識が必要ないのか、いやより正確に言えば是非善悪を判断する能力（知力）が無用とされていたのか。アダムは園を〝支配〟する任務を与えられてそこに住まわされたのだから、それが無用なわけがない。むしろ一番必要なものだ。この答えは至ってカンタンだろう――それは神がすでにアダムに与え、またさらに必要なときには神自らが与えるつもりだったからであろう。その木の実は有毒もしくは渋柿のようなものだったが、神が手ずから与えるときには解毒されるのである。解毒とは、判断を与えるということ、したがって是非善悪という言葉を与えるのではないということである。それが、是非善悪は神のものゆえ、神が与えるということだ。言葉のようにはそこには議論の余地も疑念の余地もないのである。神は、全知全能ゆえ神なのだ。

神の園に、有毒（または食用不適）の木があったとて何の不思議もない。ある者にとって有毒なものも、他の者にとっては有益であるものなど、この世界には無数にある。神は、その手に成る全てのものを個々に愛していたので、ひとつのものが幾つもの性質をもつことなど当然のことなのである。なぜ当然かといえば、個々に愛するためには全体的に愛してもいなければならないからである。なぜなら、全てのものがほかならぬその神の手によって成ったのだったから（ここには、個と全体というさらなる問題があるわけだが、それについては既に述べた(註1)）。

もちろん神は、誰（何者）にとっては何が益で、何が毒であるのかを知悉《ちしつ》していた。それゆえどのような生きものも、自分を害するようなものは決して口にせず、近づきもしないのである。こうして神は、われわれ全ての存在から〝是非善悪〟というものを退けている。ゆえに神の園には、有益なものも無益なものも、ともに存在することを許され、そうした区別などないかのように園は平穏に営まれている。それは、今日いうところの自然の営みそのものである。

しかしアダムたちは、禁令に背いて自ら木の実を採って食べ、「善悪を識る者」となった。生を善《よ》しとし死を悪《あ》しとすることもそれで知った。それゆえ、のちの世の人々は、「アダムによって死がこの世にもたらされた」と言うのである。それは、「死」ということば、「生」ということばがもたらされたのである。このことばというものの危うさによってカインとアベルの殺りくがもたらされ、死の歴史も始まった。それについてはすでに述べた。ところで、なぜ神は、アダムたち人にのみ、禁令を与えたのか。いや、彼らに先立って（と思われるが）ヘビにもそれは与えられていたのだった。まるで彼らが、示し合わせて禁令破りをするであろうと見越していたようではないか。いや、全知全能の神にしてそれを知らなかったなどありそうもないことである。少なくともイヴが、ヘビの誘惑に耐えきれないであろうことぐらいは重々承知であっただろう。するとかのヘビは何者であったのか。もし何者かの使いででもあったのならば、では何者の使いであったのか。順当にゆくならここで悪魔に登場してもらうことになるだろう。悪魔の素性は定かでないが（天地万物は創造主の手に成ったのだというなら、悪魔もそのうちなことは確かだが）それは神の栄光に泥を塗るのが存在理由なので、「野の生き物のうちで、最も賢い」ヘビに目をつけ、その者に神がもっとも最後に創造し、自ら息を吹き込まれて生けるものとなした人（アダム）を貶めることは彼にとってもっともな行動といえよう。のちにその悪魔は、自らが誘惑者となって、神の子（地上では人の子、すなわちアダムの子孫である）の前に現れ、神のみこころを伝えようとするイエス・キリストを貶めようとするのである。このサタンは、イエスに地上の幸福を説くよう勧めたのだ。もしその地上の幸福がイエスを通して人々に受け容れられるならば、そのとき創造主であり、したがって「父」である神の与える幸福は永久に失われよう。それは、死と引き換えの幸福だったのだが（したがって、生きているあいだだけの束の間の幸福、幸福ということばがもたらす幻想にすぎないものでもあったのだが）ゆえにこそイエスは即座に拒否したのだった。この拒否は、人のためばかりではなく父なる神のためにもなされたのである。人のためという点については、すでにドストエフスキーが『大審問官』（『カラマーゾフの兄弟』の中のイワン・カラマーゾフの創作劇）を通じて完璧なまでに説明を行っているのでそれを参照すれば十分だろう。しかしこのときイエスは、父のため、神のために自分に降りかかる悪の誘惑を退けたのだった。神が愛であり、善悪（の知識）が嘘であるなら、その嘘に染まったアダムたちに命の木の実を食べさせてはならない。その禁令と追放がどうして神の愛の行為でないことがあるだろう。果たして人は禁令を破った。神は急いで彼らを「命の木」から遠ざけた。〝永遠の生命〟（という嘘、言葉、観念）を永遠に希求する者となってしまうことをそれによって防いだのである。いや、単に防いだというだけのことではなかったであろう――本当の永遠の生命（い・の・ち・というべきであろうが）、ただ神のみが享受しているそれを与えようとされたにちがいない。なぜなら神は、アダムを創造するとき御自身のすがた（相《すがた》であろう）にそれをかたどられたからである。ならば人は、決して〝永遠の生命〟など希求しはしないであろう、すでにそうであるわけで。神は、そのような人、僕を欲されたのかも知れなかった。もしこの通りであったなら、人は、自身がそのような者であることを知らねばならない。単に、木や鳥や虫のように園に居るというだけでは足りないのである。それでは園丁（神のしもべ）はつとまらない。何より、園丁は園を破壊しようとたくらむ者を追い払わなければならないだろう。果たしてそれはやがて現れた。神の栄光をねたむ悪魔が、人を誘惑しにかかるのである。その手先となったのがくだんのヘビというわけだが、真実は逆で、悪魔の企てを察知した神がヘビに命じて先手を打ったにちがいない。人をより強い者とし、サタンの誘惑を永久に退けるために。その同じテをのちに神はイエスについても用いたのである。ワナにはまったのは悪魔の方だったのだ。荒野の誘惑を敢然と退けたイエスはそれからまっすぐ十字架の道を歩んだ。全ての人々に、永遠の生命を与えるために。したがって、キリストと共に在る人はその永遠の生命を希求することはもはやないのである――救われたのだから。

しかし、キリストと共に居ない多くの人々は（今や大半であろう）この世、エデンの園の外で、アダムの原料であった土を耕し、食物を得るために生きものを殺し、死ぬのが分かっている子たちを産み、苦しむことが避けられない人生を送っている。ちなみに言えば、ゴータマ・ブッダもこのような人々の営みを「苦である」と喝破した。その『苦』のうちには楽（ラク）もまた当然に含まれているのである。むしろその楽こそが苦の元凶なのだった。それは楽が渇望（キリストの言葉でいえば「渇き」）を生むものだからである。ゴータマにあっては、楽は苦の元（それゆえに『苦』）であり、業の元でもあった。その業によって人はふたたび次の世（『苦』である当然）に生を享けざるを得ないのだった。楽は、執着の母でもあったからである。

神は、天地創造の最後の日、人を創造して神の園の守り人（すなわち園丁、そういう言葉がいやなら代理人でもよいであろう。いずれにしても、本人（神）のために働く存在なのだからさしたる違いもない。少なくとも本人ではなく、所有者でもないのである。）とされた。そこには死はなかった。生もなかった。生・死は人の言葉、楽園を追われた人が識るところとなったものなのだ。それゆえ、知識を得た人は「必ず死ぬ」。すると、人以外の全ての生きものはどうなのか。もちろん、全然死なない。ということは、生きてもいない。しかし生命は、もちろんある。あるから生きものとして、岩や水とは異なるものとして、そこにある（いる）。ならば、人以外の生きものは、今も楽園にいるのだろうか。もちろんその通りであろう。人だけが盗みを犯し、そこを追放されたのであるから。しかしそれは神の深いはからいのもとに行われたのである。人は、神とともに楽園の外に居なければならない。いや、内に在って神の園を守らねばならないのだが、そのためには神の園の価値を、したがってそれをお創りになった神の栄光を（悪魔に対抗して）讃えなければならない。そのために、つよくならねばならない。子をつよくするために崖からつき落とす虎のようなはからいでそれはあっただろう。のちにイエスはキリストとなって人々に、苦しむ全ての人に教えた——父は愛であり、父の元に還ることは至ってやさしい（幼児でもできるのである）。そのためには祈って、父を讃えればいいだけのこと。しかしそれを信じない人は、悔悟すればいいだけのこと。己の本来の役目を自覚すればいいだけなのである。しかしこれらの点についてはのちに再びとりあげる。

それにしても創造の神は、われわれが死とよぶところのものを一体何のために全ての生きものに与えるのか（人間以外には死は存在しない、それはことばだからと今言ったばかりだが、それとは別の観点、科学的な面への配慮からいうのである）。ひらたく言えば、何ゆえに生きものは死ぬのかという疑問である。生命の謎は（人知がそれを謎と言っているだけであろうが）その誕生にあるのではない、せっかく誕生したものが死ぬ、必ずや死ぬ、そして同じようなものが生まれるというところにあるだろう。どうせまた生まれるのなら死なねばよいではないかということだ。生命にとって死が、永遠存続の工夫だというなら、その同じ工夫（知ともいえよう）のエネルギーは何ゆえ単に生の存続、いや持続にのみ向けられなかったのか。なぜなら、われわれの観察では生命はつねにエネルギー節約の方向ではたらいているように見えるからである。生まれる・死ぬ・また生まれるという膨大な（と思われる）エネルギーの投入は不経済ではないのか。不経済を承知のうえでのことか、あるいはそれこそが経済なのだということか。いずれにしても、今のところ人知、その精髄である科学は十分な説明をなし得ていないように思われる。

生命は（これまででは「神は」と言ってきたのだが、神を好まない人も少なくないであろうから）その永遠の存続のために（であろうと推測される）何ゆえ生死という一種のシステムを自らにもたらしたのか。それともそれは人間の錯覚にすぎないのか。もし錯覚であるなら、それは何ゆえ生じたのか。その考えられる原因のひとつに人間特有のことばというものを挙げたが、もうひとつやはり人間特有と思われる原因がある――それは個体存在への固執、個体中心のものの見方である。いわば人間の眼の固有の癖のようなものだ。そこから「死」ということば（想念）も生じたであろう。しかし全体は、生命全体、その部分をなす〝種〟それぞれも、この世にあって繁栄を極めているのである。たしかに絶滅種、絶滅危惧種などというものもありはするがその多くにはわれわれ人間の手がついていよう。人間が滅ぼさなかったならばトキは今も日本の空いたるところに飛んでいたのだ。

神は（どうしてもこうなる、しかし「自然は」と言ってもよかったのである。すでにわれわれはその自然を「自ずから然りなるもの」として考察したのであったから）その天地創造の最後の労作に、いずれは自らに背くことになるアダムを据えた。そしてその翌日、全体を見渡して「よし」とされ休息に入られた。「よし」とされたのは全体なのであって、エデンの園だけであったわけではない（明らかというべきであろう）（註2）。要するに天地万物が「よし」（これでよい、然り）なのであって、そのうえ森羅万象もやはり「よし」であったであろう。すると、アダムの背信も、悪魔の誘惑すらもが「よし」ということになる——すなわち、善悪など元々存在しない。いや、あってもみな呑み込まれてしまって意味をなさない。ならば是非善悪（ついでにいえば美醜も同じである）を弁別する人の知恵も意味をなさないであろう。

（註1）　第一章㈣－1、2

（註2）　神は、天地創造ののちに、その最後の仕事として人（アダム）を創造し、彼のためにと「東の方のエデンに園を設け、自ら形づくった人をそこに置かれた」のである。そこが楽園だ（った）というのは、人がのちにそこを追放されたからであって、その人にとってのことにすぎない。あらゆる生物には、その生物にとっての園がすでに在り、今も彼らはそこに居るだろう。そこをわれわれは「自然」と言う。

2　もうひとつの知——無私なるもののいのちのいとなみ

われわれがすがるようにして参照している旧約聖書の大半は、預言者とよばれる人々の記したものか、それらの人々のおはなしである。しかしその最初の部分『創世記』には、執筆者に相当する人がいない。

それは、神（造物主）と人（アダム）とのおはなしであるが、誰がそれを語っているのかも定かではない。語り口からいって神自身でないことは確かだが、人、それも原初の人であるアダム（またはその連れ合いのイヴ）でないことも確かだろう。それはわれわれ日本人の『古事記』のような古い、いつとも分からぬ昔からの口伝の集成のようなものなのだろう。ということは、それが今日伝わるような形となるには、多数の（ほとんど無数というに近いほどの）人々がそこに関与したであろう。それゆえ『創世記』は、人知のかぎりを尽したその集成ともいえる。われわれが頼り、よすがともするゆえんである（註1）。

何ゆえに人々はそうまでして天地と祖先の由来を求め、語ろうとしたのか。それはそうしないではいられない事情があったからだろう。その事情は、誰にも共通で避け難いものだった。したがってその結果であるものも共通で避け難いものとなったのである。その度合いは、われわれ日本人の『古事記』の比ではなかった。ゆえにこそ、われわれの考察も『古事記』に向かうのではなく、『創世記』に向かっているのである。それはともに、人間の、人間としての営み、知の営みそのものである。ユダヤ人だ、日本人だ、古代人だ、近代人だなどという区別はない。

あらゆる人間に共通の知の営み、それは自らの由来をたずねることである。それを個人に還元していえば、この私はなぜ今ここに居るのか、なぜこんなにつらいのか、それはこの私のせいなのか、ということになろう。それさえ分かったなら、という思いでみな生きている。それが人間の生というものだとすら言っても過言ではないはずである。にもかかわらず、この渇望を満たし得た人はほとんどいなかった。かつてイエス・キリストが来て、汝らはみな天の父なる神の子であると教えたが、それもほとんどムダだった。なぜか、といえば誰もエデンの園にいた昔の自分をそれによっては思い出すことができなかったからであろう。それは全ての人が、母親の胎内にいたときのことを思い出せないでいるのにも似ていよう。生まれて、ものごころつくまでのころのことも殆ど憶えてはいない。すると、人の誕生は、人類の誕生の引き写し、または単なる繰り返しということになろう。少なくとも知という点においては古代も近代も、ユダヤも日本もないといえる。

われわれ（人一般）は、困苦と不幸のうちにこの世を這うようにして生きている（と聖書も予言し、認識もしている）。そしてエデンの園の記憶を呼び戻そうとしてはいるが、何しろあまりに古いことなのでほとんど空想の域を出ないことになってしまっている。この空想こそは典型的な文化である。そもそも『創世記』こそが空想なのだという人もいる。『古事記』と何らかわらない。『古事記』は今日ではもっぱら文学として扱われている。それはおとぎ話で、戦前こそ天皇家のルーツを証する文書として政治的力を発揮していたが、今は古典文学全集の第一巻をなすにとどまっている。したがって、人類学者がまじめに日本人のルーツを論ずるのに役立つというものでもない。とはいえ、いずれにしてもそれは文化であり、知性の営みそのものである。ということは、その知性の営みは記憶と深い関係にあることを示唆していよう。平たく言えば、人は思い出せないから空想をたくましくするのだ。そして空想は一種のいら立ちの様相を帯びる。子どもが、まだ見ぬ将来を空想するのとはわけが違う。それも文化だと言えば言えるが、しかし知性のいとなみというにはあまりに自然的である。つまりことばがそこにはない。聖書でいえば『黙示録』にあたるものがない。そもそものようなものを記そうというきもちも湧きはしないだろう。同じ空想でも、空想科学小説というのがあるが、それはれっきとした大人の産物である。「われわれは、どこへ行くのか」という問いは大人のものだ。子どもはそういう概念とは無縁である。何しろ、今まさに生きており、それゆえにそれで十分だからである。しかし大人は今まさに、その同じ時を困難と不幸に直面しているのである。「どうしてこうなったのだ」と自らにも人にも問わずにはいられない。それは今が生きられていない、したがって今に満足し得ていないことの反映であろう。どうして満足し得ていないのか。それは『今』を問うからである。『今』は人の言葉であり、ならばその問いとそれに対する答えも言葉でなければならないであろう――まさに典型的な人知のありようである。人は、何でもかでもを言葉にしなければ気が済まない（安心できない）のだ。そのようにできてしまっている。どんなに今、只今現在幸福であっても、人は「ボカァ、しあわせだなァ」などと言わないでは気がすまないのだ。そこが、他のどのような生きものとも異なっているにちがいない。

右に挙げた「ボカァ、しあわせだなァ」というのは、幸せというものを〝頒せん〟とする心のはたらきがもたらしたことばである。したがって典型的な人知の作用というのである。しかし、われわれ（人類）の知的営みというものは、われわれが今日思うより以上に広大かつ複雑なものであるだろう。それとともに、記憶といわれるものもやはり広大かつ複雑なのである。しかし他方で、空想や想像（力）といったものは段々に劣化縮小しつつあるようにも思われる。それはたとえば十六世紀の画家、ヒエロニムス・ボッスやペーテル・ブリューゲルの奇想を思えばよい。彼らは、人間にばかりではない、ありとあらゆるものにいのちのいとなみを見い出している。そしてその営みの全てに知性のこん跡がみられる。その知性は、頭（アタマ）から発しているというよりは体（カラダ）全体から発せられている。絵のなかでは、全てのものたちがそれぞれに何かを考え、何かをしているのだが、そこに人間も動物・植物もないのである。人間が生きものに似ているのか、生きものが人間に似ているのか。

今日では人は頭（脳）でのみ考えたり思ったりするものとし、脳の研究に余念がないが、それでは知も記憶も結局は解明し得ないだろう。せいぜいコンピューター脳の開発に役立つ程度で（もっとも、そのコンピューター脳にプロの棋士たちも今や歯が立たなくなってきているわけだが）。しかし、ことばのところですでに述べたように、知といわれることのうちには、「知っているけれども知らない」とか、「知っていることを知らない」などという奇妙な事態もあるのである。こうした事態は、知を脳の機能に限定していては解明どころか、その存在すら把握できないだろう。ましてや「女は子宮で考える」などいう（昔からそう言われている）思考についてなどまじめに取り上げる気にもなりはしない。しかし生物全般をみればむしろ「子宮」の方が「脳」より優勢にちがいないのである。記憶もこれとほぼ事情は同じである。それゆえわれわれも〝遺伝子的記憶〟などという怪し気な用語をためらうことなく使用している。脳の記憶のみによっては人も他の生きものも生きてはゆけないと知るからである。思い出は体の中、奥深くに貯えられる。すると、頭では忘れてしまっていても体が思い出しているということも生じる。こうして、赤児や幼時の記憶が、いくつになっても人に刻印されているということも起こる。それがある日、何かのきっかけを得て突然表に出てくるなどということもある（註2）。

古くから、「知る」とは思い出すことであるといわれるのはもっともである。しかしその思い出すべきことが、創世記に記されているような原初の記憶となると、全人類挙げて全身緊張させてみてもなお極めて困難なのである。教えてくれる者もいない。少なくとも人のうちにはいない――それゆえ、キリストも学ぶなら「野の百合・空の鳥に学べ」と教えるしかなかったのである。肝心なことを知っているのは、もはや野の百合・空の鳥ということになっている。彼らは何を「知っている」のか――もちろん、この世に存在するものの由来を、そして何を、どのようになすべきかを。われわれがもし、百合や鳥のようであるなら、われわれは何も学ぶ必要などない。全てをすでに「知っている」わけだから。当然思い出すなど、それも無用のことである。すでに今生きているわけであるから。しかし現実のわれわれにはそれらが必要となっている、なってしまっているのである。その必要を、人は言葉をもって満たそうとしている。たとえば先に挙げた「ボカァ、しあわせだなァ」ということばをもって。しみじみその〝幸せ〟を味わい尽したいわけだ。また人は、いろいろ新しいことを〝発見〟したがる。〝再発見〟するなどということもしばしばあって、大いによろこぶ。しかしそれらの大半も、単に忘れていただけのものにすぎないのである。科学的発見というものはたしかにある。地球は丸いだの、新元素の検出だの。それらは単に人が知らなかっただけのものである。記憶（したがって思い出し）とは一見関係がない。しかしそれらも絶対的無知のうちにあったのかどうかとなると多少怪しくなってくる。なぜなら、生命は宇宙に、その一部である地球という星に、そのなかの水に生じ、成長して今日の繁栄をみているのだからである。たとえば重力についてすでに知っているのでなかったら（それは特定の素粒子のなせるワザであると最近「分かった」）、いかなる生命体も今日のようなすがたにはなかったであろう（人でいえば、火星人はタコのお化けのような姿に想像されている）。

ところで、ヒトという存在は、人間の知性がそのはたらきの結果〝発見〟したものである。そしてその存在をヒト（ホモ・サピエンス、知性人）と命名した。それ以前にももちろん、そのヒトは存在していたのだったが、当のヒトの知性が十分な働きをしなかったため（であろう）、自分がヒトであることを〝発見〟できなかったのである。知性は、これもまたずいぶんと昔からあったのだが、自分をそれであるとは「知らなかった」とでもいうことになっていた。知って、あわてて（であろう、何しろダーウィン氏の研究が迫って来ていたので）自分の主人を（もしくは乗り物を）ヒトと命名した。それによって明らかになったこと、それは裏からいえばヒトは自然の一部、少なくともその構成員の仲間であるということ、表からいえば自ら、すなわちその知性によって自然とは異なるもの、あえていえば自然より一段と秀でた存在ということだった。要するに、「われわれヒト、ホモ・サピエンスは、『ヒト』（原始人）

とは違う、自然に属してはいるが、自然そのものではない」という形での知性の再発見だったのである。この結果、知性は、自らの由来をヒトの身体以外（したがって脳の中以外）に求めざるを得ないことになった。幸いにして、ここに記憶も定かでない大昔から、霊魂や精神といった肉体とは由来が異なるとされる存在が伝えられていたので、知性（ヒトのである、あくまで）は難なくそれらに飛び乗った。ほとんど安易というべきほどにも。いわば、元来自然とともにあった〝たましい〟というものを、それによって乗っ取ってしまったのである。少なくとも無理矢理味方につけてしまった。すなわち自分の都合で、それらを自然とは異なるものとみなし、大層に持ち上げては利用した。

ヒトは、ヒトとなったその後の歩みの中で、自らを「われ」と称するようになった。この「われ」は、人々が大昔から自分のことを「私」とか「俺」とか「おいら・あたい」とかと称していたものとは似て非なるものである。つまり〝人称〟ではないものだ。〝人称〟は単に人を指し示すだけのものだが、「われ」というのはそのようなかたちでの主張なのである。「われ」は、ヒトなのであって『ヒト』（自然）なのではないという主張だ。このような主張をする自我（「われ」）のことは一般に近代的自我といわれる。赤ん坊も自己主張をすることは心理学者の研究によって知られているが、その主張ともやや異なる。自然的なところがその「やや」である。しかし「われ」は、非自然であり、自然を否認し、少なくともそれからは独立を主張し、あわよくばその一部なりともを〝領せん〟と志すのだ。「われは自然に非ず」――では何者なのか。未だ素姓定かならざるものではないか。しかし〝近代人〟は、そうした自らの知の素姓にはほとんど無関心である。そのかわり、やたら「われ」を主張する。すればするほどそれが確かなものになると思いなすのである。存在するのは「われ」である。自然的なるものはその属性のひとつにすぎないと言ってはばからない。しかも迷惑な属性で、それは知性には有害だとさえ思う。

今日では、人はみな一同一城のあるじ（主）である。たとえ家来がひとりもいなくても。実際にはサラリーマンで会社に雇われているにすぎなくても、それでも心はあるじ、心まで会社に売り渡しはしないと決意してもいる。この私は、断固何かの一部分などではないというのだ。人類の一部でさえないと言いかねないほどである。一部というのが気に入らないのだ。それであっては全体を見下せない。この見くだすという性癖が近代人の抜き難い一大特徴なのである。他人を、自然を、社会を、世界を見下す。それは知性のそのような傾向に由来していよう。「思考は宇宙を覆う」といわれるくらいだから。しかし人間の思考は、いまだ始まりの始まり、外の外側を思考できていないのである（誰かし得ただろうか。宇宙の外側はどうなっているのか、ビッグバンの前はどうだったのか）。

この〝知性〟（〝われ〟と言っても結局同じになる）の増長（ほとんど根拠がないであろう）は、近現代を通して高進し続け、今や完全に肥大化した。自然は全て〝わがもの〟と化し、誰のものでもないものなどこの世には存在しないかのようである。最初に〝発見〟した者がそのものの主人となるという暗黙の、もしくは明示的なルールもできている。しかしそれを自然がすんなりと受け入れるかはもちろん何の保証もない。それゆえ知性は、ますます自然から離れ、それとは異なるものをアテにせざるを得ないのである。自分を含む全存在を、知の対象、すなわち『自然』としたいなら（したくて、もうどうにも仕様がないのである）自分は何としても知られ得ないもの、非自然でなくてはならない。いや「得ない」は困る、知ってはならないものでなくてはならない。これは矛盾である、しかも自己否定をさえ孕んだ矛盾だ。それくらい現代人のプライド（自己を高く持ち上げる性癖）は天空を舞っている。科学全盛の今日でさえ、人々は、死んでも（身体の消滅にすぎない）千の風になって、なつかしい人々の周りを吹くのである。驚くべきことだ。それでは、何千年、何万年前の人々と同じではないか。その大昔の人々は霊魂の不滅を信じてやまなかったのである。そしてその不滅は、自然の不滅と深く結びついていた――人の力、人間の知力ではどうにもならないその自然というものに。偉大な自然の前で、なすすべもない人間だった。それが様変わりした。ことばと化した自然の前で傍若無人のふるまい（多少の不安と疑念はプライドで押し隠して）。今やヒトは単に身体にすぎないものとみなされ、時に勝手に切り刻まれて、他人の身体の一部にされたりもしている。死は、脳死をもって死と決められ、そこに霊魂などあるわけがない。霊魂は、脳波が水平になる前に都合よく身体を離れ、残った身体は（それでも生きているので死ぬ前に）一部を切り出して他の生きている人に接着するのである。細胞は生きているが、人は死んでいるというのだ。ゆえに、医者は殺人者ではない、と。「脳死は、人の死である」というが、その「人」とは誰のことか。誰のことであったとしても、その人の魂は、もうそこにはいないのである。いないから殺人ではない。臓器取り出しに同意した人も、医者と同じく罪には問われない。いや、「罪」はこの際措くとして、何より良心の呵責に見舞われるということがない。すると、人の身体というのは、結局衣服とほとんどかわらぬものということになる。霊魂の衣服。それかあらぬか、今日では衣服同様身体もどんどん着脱可能なものとなりつつある。いずれは、脳ミソも取り替え可能となるかも知れないほどの勢いである。であればこそ、人は、身体を都合よく切り刻むこともできるのである。科学の裏には、いつともわからぬ大昔からある信仰がべったり貼りついている。科学が発達すればするほど、その信仰は強まってゆかざるを得ない。この私が、身体の消滅とともに、跡形もなく消え去ってしまうなど、どうして信じられようかというわけだ。しかし、脳科学者がいうように、この私が脳を持っているのではなく、この脳こそが私を持っているのだとするなら、その脳の死とともに私が消滅するというのはもっともなことではないだろうか。いうところの『私』なるものは、現代科学の最近の知見では、一種の脳内映像、ひらたく言って錯覚に類するものらしいのである。あるいは何らかの必要があって、脳が自らの内部に設立した擬似的主体、したがってバーチャル存在。

『私』なるものが、ヒトの知性の産物であるのか、それとも〝大いなる魂〟といったものの一部であるのか、または超自然的な何者かに由来する存在であるのかは、いずれにしても古くて新しい問題でありつづけるだろう。それは、永生というものへの人々の願望が断ち難いゆえんでもある。では、科学にひとことたずねてみよう——脳が私を持っているのなら、その脳は誰が持っているのか。

天地創造の最後の日、神は土を捏ねてアダムを形づくり、その泥人形に御自身の息を吹き入れて、アダムを生ける者となさった。ということは、聖書によれば、われわれ（ヒト）は二段構えで誕生したのである。はじめに身体が、土の塵、すなわち物資によって形成された。そののち、いのちの息吹が神の口から直接与えられ、泥人形は生けるアダムとなった。

では創造の神は、泥人形のアダムにのみその尊い息吹を与えられたのか。他の生けるものたち（その中には、のちにアダムたちを誘惑するヘビも含まれるであろう、ヘビを生きものであるとするならば）に対してはどうだったのか。別の言い方でいうなら、アダム以外の全ての生けるものたちは、いかにして生けるものとなったのか。神の園に棲息していたのであろう多くのいきものたちは（もちろん、アダムの〝父〟たる神が、それを生み出したのである）アダムとは異なる方法、または手続きによって創造されたのであろうか。それとも単に、いのちの息吹の与えられ方のみが違っていたにすぎないのか。一方は神の口より直接、口移しによって、他方はそれ以外の何らかの仕方によって。何しろ神は「光あれ。」と言うだけで、その光をこの世にもたらし得たのである。それゆえ神はことばであるともいわれるのである。しかし神は、そのことばのかわりに、人に息を与えたのだった。それに先立つ泥人形成型の際には、その形を御自身に似せられたのだった。たしかに特別な方法、特別なはからいであったというべきだろう。何のためにそうされたのか——についてはすでに述べた（ただの推測にすぎないのではあるが）。それが天地創造の最後の仕事であったこととあわせて、神は、自らの代理人、または園丁として人を創造されたのだというのがそれである。しかし、人もまた生きものであることが、それによってさまたげられたはずもないのである。

全ての生きものが、神の被造物であるなら(聖書はそのようにいう)生きものの証というべき〝息吹〟もまた神に由来するものであるだろう。息をしない生きものもいるが、〝息〟を呼吸というのではなく、細胞のいとなみとでもいえば、生きものはみな同じすがたをしている。生きものは、石ではない、と。するともし、いとなみがあるもののことをいきものというなら、生きものはみな同じである。〝息〟はそのエネルギーとでも考えればよい。石にはそのエネルギー、息がないので、生きものとは、ふつうはいわれない。しかし、ある特殊な場合には石も生きものと言われうる――眠って、死んだようになっていたものが目を覚ますような時。大地震によって目覚めた彼は、生きもののようであった。それならまだ区別はつくが、〝もののいのち〟といったものを人が考えたり、感じたりするとき、生きているもの、いないものの区別はそれほど簡単ではないのである。このいのちという概念は、今日いうところの「生命」とは必ずしもしっくりこないものである。それはむしろ、魂や霊、近代ではとくに精神などといわれてきたものに近いだろう。ただしこの最後のものは、必ずしも神とはかかわりがなく、肉体に対応する、もうひとつの存在として丁重な扱いを受けているものである。しかしそれが〝存在〟であるかはもとより、何であるかさえ今もって判然とはしないのである。用語としての「いのち」は、あるものをそのものたらしめている本質として使われてもいる。骨董品のいのち(はどこにあるか)といったようなものだ。それは、骨董品の定義をしたくらいのことでは言い難いので「いのち」という言葉で言い表わされている。したがって、百人百様の理解がある。それは、言葉について述べたところですでに触れた。われわれ（特に日本人）の国では、「いのち」というのは古くからなじみ深い概念で、その点「生命」など足もとにも及ばない、いわば新語である。そして、いのちあるものないものの区別を間違えることなども滅多にない。多くの人は、瞬時にそれを見分ける。だから「生ける屍（しかばね）」などというのもそれと知るのにさして努力を要しない。それと同時に、「一寸の虫にも五分の魂」といったことばも理解に苦労したりはしない。それかあらぬか、人がキツネやツルと夫婦になったり、ヘビを先祖とすることにも何ら違和感を抱かない（なかった）のである。いのちある者同士なのだから、どうしてこころを通わしえないことがあるだろうかというのだ。

いのちあるものは、いのちあるものを見分けるのにさしたる苦労をしていないようだ。たいていの動物は、死んでしまっている他の生きものには見向きもしない（若干の例外はあるが）。もし生きとし生けるものみなが、いのちをもっているなら（もっているだろう、それを生きものというのであるから）、そのいのちの息吹は、それも「知」とよびうるであろう。なぜなら、生きものを人は、それがどんな生きものであれ、機械などとは言いもせず、思うことすらないからである。機械でないものが、生きている証しである何らかの動きをするには、それを考えたり、判断したり、そのもととなる感受をしたりしているはずで、それらは人間のそれと大差ないものと考えられる。いや、それは本能というものによっているのであって、人間の知能とは異なるものだと反論しても無駄である。生きものが時計でないことは今や科学的にも明らかというべきだからだ。また生きものがプログラム通りにのみ動くというわけでないこともよく知られている。そのうえ、本能の成果も人知の成果も、アイデア、出来映えのいずれをとっても優劣はつけ難いのである。すると、本能といい人知というも、それらは成り立ちや、性格の違いでしかないだろう。目的も、機能も、成果も同じ。成果とは、まさに生きものが生きているというそのことにほかならない。ならば「知」とは、生きものを生かすちから、そのエネルギー、智慧のことをいうであろう。これはいわば根源知、または原初の知、知の中の知とでもいうべきものである。ユリにも、カラスにも、クモにも、ヒトにも宿っている生きるちから。ならば「知」は、ついにはいのちと同義でもあることになろう。

もし万物が造物主に由来し、したがって生きとし生けるものみなが造物主たる神に由来するなら、そのいのち、生きるちから、すなわち「知」もまた神に由来するものであるだろう。すると、さまざまな形式をとる全ての知、またすでに述べた人知の原初の知というのは、神そのものであったにちがいない。要するに、人間を含めて、生けるもの全ては、生けるものとなったまさにそのときに、生きるということを、したがってそれを与えた神というものを、少なくともそれだけはたしかに知っていたはずなのである。脳も、言葉もかんけいない、存在挙げての知識、したがって〝証明〟など無用、それは人知にとってのみ必要なだけのものにすぎない。人間だけが、知らない（忘れてしまったのであろう）から疑うのである。人間であっても、知っている人は疑わない。そういう人は、いわば昆虫と同じということになる。しかし大半の人は、自分がまさに生きているということを疑っている。したがってそれを知らない。同様に、自分が神に由来するということも知らず、ゆえにそれを疑い、神の存在すらをも疑っている。もちろん、それは「神」という自分たちの言葉、したがって自分たちの知そのものを疑っているのである。この疑いによって、今日いうところの生命という言葉（概念）もつくり出されることになった。それは、いのちがあるということ、生きているとはどういうことかと問うてやまない。

「生命」体は、科学者によれば、一段構えで〝発生〟し、そこからやがて脳が形成され、その脳が〝進化〟して知性が生じ、その知性ゆえにわれわれ（現生人類）はホモ・サピエンス（知性人）と命名されるわれわれ自身となった。したがって、われわれは、要するに物質そのものである。いうところの知性なるものも脳内物質の運動としてとらえられている。そもそも、生命とは何かといえば、物質のある種の状態のことをいうのである。たとえば、「動的平衡（ダイナミック・イクイリブリアム）にある流れ」（福岡伸一氏）だとか、「代謝の持続的変化」（シェーンハイマー）だとか。それは、人知が見た生命現象というものの説明にはなっているかも知れないが、われわれのいう根源知、すなわち〝いのち〟の説明とはほとんど何の関係もないだろう。「生命」という近代科学の用語からは、〝いのち〟という、瞬時に「生物と無生物（のあいだ）」（福岡氏の著書名）を見分ける「知」というものが欠落してしまっている。生命があるかどうかは分からない、しかしいのちがあるかどうかなら分かる、それがここにいう「知」の力である。どのような生きものも、いのちあるものとないものとのあいだに落ちて死んでしまったりはしないのだ。それは食えないものと食えるものとが区別できなくて死んでしまう生きものがいないのと同じである。知とは、生きものにとって、その生きる営み全体のことである。クモが、自分が石ではないことを知っているかどうかはわからないが、少なくとも網を張ることは知っているようなもの。その知識と技術は、遺伝子のうえに情報となって刻まれ、代々受け継がれているだろう。それをクモの本能と言うかどうかなどさして問題ではない。そこでは、個々のクモ、クモ某のアイデアなどいうものも問題にはならないだろう。要は食が効率よく確保できればいいだけのことで。それはクモには、おそらく〝われ〟なる意識（言葉）が無いからにちがいない。それならば、自分の醜い形姿も恥ずかしいとか、嫌だとかと思うこともあるわけがなく、逆にそれを誇示して見せる必要もないにちがいない。生きものが身を飾り立て、さまざまなパフォーマンスをするのは、ただ繁殖のときばかりである。

ゴータマ・ブッダは人々にたいして「わがものという思いを捨てよ」と絶えず説いていた。その思いこそが、全ての災いと不幸のもとである、と。ならば、われらが天の父なる神も、人にそのようなものが決して生じないようにと（父であるのだから）予め配慮していたにちがいない。何しろゴータマ・ブッダは真理であるとされているのである。神の禁令が、子の幸福を希う父のこころから下されたものであるならば（あるであろう、そうイエス・キリストが伝えている）、アダムたちが食べた木の実の毒とは、それを生じさせるものだったのだと考えられる。

「わがものという思い」を抱くことは一般に欲望といわれている。「欲望」は、「欲」の「望」み、そして「欲」は自分のものにするということだ(註3)。自分のものにしたいと願望する（思いを抱く）ことが人の不幸の根元であるとゴータマは教えたのである。神は、教えるかわりに禁令を与えた。そのとき人は、アダム以外にはいなかったのであるからそれで十分だったのであろう。しかしゴータマその他全ての人々は、アダムの子孫であったので、すでに「思い」はこころの奥深くに取り憑いて人々を悩ましていた。だから「捨てよ」と説かざるをえなかったのである。その点では、のちのイエス・キリストにあっても同様だった。そしてその捨て方が、一方で修行の道となり、もう一方で祈りの道となったのである。

それはともかく、するとその欲望なるものは、わがものという思いに先立つ「われ」という思いにさらなる根源があることになる。その「われ」は、近代に至り重篤な病に冒されることになった。いや、「われ」という思いそのものがすでに近代病という病なのであるが、その病原がじつに「われ」自身なのである。一種の自家中毒ともいえる。病気になった「われ」は今や世のいたるところにたむろし、他者のいのちを損っているばかりでなく、当の「わが身」自身をも食いものにしている。多くの人々は、その自らの内なる存在（「獅子身中の虫」ともいえる）によって走らされ、使役さえされて青息吐息である。しかも大ていはその病状の自覚がない。青息吐息どころか、意気軒昂、自由を謳歌しているのだと勘違いしてさえいる。〝近代病〟というのは度し難い病なのである。しかしその度し難さは今や極限に達し、白昼堂々、無差別大量殺りくが正義と自由の名において行われるまでになった。世の是非善悪が、「われ」と「わがものという思い」、すなわち欲望によって勝手に決められているのである。しかしこれらのことはすでに欲望を論じたときにとりあげた(註4)。

ゴータマ・ブッダは一方で、われわれ(人間)のことを〝名称形態〟であると喝破した。ただそれにすぎないものである、と。すぎないとは、当時の人々に信じられていた霊魂(アートマン)なるものは実在しないということであった。当時の人々は、現代のわれわれよりはるかに強く、身体を離れた存在である霊魂の実在を前提に、それを頼りとして生きていたのである。それがないとなると、人はみな風船同然ということになる。膨らんでいるときだけ、それは風船(時に、何々風船、また愛称で呼ばれることもある)とよばれるものである。人もこれと同じで、生きているときだけ人(ひと)とよばれる存在であるにすぎない。ふつうには、単なる人では不都合なので、誰々何某と呼ばれている。生きていれば、心も魂(根生などといわれることもある)もたしかにあるが、死んでしまえば破れ風船とさしてかわらぬものとなる。それゆえ、「実体が無い」といわれる。身体の中は、空洞(からっぽ)なのだ。その実体性のないことを、ゴータマは「名称形態にすぎない」とか、「非我である」とかと語った。しかしそれが受け入れられない、気に入らない後の世の人々は、信者であっても、〝名称〟のことを、精神とか魂とかと〝解釈〟した(いわゆる曲解に該当するだろう)。下世話なことになるが、霊魂が無いというのでは、葬式仏教の僧侶も困るだろう。しかし当のゴータマにそうした都合などあったはずもない。

ブッダはただ、自らの心を占めている「わがものという思い」（すなわち「われ」）に思いを巡らし、それが妄想・妄念の類いにほかならないことをつきとめただけであったろう。ちなみにこの結論は、現代の科学的知見とぴったり一致する。はからずも科学は、二千数百年前の哲学的知見を〝証明〟したことになる。しかしそれでよろこんでいるわけにいかないのは両者とも同じなのである。その先が待っている。それはともかく、ゴータマは人々にこう教えていた――それゆえ、死んだ者を悲しむのはやめよ。親が死んでも、子が死んでも嘆くな、悲しむなというのだ。それは風船が破れたにすぎない。それで万事終わり。ゴータマ・ブッダの教えは一体に非情であり、人間的でないといえばその通りのものである。死んでしまった人が、今も生きているというのは、あとに残された人々の心の中、記憶としてのことにすぎない。そしてその心こそは、油断のならないものの筆頭、決して心を許してはならないものなのである。「全ては、心によって、心に生ず」、清も濁も、同じひとつの心によって、ひとつの心の中に生ずるという。ついでだが死者を悲しむなという点ではイエス・キリストも似たような教えを述べている――「死者は死者にまかせよ」（註5）。それで随行を命じられた使徒は、親族の葬式に参列することも適わなかった。キリストにあっては、死は悲しむべきことではなかったのだから当然ともいえるのであるが。

ゴータマ自身といえば、悟りののちも死のときまで修行をつづけ、ついに無念無想のうちにこの世から消え去ったのだった。その修行とは、まずは心（〝精神〟）を滅ぼし、のち自然のままに身体が消滅するのを待つことであった。何ひとつ「業」をつくらないことと言っても同じことになる。「業」は、心によって、心の中に生じ、それが次の世に生まれる原因となるからである。「なすべきことをなし尽して、最後の身体をまもる者となれ」というのが「修行」の教えだ。最後の身体とは、むろん輪廻の最後のことである。それを見届けなければ安心できない。安心できなければ、ふたたび苦界に生ずることとなる。

ブッダが滅ぼそうとしたもの、それはこれまでのわれわれの言葉でいえば人知の営み、すなわち文化であったことになる。それを滅ぼすのが真の知、それを具有する人（ヒト）は真人（アラハント）と呼ばれる。真人は、当然に無私（われならざる者）である。その点は神人（神の人）と何らかかわるところがない。するとこうした人々の営む文化というものがあるとするなら（それを文化というかどうかはともかく）それもそのようなものであるだろう。そのようなものとは、たとえばイエス・キリストが『山上の垂訓』で示し、ゴータマ・ブッダが修行者や在俗信者に勧奨してきたところのもののことである。しかし現実にはそれらはキリスト教や仏教という宗教になってしまった。その挙句には、前者は結婚式キリスト教、後者は葬式仏教とヤユされるありさまである。『山上の垂訓』が実行不可能と放棄され、『修行』（八正道といわれる）もまたその必要なしということになった。しかしゴータマ最後の教え、事実上の遺言というべきは「修行者よ、怠ることなく（私がいなくなっても）修行をつづけなさい」というものだったのである（註6）。それしか『苦』をまぬかれる道はないのだというのである。そしてその『苦』とは、真人の知恵によればラクも苦のうちである苦のことなのだ。いわゆる絶対苦、または存在苦とでもいうべきものである。ラクに浮かれる現代では「非我」とともにもっとも理解しにくい知識といえよう。

（註1）学問的には、『創世記』として今日あるのは、「祭司資料」、「ヤハウェ資料」及び「エロヒム資料」と称される「資料」の集成であるとされ、それぞれの資料の成立年代も推定されているが、われわれはそうした研究は、参照するまでもないであろう。

（註2）〝前世の記憶〟を突如語り出す子どもが現れて人々を驚かすこともあり、それは「生まれかわり」として昔から研究されてきてもいる。こうなると記憶は脳はおろか体細胞にすらないことになろう。

（註3）ごくふつうには「ほしがる（欲しがる）」といわれていよう。それは自分にはないものと知ってのことである。

（註4）本章㈢。

（註5）『マタイ伝福音書』第八章二二「我に従へ、死にたる者にその死にたる者を葬らせよ」

（註6）『大パリニッバーナ経』第六章二三臨終のことば七

（補記一）　ヒトの誕生、人間の誕生

全て人は二度生まれる、と考えられる。生まれ（誕生、生誕）ということをどう考えるか、どう考えるにしてもそれは二度もしくはふたつということにならざるを得ないだろう。もし人が、身体と精神とから成り立っているというのなら、その身体としての生まれと精神としての生まれと。これまでのわれわれの言葉でそれを言い直せば、『ヒト』としての生まれとヒトとしての生まれとも言えるが、もちろんそこにはヒトは『ヒト』が成ったものという仮定がある。双方が独立に生じたのであれば、『ヒト』はおそらく一度に生まれたものであろう。また、ヒトは、単一の存在であって、精神といったものは、そのヒト具有の知性の営みであるとするなら（われわれはこれを支持する）、こちらも生まれは一度きりのことになる。あとは、始まり（知的営為の開始）があるだけだ。この『ヒト』とヒトの生まれはそうすると自然科学的生まれの概念にほぼ一致するであろう。いわゆる生命の誕生（発生といわれている）である。

しかしそうはいっても、われわれの経験はいくつかのことばで語られてきたように、人は二度生まれると教えるのである。オギャアという声とともに、すがた・かたちがこの世に生ずる身体としての生まれを否定する人はいない。一方、それほどの鳴り物入りではないが、目覚めとかものごころつくとかといわれる、こころの誕生というものも誰にも馴染み深いものである。ふつう、人はこの順で〝生まれる〟

ものとも考えられていよう。ただ二度目をいつのこととするかについては議論がありうるのである——オギャアののち、はじめて言葉を口にした時とか、いわゆる思春期を迎えて己というものを強く意識するようになった時とか、その中間で、これもいわゆるだがものごころついた時とか。この最後のは、誰しも自分では分からず、のちになって記憶を辿ってはじめてそれと分かるようなものである。するとそれは、記憶の始まりということになる。いずれにしても、オギャアほど劇的ではないが、本人にとってはそれに匹敵するほどの事態である。そしてオギャアの記憶がない分、純個人的にはむしろ二度目の生まれの方が馴染みなのである。誰しも甘酸っぱい思いとともにそれはあるだろう。これを、どちらかが本当の生まれで、どちらかがその比喩にすぎないという考え方もありうるが、しかし今日科学はそのどちらをも扱っているので、客観的事実でないとは言えないだろう。特に後者については「意識の誕生」として、生命の誕生とかわらぬ研究が進行中なのである。

ちなみに、科学でないところでもこういう生まれは語られている。古くは旧約聖書『創世記』が記述するアダムとイヴの誕生の様子である。それによると人類の始祖アダムは「土（アダム）の塵で人（アダム）を形づくり、その鼻に命の息が吹き入れ」られて生じたとあるから、やはり二度ということになる。ただし一度目は、二度目の手続きとも考えられるので、その場合は二度目だけが本当の生まれということになる。その二度目にいう「命の息」は、ギリシャ人たちが考える生命のことであろう。その生命は、ユダヤ人たちにとっては天地創造の神のものだったのである。しかし、創造を神の仕事と考えなかったインドでは、生命は霊魂（アートマン）であり、身体は仮のものにすぎなかった。それがゴータマ・ブッダに至っては、その霊魂の存在も否認され、人はみなただの塵、名称形態にすぎないものとされたのである。人は動いているときだけ人と呼ばれうるものということになった。すると、人はみな塵の塊であるが、その塊はどうしてまたどのようにして生じたのか。因と縁とに依って。因は原因の因で、物理的法則に近く、縁は自分自身との関係、すなわち〝業〟である。いずれにせよ、偶然やデタラメで生ずるのではない。ゴータマ・ブッダは、「生まれることは苦である」と悟り、「ふたたびは次の世に生を享ける者となるな」と人々に教えた。そのためには修行して、因と縁とを止滅せよ、とも。物理法則を断つことは人のなしうるところではないから、これは事実上「業を断て」ということになる。「業」とは所業、すなわち生きてなすところの全てのことである。つまりブッダは、『苦』を免れるために「生きるな」と教えたことになる。われわれは今後、この教えについてじっくり検討してゆくことになろう。

ところで、二度におよぶ人間の生誕は（うち一度が、手続きにすぎないものであれ、後先がどうであれ）ある興味深い問題を別に用意する。では人は二度死ぬのだろうか。そうだとするならば、どちらが先で、どちらが後なのか。もっともこれは、人間は死ぬものだという前提のはなしで、人間が魂であり、魂の永遠性を信じてやまない人には通じないだろう。しかしそうではあっても、ではその魂はどのように身体の死を見送るのだろうかという問題はのこるだろう。見送りなどはしない、さっさと立ち去って、別の身体を身にまとうのだという冷たい人もいるかも知れない。ならお好きなようにどうぞ。しかし、魂も死ぬものだと認めるとすると、魂が先で身体が後ということもありうると考えられないだろうか。「生ける屍（しかばね）」ということばもあるではないか。それは精神がすでに死んでいるのに身体だけは生きて巷をうろついているような人のことを言っている。このような存在のことはゾンビなどとも言われている。

ゴータマ・ブッダは、「目覚めてあれ」と人々に教えるとともに、「最後の身体をまもるものとなれ」とも教えた。最後とはもちろん輪廻の最後のことである。それを「まもる」とは、業をつくらないように気をつけているということだ。業をひとつでもつくれば、再び次の世に生まれて、その身体は最後のものとはならなくなってしまうので、注意を促したのである。では、その「まもるもの」または（同じことなのだが）「目覚めてある」者とは誰（何者）のことを言っているのか。それを「精神」とか「魂」とか、「自己」とかと言うのはやさしい。しかし、ゴータマは、霊魂といったものは存在しないことも教えていたのである。それを古代インドのアートマンといい、西欧の精神といい、近代的自己などといおうとすると、いずれにしてもそれらは死ぬのか、死なないのか。死ぬ、死なないのはなしではない、消滅する、しないの問題だと指摘する人もいよう。死は、生命科学的事象なのであって、身体にしか生じえないのだというのが今日的主張でもある。ゆえにこそ、生体臓器移植（脳死を人の死と定義し、まだ温かいうちに臓器を摘出し、それを病気の人に「移植」するのである）ということも可能になったのだ。

しかし全てこれらのことは、生、死を論ずるところでふたたび採り上げ、じっくり検討しなければならない。そこでは、脳の移植というようなことさえ問題にせざるを得ないだろう。ロボットの急速な「進歩」ということもあるし。「ひとすじ縄ではいかない」。

（補記二）　妄想・妄念ということ

ここでは、ヒトに生ずる自然性の裏付けのない全ての感受と思考を称していう。妄想といい、妄念（妄執ともいう）というも、その「妄」とは迷妄の妄でもあり、ヒトを迷いと混乱に陥れるある種のちからである。したがって、単なる錯覚や思い違いの類ではない。それらに力はいらないからである。また、自然性の裏付けがないとは、感覚器官の感受やそれにもとづく推論や予知などといった脳髄のはたらきではないということである。空想・空念と言ってもよいが（夢想、空念仏《カラ》などということばもある）その「空」よりは否定的であり、何より実のあるものだ。自然性は身体性と言っても同じことになる。身体は自然に属するもの、というより自然それ自体だからである。

では、そのちから（力）とは、どこから生ずるものか。いうまでもなくヒト具有の知性からである。それは、知性のはたらきの一種といえる。それゆえ、おそらく『ヒト』には生じようもなかったであろうものであり、逆に『人間』には大いに馴染みのものである。『人間』自体が、ヒトの知性がもたらす妄想妄念の類といえよう。これを理想や理念という人もいるが（かつてのヒューマニストはその代表的な人種だったろう）それでも何ら差し支えはないのである。それも広い意味では妄想妄念とさして変わらず、昔も今も人を惑わしつづけているわけだから。理想理念を不当に貶めるつもりはない。それは時に美しくもあったわけで、「美は世界を救う」（ドストエフスキー）とさえいわれたほどである。美といい、理というも、それらは知性の価値ある一面である。しかし知性は、後に述べるように悪の根源でもあれば、人間のこっけいさの元凶でもあるのだ。馬鹿で悪はなし得ず、道化にもなりえないのである。むしろ知性がゆたかになればなるほど、悪がはびこり、道化が街に満ちることになる。イヤーゴーが大勢現れるわけだ。

「夢」という類似のことばもある。これにも二種類あって、自然的な夢もあれば、非自然的なのもある。前者はイヌでも見るといわれている。ネコが寝呆けるところも観察されている。睡眠中の夢は、多くは感官の何らかの反応を伴っている。冷え込む夜には足湯に浸っている夢を見たりする。これに対して、希望・願望を意味するいわゆる夢は、身体とはほとんど関係がないであろう。車椅子生活を強いられている人が、自分の脚で立って歩く夢を抱くのは身体（脳髄）のせいというよりは心のはたらき（すなわち知性のなせるわざ）であろう。心が見る夢。

妄想妄念といい、理想理念といい、夢というも、それらは全て人の心のはたらきである。イヌネコの心のそれではない（彼らにも心はあるであろう、「一寸の虫にも五分の魂」というくらいだから）。人の心は、善く（良く）もはたらき、悪しくもはたらく。それは人の知性の営みである。人知は善悪両性具有なのだ。

ゴータマ・ブッダは、希望願望の類いも妄想妄念と断じた。それゆえ不幸の元凶であると。「何も希うな、何も望むな」というのがその教えであった。その希、望は、単なる期待ではない。それならイヌでもネコでも池のコイでも抱く。コイは、きまった時間にエサを投げ入れてくれる人の近づく足音を聞けばすなわち岸に寄ってきて期待を露わにするのである。しかし彼らのはわれわれのとは似て非なのである。われわれのは、アタマの中だけで、何らの根拠も刺激も要することなく生じうるのだ。それが高じると変身願望などいうものになる。それが夢まぼろしと化すると「現実の壁に阻まれた」と言って嘆く。こうしたことのためにもヒトの脳は肥大化したにちがいない。そのなかには『人間』の不幸が一杯詰まっている（はずだ）。すると、その大きくて重い脳を誇る『人間』は、己が不幸を誇っていることになる。その誇りはしばしば芸術というかたちをとって現れる。人間の〝悲惨〟を指摘するあのパスカルでさえ、その誇りをまぬがれているようには見えない（註1・2）。本当に人間の悲惨を思う者は、人間（『人間』）を止滅しようとするだろう。考える葦であることをやめて、ただの葦に帰することさえ希うにちがいない。するとと考える葦とはこのようなことになる——いくら考えても、人間は決して偉大でも何でもなく、そうなりうるというわけでもない。単に悲惨なだけである。もっと言えば、それは人間は『人間』すなわち夢まぼろし（妄想ともいえる）であって存在ではないものだからである。しかしこれらの点についてはいずれふたたび検討する。存在と自由の問題として（註3）。

（註1）「要するに、人間は自分の悲惨であることを知っている。だから、かれは悲惨である。なぜなら、事実、悲惨であるから。だが、かれはたしかに偉大である。なぜなら、自分の悲惨を知っているから。」（パスカル『冥想録』四一六）由木康訳

（註2）「空間によって宇宙はわたしをつつみ、一点のようにわたしをのみこむ。思考によってわたしは宇宙をつつむ」（同書三四八「考える葦」末尾）

（註3）下巻第四章㈡「自由について」、また第一章㈣「部分と全体」

（補記三）　無常ということ

『無常といふ事』（小林秀雄）にこんな記述がある。「生きている人間などといふものは、どうも仕方のない代物だな。何を考へてゐるのやら、何を言ひ出すのやら、仕出来すのやら、自分の事にせよ他人事にせよ、解った例しがあったのか、鑑賞にも観察にも堪へない。其處に行くと死んでしまった人間といふものは大したものだ。何故、あゝはっきりとして來るんだろう。まさに人間の形をしてゐるよ。してみると、生きてゐる人間とは人間になりつつある一種の動物かな」。これは、歴史というものについて語る中で触れられたことであるので、われわれの議論とは少々趣が異なるが根はさして違わないであろう。感想としては同じだ。しかしわれわれが「人間とは『人間』になろうとしているヒトである」などというのは、鑑賞や観察に堪える存在になるためではないのである。解釈を拒絶する歴史になる為ではない。限られた生命のときを、何をしでかすのかわけのわからぬことのためではなく、少しでも意味のある過ごし方をする為である。そのためにこそ、人間をあえてヒトと呼んでいる。

ところで、「人間は、『人間』になりつつあるヒトである」と言ったからといってもちろん、いつかは必ず『人間』になれることを保証するわけではないのである。むしろ逆なのであって、人間は決して『人間』などいうものにはなり得ないのである。人が、ある目的・目標を達成するようには決して達成できないことなのだ。それは、『人間』は、『自由』や『幸福』同様の言葉だからである。言葉だからそれを希求するということも生ずる。しかし、只今現在、自由である、幸福であるという人にその言葉はない。したがってそれを希求するということもない。単に自由であり、幸福であるだけで、それで足りている。『人間』もこれと同じなのだ。ということは、人間をヒトであるとする意味もここにあるということである。言葉、希求という心の作用に搦めとられて身動きもならないヒト存在が問題の核心に据えられたのだ。「なりつつある」がくせものであって、それが人を愚弄する。この愚弄が止むと「まさに人間の形をしてゐるよ」ということになる。しかしその〝人間の形〟とはどのような形であるのか？

（補記四）　変態と成長

昆虫には、変態とよばれる特有の生き方がある。蝶は、卵からかえってすぐに蝶となるのではなく、一旦毛虫とよばれる幼虫となり、さらに蛹となってのち、やっと蝶とよばれる種の生物となるのである。すると、たとえば「毛虫は、蝶になりつつある生きものである」と言えなくもないということになる。この場合、毛虫は必ずや特定の蝶となり、なると引き換えにその姿を消す。しかし毛虫は死んだのでもなければ消滅したのでもない。ただ見る者の眼から消え去っただけのことである。それは眼が毛虫に着眼しているからであって、はじめから蝶に着眼固定されていれば、毛虫も蛹も、はじめから蝶そのものなのである。その蝶は、その毛虫または蛹として今そこに居る、ということになる。それゆえそれは「変態」と言われるのであって、「生まれかわり」などとは決していわれることがない。またそれゆえ、毛虫や蛹の前世の記憶が問われるということもなく、彼らが来世に懸念を抱いているように見えることもない。しかし人は誰しも『人間』の変態なわけではなく、まずはヒト（蝶に相当する）（註1）としてこの世に存在することとなった者である。元はといえば、蝶と同じく卵であって、それがかえって赤児となり、少年少女となりしてついに大人となったというものだ。それは成長とよばれる自然の現象で、いかに相貌が変わっても変態などとはいわれない。しかし、「子どもは、大人になりつつある存在である」とは言われることがあろう。それは「蛹は、蝶になりつつある存在である」というのとさしたる変わりがないようだが、しかし、子どもはしばしば大人になり損ねたり、なるのを拒否したりする存在である。蝶になるのを嫌がったり、トンボになることを願望したりする蝶の蛹というのは聞いたことがない。

（註1） ヒト（また『ヒト』）は、しつこいようだが蝶に相当する存在なのであって、決して毛虫に相当するものではないのである。ちなみに言えば、もしヒトがその希み通り（または希まぬながらも）『人間』となった暁には、その変化は「変異」と呼ばれることになろう。その背景には必ずや遺伝子の突然変異をも伴っているにちがいない。そうでないならば単に「狂った」と言われるだけであろう。「狂い咲き」の狂い。

（補記五）　意識について

先に〝植物人間〟に言及したが、意識不明といわれる状態に陥った人はどうなのか。その人が〝意識を回復〟するとまずは、「今はいつ、ここはどこ、私は誰？」と問うことになっているが[註1]ではそうした問いを発しもせず、発しても自ら答えることができない人は生きているのか、死んでいるのか。植物は、そのような問いは発していそうにないが、しかしその答えは得ているであろう。そうでなければどうして、時期を誤またず、また間違いのない花を咲かせるなどできるだろうか。問いを発しないとすればそれはきっと分かりきったことだからだろう。この「分かる」は、遺伝子的分かる（遺伝子的記憶ともいわれる）である。これに対し、われわれ人間のそれは、ことばすなわち言い換えにほかならない。〝いつ〟も〝どこ〟も〝誰〟もみなそのことば。人は、自分の存在をそうしたことばによって言い換える（未知を既知によって置き換えするのである）ことで、自分を分かろうとするのだ。その分かったところのことを「知識」と言って大事にしている。自分についての知識。

これに対して、意識とよばれるものが知られている。それが何であるかは今もってこれという知識がないのであるが、あることだけは知られているのである。それは、自分についての知識と深いかかわりがあるらしいものだが、しかし知識とはおそらくまったく異なるものである。この「知識」のところを「情報」と言い換えてもほとんどかわるところはないだろう。最近の情報科学なるものがその方面からアプローチしているが、意識のなくなった人にその意識を回復させられればともかく、あまり期待できそうにもない。

意識は、情報と何らかのかかわりのあるものだとしても、少なくとも知識ではないものだろう。あらゆるデータをそろえて、コレがキミだと言われても、たしかにコレは自分（私）だと納得がゆかないかぎり、その人はその人そのものであることができないだろう。「私」とは、「私である」という意識のことであって、その知識のことではない。知識は、多種多量になるほど一般に価値の上がるものだが、意識はあるかないかだけが問題のもので、多少はあまり関心が持たれない。たいていは量が増大するとかえって不都合なことが多くなるものである——「意識過剰」はたいてい嫌われる。「私」の意識過剰はほぼ病気である。そのうえ犯罪のもとになるものでもある。

「ここはどこ、私は誰」などと問うに至った人は「意識が回復した」と言って歓ばれるが、すると、意識というのは問う、少なくもその必要性を本人が感じたということに深いかかわりがあるだろう。要するに、問うことそのものが意識であるとも言えることになる。しかし植物は問わない（はずだ）。その必要性を感じていないからだろう。それゆえ、植物には「意識がない」。それでも植物は生きており、ならば意識不明の人も生きてはいるのである。殺せば殺人罪に問われることになる。ただそのような人には〝自分〟がない。

自然そのままのヒト（すなわち『ヒト』）も、意識の有無とはかかわりなく生きていた。生きものである以上、〝動的平衡〟があるかぎり、少なくとも生命はあるものだった。それがいつごろからか、人は意識を必要とする生きものになった。そうなったのはおそらくヒトだけであるだろう。しかも、意識がなくては人間とはみなされないことにもなった。いや、人間ではあるとしても目下故障者である、と。故障者とはいえない乳幼児は、人間としては半人前以下ということにもなった。すると、われわれがこれまで言ってきた非我なる人（無私なる人でも）はどういうことになるのか。

人間は何ゆえ意識を必要とすることになったのか。それは、人間は、『人間』として「生きる」ことが必要になったためであろう。その必要が生じたのは、ヒトがヒトとして自然から離脱してしまったためだ。そのプロセスについてはすでに論じた。そして人は、「生きる」ということにとらわれた身となった。「生きる」とは、「生きている」ということを意識することにほかならない。その意識が、今現に生じているならば、人はそのとき生きていることを「実感した」などとも言う。しかし実感とはいっても感官の反応は不確かなのである。何もないことはないとしても、たいていはそこに誇張が加えられている。「実感したい」という願望がその働き手となっていよう。それは「生きたい」という願望の一部、というより切れっ端である。そしてそうした願望は全て自然から遊離したことばなのだ。

ところで人はよく、「意識的に（または意識して）これこれのことをする」だとか、「これこれを意識する」だとかと言うが、それはそこにいうこれこれ、何々に注意を集中させるという意味である。その注意が散漫な状態で何かをすると、「無意識のうちにこれこれをしてしまった」とかと言う。そのようなときにはふつう「しでかしてしまった!!」と叫んで口惜しがるのでもある。それもやはり人間固有のことだろう。それは、人間は己がすることもまた〝わがもの〟としなければ気が済まないからである。意識はそこでは支配を伴ったものになっている。それは『人間』のさが（性）のようなものだ。しかしヒト以外の全ての生きものにはそのようなことは生じるはずもないのである。たしかに、空飛ぶ猛禽は地上にねらった獲物をしばしば取り逃がすがそれを「しでかしてしまった」などとは思わないにちがいない。ただ淡々と別の獲物を捜してまた飛びかかるだけである。口惜しがって自己嫌悪に陥っていたりしていてはそれこそ生きてゆけない。野のライオンもこれに同じ。一般的には、たいていの生きものは百発百中で生きている。それに近い精度が保てなければ生きてゆけないから、その分注意は極度の集中をみているだろう。命懸けの生を生きているのだ。今まさに。反対に人間は、意識を集中しているという時には、たいてい何もしようとしていない。しようとしている時は、右の生きものたちと同じであるが（スポーツする人にはふつうのことである）、何をするでもないのに「意識を集中させる」などと言うのである。意識集中がいわば自己目的化している。その場合、何かに注意を集中するというのだろうが、その何かとはたいてい自分自身、すなわち「私」であるだろう。するとそのとき、人は、自分自身を対象化しようとしていることになる。自分の感受、自分のおもい、何もかも。いわば「私」を〝わがもの〟としようとしているのだ。ある意味、きわめて不遜な企てといえる。そのようなことに成功している人とはどのような人なのだろうか?

ゴータマ・ブッダが完全に集中していたあるとき、すぐ傍らをコーサラ国の軍隊（ゾウの部隊）が地響きをあげて通り過ぎて行ったが、ゴータマはそのとき何も知らなかったという。「心頭滅却すれば火もまた涼し」などの比ではなかった。

そのときゴータマの意識はあったのか、なかったのか。

（註1） 毎朝目覚めと同時にこのように自らに問う人がいてもおかしくはないであろう。

著者紹介

松本　新（まつもと しん・本名 川﨑　勝美）

1944年茨城県生まれ
早稲田大学卒。金融機関勤務後定年退職
2003年より、新潟県湯沢町在住
日本証券アナリスト協会検定会員
（現住所 〒949-6103 新潟県南魚沼郡湯沢町大字土樽字川原6159番地 1 ホワイトプラザ湯沢フォーレ518）

著書

『やはらかに柳《やなぎ》あをめる』2019年、新潟日報事業社。

自然《しぜん》・人間《にんげん》・ミニマム ―テクノロジーを超《こ》えて　上巻《じょうかん》

2024（令和６）年７月17日　初版　第１刷発行

著　書　　松本　新

発　売　　新潟日報メディアネット　出版グループ
〒950-1125
新潟市西区流通3-1-1
TEL 025-383-8020　FAX 025-383-8028

印刷・製本　　有限会社　めぐみ工房

ISBN978-4-86132-861-9